JOHN O'FARRELL

John O'Farrell, 40 ans, est l'auteur d'un livre désopilant sur sa vie de supporter du parti travailliste sous le régime de Margaret Thatcher, qui a connu un immense succès. *Un mec parfait*, son premier roman, a été le best-seller de l'année 2002 en Angleterre et est traduit en quinze langues. John O'Farrell tient une rubrique dans le quotidien *The Guardian*. Il vit à Londres avec sa femme et ses deux enfants.

UN MEC PARFAIT

JOHN O'FARRELL

UN MEC PARFAIT

Traduit de l'anglais par Christophe Mercier

PLON

Titre original
The Best a Man Can Get

ISBN : 2-266-11998-2

A Jackie, avec mon amour.

1

La perfection au masculin

Quand j'étais mon propre patron, j'avais du mal à travailler de longues heures d'affilée. Le patron n'arrêtait pas de me donner mes après-midi. Il lui arrivait même de me donner aussi les matinées. Il disait parfois : « Écoute, aujourd'hui, tu as travaillé vachement dur, pourquoi ne prendrais-tu pas demain un repos bien mérité ? » Quand je dormais trop tard il ne m'appelait jamais pour me demander ce que je faisais ; si j'arrivais en retard au bureau, il s'arrangeait toujours pour arriver exactement à la même heure. Et quelle que soit mon excuse, il la croyait toujours. C'était super d'être mon propre patron. Être mon propre employé était un désastre, mais je n'envisageais jamais cet aspect de la question.

Ce matin-là, j'ai été réveillé par un bruit d'enfants. Je savais par expérience qu'il était soit presque neuf heures, quand les gosses arrivaient à l'école de l'autre côté de la rue, soit pas loin de onze heures et quart – la première récréation. Je me suis retourné pour regarder l'heure et les petits chiffres de mon radio-réveil m'ont informé qu'il était 1 h 24. L'heure du déjeuner. J'avais dormi quatorze heures d'un sommeil profond, un record.

J'appelais ça mon radio-réveil, même si je ne m'en servais que comme d'une énorme et encombrante pendule. Il y a longtemps que j'avais renoncé à utiliser la fonction radio-réveil. J'en avais assez de m'éveiller avec des érections matinales et d'y apprendre que la famine s'étendait au Soudan, ou que la Princesse Anne venait de se faire arracher une dent de sagesse. C'est étonnant à quel point une érection peut décliner rapidement. Bref, les radio-réveils sont destinés aux gens qui ont mieux à faire que dormir, et j'avais du mal à saisir ce concept. Il y avait des jours où je m'éveillais, où je décidais que ça ne valait pas la peine de m'habiller, et où je restais au lit jusqu'à, disons, eh bien, jusqu'à l'heure de me mettre au lit. Mais ce n'était pas de l'apathie, genre je-reste-au-lit-à-quoi-bon-se-lever. C'était positif, genre je-reste-au-lit-parce-que-c'est-ça-la-qualité-de-vie. J'avais décidé que le temps du loisir devait être consacré au loisir véritable. Si ça avait dépendu de moi, il n'y aurait rien eu d'autre, au Centre de loisirs de Balham, que des rangées de lits avec tous les journaux du dimanche en vrac au pied de la couette.

Ma chambre avait évolué de façon à réduire au strict minimum la nécessité de sortir du lit. A la place de la table de chevet se trouvait un frigidaire, avec des réserves de lait, de pain et de beurre. Sur le frigidaire il y avait une bouilloire, au coude à coude avec un plateau rempli de tasses, une boîte de sachets de thé, une sélection de céréales pour le matin, un grille-pain et une multiprise surchargée.

J'ai allumé la bouilloire et glissé du pain dans le grille-pain. J'ai tendu la main pour atteindre le journal du jour, et j'ai été légèrement surpris de voir en glisser un trousseau de clefs qui tomba en cliquetant sur le sol. Alors je me suis souvenu que, finalement, mon sommeil n'avait pas été si profond pendant ces quatorze heures. Il y avait eu une conversation confuse, et gênante, très tôt ce matin. Autant que je me souvienne, elle avait ressemblé à ça :

– Eh, mon pote ?

– Hein ? ai-je répondu de sous ma couette.

– Pardon, mon pote. C'est moi. Le vendeur de journaux, disait la voix en cours de mue de l'adolescent nerveux.

– Qu'est-ce que tu veux ?

– Ma maman m'a dit que je ne dois plus vous laisser le journal au pied de votre lit.

– Et pourquoi elle veut pas ? ai-je grommelé sans émerger.

– Elle dit que c'est bizarre. Il a fallu que je l'empêche d'appeler la Protection de l'Enfance.

– Quelle heure il est ?

– Sept heures. Je lui ai dit que vous me filiez vingt balles de plus par semaine pour vous monter le journal ici, et tout ça, mais elle dit que c'est bizarre et que je dois juste le glisser dans la fente, comme je fais pour tout le monde. Je vous laisse vos clefs ici.

Si la conversation s'était poursuivie après cet échange, je n'en avais aucun souvenir. J'avais dû me rendormir à ce moment-là. Le cliquetis des clefs fit émerger ce souvenir, comme un rêve à demi enfoui. Et alors que je parcourais les récits de guerres, de crimes et de désastres écologiques, j'ai senti la déprime me gagner. C'était la dernière fois qu'on me livrerait mon journal au pied du lit.

Un toast légèrement bruni jaillit, la bouilloire s'arrêta d'elle-même. Le beurre et le lait étaient placés sur le rayon supérieur du frigidaire, de façon que je puisse les atteindre sans quitter mon lit. Lorsque j'avais acheté le frigidaire et l'avais installé dans ma chambre, j'étais tombé à genoux, mortifié, n'en croyant pas mes yeux. La porte du frigidaire s'ouvrait du mauvais côté – je ne pouvais pas atteindre la poignée depuis mon lit. J'ai essayé de mettre le frigidaire la tête en bas, mais il avait l'air un peu bête. J'ai essayé de le mettre de l'autre côté du lit, mais il fallait alors que je déplace mon clavier, ma table de mixage, et les autres éléments de mon équipement musical, entassés dans mon studio d'enregistrement-chambre à coucher. Après plusieurs heures passées à déplacer les meubles à travers la pièce, j'ai finalement trouvé pour le lit une position qui me permettait, confortablement, de sortir ce que je voulais du frigidaire, de préparer le petit déjeuner, de décrocher le téléphone et de regarder la télé sans avoir à fournir l'effort laborieux de me lever. Si Boots avait mis en vente un cathéter en kit à monter soi-même, j'aurais été le premier client.

Il y a plus agréable que prendre son petit déjeuner au lit, c'est prendre son petit déjeuner au lit à l'heure du déjeuner. Ça a un côté décadent qui fait que des toasts légèrement beurrés semblent la nourriture des dieux. Je sirotais mon thé et, avec l'une des multiples télécommandes, j'ai allumé la télé juste à temps pour voir le début d'un de mes films préférés, *La Garçonnière* de Billy Wilder. Je ne regarderai que les cinq premières minutes, me suis-je dit en remontant les oreillers. Juste la scène où on le voit travailler dans cette immense compagnie d'assurances avec des centaines d'autres gens qui font exactement le même boulot, monotone. Quatorze minutes plus tard, mon portable m'a arraché à ma transe hypnotique. J'ai mis la télévision sur « Silence » et soulevé l'appareil de son chargeur.

– Salut, Michael Hugo Harrison à l'appareil, de DD&G. J'appelle juste au cas où tu aurais oublié que tu avais dit que tu pourrais sans doute nous apporter ton morceau avant la fin de la journée.

– Oublié ? Tu rigoles ? J'y ai travaillé toute la semaine. A l'instant même, je suis en studio.

– Tu penses pouvoir nous l'apporter dans les délais prévus ?

– Hugo, est-ce que j'ai déjà dépassé un délai ? Je fais juste un remix. Tu l'auras sans doute vers cinq heures.

– Très bien.

Hugo paraissait déçu.

– Ce n'est pas possible de l'avoir un peu plus tôt ? Parce que, pour tout dire, en attendant de pouvoir le doubler, on glande.

– Bon, je vais essayer. A vrai dire, je m'apprêtais à sortir manger un morceau, mais si c'est urgent pour vous, je vais continuer à bosser.

– Merci, Michael. C'est super sympa. A tout à l'heure, alors.

J'ai éteint mon portable, me suis allongé sur le lit, et j'ai regardé *La Garçonnière* jusqu'au bout.

Ce que je n'avais pas dit à Hugo de DD&G, c'est que ma composition était prête depuis quatre jours. Mais quand on vous paie mille livres pour un morceau, vous ne pouvez pas le livrer deux jours après la commande. Il faut qu'ils aient le sentiment d'en avoir pour leur argent. Ils imaginaient peut-être qu'ils en avaient besoin le plus vite possible, mais je savais qu'ils l'apprécieraient encore plus s'ils croyaient que ça m'avait pris toute la semaine.

Le slogan que l'agence allait mettre sur ma composition était : « Quand la berline familiale se prend pour une voiture de sport. » Alors j'avais fait une intro lourde, style variétés, qui se muait d'un seul coup en un son grinçant de guitare électrique. Berline familiale, voiture de sport. De la variété pour les vies banales des conducteurs trentenaires de berlines familiales, et de la guitare électrique pour les vies rapides, excitantes, quand ils commencent à réaliser qu'ils les ont à jamais perdues. Dès que je la lui avais soumise, Hugo avait trouvé l'idée super, à tel point que, très vite, il en parla comme si elle venait de lui.

En général, je réalisais chaque commande dès que je l'avais, puis j'appelais le client à intervalles réguliers et lui disais des choses du genre : « Écoute, j'ai un truc dont je suis vraiment content, mais ça ne dure que treize secondes. Est-ce qu'il faut vraiment que ça fasse exactement quinze secondes ? » Alors il disait :

– Eh bien, si tu en es vraiment content, on devrait peut-être l'écouter. Mais il n'y a pas moyen que tu fasses quinze secondes ? Du genre, juste le ralentir un peu, ou un truc comme ça ?

– Juste le ralentir un peu ! De quoi tu parles, là ?

– Je sais pas. Je suis pas musicien.

Alors je faisais semblant d'avoir trouvé une solution, et le client raccrochait, rassuré de me savoir encore en train de travailler et content de m'avoir aidé à parvenir si près de l'accomplissement. Et à tous les coups, un jingle de quinze secondes était déjà prêt, sur une DAT, dans mon studio. A chaque fois que j'avais rendu un travail à une agence très peu de temps après la commande, ils avaient toujours fait montre au début d'enthousiasme initial, puis ils étaient revenus me voir quelques jours plus tard, en disant qu'ils voulaient que je change quelque chose. Je m'étais rendu compte que c'était beaucoup mieux de leur donner le morceau à la dernière minute, quand ils n'avaient plus d'autre choix que de décider que c'était super.

J'étais parvenu à me convaincre que je travaillais à peu près autant que beaucoup d'hommes de mon âge, c'est-à-dire deux ou trois heures par jour. Mais je refusais de gâcher le reste de mon existence à *faire semblant* de travailler, à passer rapidement, sur mon écran d'ordinateur, d'un jeu de Solitaire à une feuille blanche, ou à changer soudain ma voix pendant un coup de fil personnel, quand le directeur entrait dans le bureau. A en croire mes contemporains, il existait des tas de boulots où on arrivait le matin, bavardait une heure ou deux, on faisait un travail vraiment utile entre, disons, onze heures et l'heure du déjeuner, on revenait l'après-midi, pour envoyer un stupide e-mail à Gary, avant de passer le reste de l'après-midi dans un état de concentration apparemment profonde tout en téléchargeant l'image d'un transsexuel nu sur http//www.bites-et-nichons.com.

Le film fut interrompu par la pub, et je ne pus m'empêcher de prendre un intérêt professionnel à la musique qu'ils utilisaient. Le jingle de la publicité Gillette proclamait que la nouvelle tête pivotante double lame lubrifiée était « la perfection au masculin ». Je trouvais que c'était une affirmation plutôt osée pour un rasoir jetable en plastique. Une nouvelle Ferrari, peut-être, ou une nuit avec Pamela Anderson aurait pu arriver en tête des rêves masculins. Mais pas selon l'avis de ce chanteur ; non, à lui, il lui suffisait d'un bon rasage chaque jour. Puis *La Garçonnière* a repris, et j'ai pensé : « Non, la perfection au masculin, c'est cela : rester confortablement au chaud, à regarder un film génial avec du thé et des toasts, et aucun souci à se faire. »

Quand les gens me demandaient ce que je faisais, en général je marmonnais que j'étais « dans la pub ». Autrefois, je disais que j'étais compositeur ou musicien, mais j'ai remarqué que ça suscitait une fascination qui déclinait vite quand ils découvraient que j'avais fait la musique de la pub pour amortisseurs à la radio. J'étais musicien freelance auteur de jingles – même si les autres gens du métier étaient trop prétentieux pour appeler ça des jingles – et travaillais tout en bas de l'échelle du marché freelance de l'écriture de jingles. Si le type qui avait composé « Gillette ! la perfection au masculin ! » était l'équivalent, en pub, de Paul McCartney, ça faisait de moi le batteur du groupe qui avait terminé cinquième à l'Eurovision de l'an dernier.

Les gens imaginent toujours qu'il y a beaucoup d'argent dans la publicité, mais je commençais à me rendre compte que je ne ferais jamais fortune en écrivant des jingles radio de vingt secondes, même si je me forçais à travailler huit heures par jour.

Il y a eu un moment dans ma vie où je croyais vraiment que je deviendrais une rock-star millionnaire. À ma sortie du Conservatoire, j'étais revenu dans ma ville natale pour former un groupe qui jouait dans les pubs et aux bals d'été de l'université. Taxez-moi de vantardise, mais je crois que je peux honnêtement dire qu'il y a eu un moment, à la fin des années quatre-vingt, où on était le plus grand groupe de Godalming. Puis tout s'est écroulé quand notre batteur a quitté le groupe pour « divergences musicales ». On était musicaux, pas lui. Non content d'être le batteur le plus merdique que j'aie jamais entendu, il était le pivot du groupe car il possédait la camionnette. Je me suis vite rendu compte qu'on ne pouvait pas installer beaucoup d'amplis sur un deux-roues. Après ce sommet, j'avais continué à enregistrer des chansons et à essayer de monter des groupes, mais maintenant tout ce qui me restait de ces années-là était un carton plein de cassettes de démos, et un précieux exemplaire de mon single sur disque souple.

Je me suis levé et, tout en m'habillant, j'ai repassé cette chanson. J'en étais encore fier, et je n'avais pas complètement pardonné au producteur de John Peel de m'avoir dit qu'ils ne prenaient pas de disques souples. Pour me rendre jusqu'à mon lieu de travail, je devais traverser ma chambre à coucher. Avant de commencer, je préférais en général convertir la chambre à coucher en studio, ce qui signifiait transformer mon lit en canapé et ramasser les chaussettes et les caleçons qui traînaient sur mon clavier. En plus de mon Roland XP-60, la partie studio d'enregistrement de ma chambre contenait un ordinateur, une table de mixage dix-huit pistes, un sampler, plusieurs amplis et platines-cassettes, et, derrière tout ça, dix kilomètres et demi de câbles électriques entremêlés. Si on n'y connaît rien en musique, je suppose que tout cet attirail peut sembler impressionnant, mais la réalité est beaucoup plus chaotique. Plus j'achète de matériel, plus il faut que je cherche longtemps chaque fois qu'un bourdonnement mystérieux rend tout travail impossible. En général, je me contente du clavier, avec module de son intégré et un sampler multisons, qui a une chance de concurrencer le son produit par la plupart des instruments. Même si on pouvait croire qu'était exposé là l'essentiel de la technologie de pointe, la plus grande partie du matériel datait de plusieurs années, ou bien daterait de plusieurs années quand je finirais par savoir comment l'utiliser. Je ne m'étais jamais plongé dans les modes d'emploi, et j'étais comme le conducteur d'une Ferrari qui ne roulerait qu'en première.

Je suis entré d'un pas traînant dans la salle de bains et me suis regardé dans la glace. Pendant la nuit, les mèches grises sur mes tempes avaient progressé vers l'avant, et toute une bande de cheveux au-dessus des oreilles avait acquis une teinte argentée. Les cheveux raides et gris étaient plus épais et plus solides que les fins cheveux noirs qu'ils remplaçaient peu à peu. Les gris étaient encore minoritaires, mais je savais que, comme les écureuils de la même couleur triste, une fois que l'un d'eux avait un pied dans la place, il finirait par entraîner l'extinction de tous les cheveux indigènes, avec, éventuellement, quelques colonies de l'ancienne race qui subsisteraient sur chaque sourcil et peut-être quelques timides poils noirs qu'on repérerait, de temps en temps, surgissant de mes narines. A côté de mon nez avait mûri un gros bouton qui virait au jaune, et je le pressai adroitement avec une dextérité due à vingt ans de pratique. Quand j'étais adolescent, je crois que j'imaginais que ma vie connaîtrait un âge d'or entre le moment où je n'aurais plus de boutons d'acné et celui où mes cheveux commenceraient à grisonner. Maintenant je me rendais compte que j'étais alors d'une naïveté confondante. A peine passé ma trentième année, j'avais déjà franchi le cap de mon summum physique. L'été semble tout juste commencer que déjà les nuits s'allongent.

Vers les quatre heures, j'ai fini par me rendre dans le salon, où Jim avait passé les deux dernières années à travailler à son diplôme de PhD. Aujourd'hui, ça consistait à jouer à Tomb Raider avec Simon. Tous deux sont parvenus à me grommeler « Salut », même si aucun des deux n'a réussi à lever les yeux de l'écran : j'aurais aussi bien pu être la créature du lagon noir qui passait par là pour mettre la bouilloire sur le feu. Jim et Simon ressemblaient aux dessins « Avant » et « Après » dans les publicités de Charles Atlas pour le body-building. Jim était grand et musclé avec le physique florissant d'un garçon qui a skié chaque hiver depuis qu'il a cinq ans, et, en parfait contraste, Simon était maigre, pâle et gauche. Si Tomb Raider était encore plus réaliste, Lara Croft apparaîtrait et dirait depuis l'écran télé : « Arrête de mater mes nichons comme ça, espèce de petit vicieux », et elle le ferait tomber du canapé en lui soufflant dessus. Sa carrière était prometteuse : il servait des pintes de bière aux étudiants de l'université dont il avait été diplômé il y a quelques années. Il avait pris ce boulot le jour où il avait quitté l'université, et il espérait gagner assez d'argent pour pouvoir un jour rembourser les dettes accumulées de l'autre côté du bar.

A ce moment-là la porte d'entrée claqua et Paul entra, déversant sur la table de la cuisine un tas de cahiers défraîchis avec un soupir de martyr, un soupir censé provoquer des questions inquiètes à propos de sa journée, et qui, du coup, n'en suscita aucune.

« Oh là là », dit Paul, mais personne n'a mordu à l'hameçon. Il a replacé dans le frigidaire un carton de lait et retiré de l'évier quelques vieux sachets de thé, en grommelant à voix basse. Ses soupirs ne manifestaient pas seulement son irritation (personne n'avait rien rangé au fur et à mesure) mais aussi sa contrariété (il allait devoir se taper le ménage après avoir passé toute une journée à faire cours). C'était comme s'il sous-entendait que le travail du soir de Simon, ou le PhD de Jim, ou mes compositions au clavier, étaient, en quelque sorte, des travaux moins exigeants. Le fait qu'il ait raison n'était absolument pas la question.

Ça faisait maintenant deux ans que nous partagions, tous les quatre, cet appartement. Aucun d'eux ne me connaissait quand j'avais pris la chambre, et d'une certaine façon je préférais que les choses soient comme ça. L'appartement donnait fièrement sur la grand-rue de Balham et, ce qui était pratique, était situé au-dessus d'un magasin, où on pouvait filer acheter de la viande musulmane à toute heure du jour ou de la nuit. Mais ce n'était pas l'appartement sale et en désordre où on s'attendrait à ce que se vautrent quatre hommes qui le partagent. Il y avait, pour le ménage, une rotation stricte, selon laquelle, chacun notre tour, nous laissions tout le rangement à Paul.

Paul remit sur le beurrier ce qui restait d'une plaquette de beurre, puis en plia soigneusement l'emballage avant de le jeter dans la poubelle. Comme le fait de parler à la cantonade ne parvenait pas à lui gagner l'attention de quiconque, il essaya de s'adresser directement à quelqu'un.

– Michael, comment s'est passée ta journée ?

– Un putain de désastre.

– Oh non ! Qu'est-ce qui s'est passé ? demanda-t-il, d'un air sincèrement inquiet.

– Cette saleté de livreur de journaux m'a réveillé à sept heures pour m'annoncer qu'il ne m'apporterait plus le journal au pied de mon lit. Il prétend que sa mère trouve ça bizarre. Je me rappelle pourtant nettement lui avoir dit, quand on a conclu notre accord, qu'il serait sans doute plus sage de ne pas en parler à ses parents.

Il y eut un silence.

– Non. C'est moi qui l'ai dit à sa mère, confessa Paul avec l'expression provocante de qui s'est préparé à cette confrontation.

– Toi ! Pourquoi diable as-tu fait ça ?

– Eh bien, pour commencer, je ne suis pas particulièrement excité à l'idée que tu laisses la clef de la porte d'entrée de notre appartement à un délinquant de treize ans.

– C'est pas un délinquant.

– Si, c'est un délinquant, et tu sais comment je le sais ? Parce que c'est mon élève.

Troy est dans ma classe. Et avant-hier, à sept heures du matin, alors que je sortais de la salle de bains les couilles à l'air, j'ai trouvé Troy dans le salon qui m'observait.

A ce moment-là, Jim a ri si fort qu'il a dû recracher son thé dans sa tasse.

– Qu'est-ce que t'as dit ?

– Eh bien, j'ai dit « Salut, Troy ».

– Eh qu'est-ce qu'il a dit ?

– Il a dit « Salut, Mr Hitchcock ». Il avait l'air un peu gêné, à vrai dire. En fait, pour lui aussi, c'était un sacré manque de bol. Ça faisait plusieurs jours qu'il essayait de m'éviter parce qu'il me devait une dissertation sur le personnage de Piggy dans *Sa Majesté des mouches*. Je crois que pendant un moment il a pensé que j'avais fait irruption à poil dans la maison à sept heures du matin juste pour lui réclamer sa dissertation.

J'étais encore en colère.

– Alors tu es tombé sur lui dans le salon. Et après ? Ça ne veut pas dire qu'il fallait que tu en parles à sa mère.

– Je suis son professeur. UN GARÇON SE REND DANS L'APPARTEMENT D'UN PROFESSEUR NU AVANT D'ALLER EN COURS. Ça ne sonne pas très bien, non ? En plus, je n'ai pas envie d'être obligé de dire à ma classe que la prononciation correcte de mon nom est Mr Hitchcock, pas Bite-de-choc.

Le thé de Jim avait maintenant été recraché tant de fois qu'il était imbuvable.

– Alors, à la réunion de parents d'élèves d'hier soir, j'ai dit à sa mère que son fils avait une clef de mon appartement et que le matin même il m'avait vu tout nu.

– Ce n'était sans doute pas la meilleure façon de présenter les choses.

– Eh bien, quand j'y repense, je crois que j'aurais dû exprimer ça différemment. Elle est devenue folle et elle a commencé à me frapper avec son soulier. Il a fallu que le surveillant général l'écarte.

Visiblement, Paul n'apprécia pas l'hilarité générale qu'il déclenchait.

– Ne le prends pas personnellement, Paul. Ce n'est pas de toi qu'on rit, dis-je.

– Moi si, dit Jim.

– Ouais, moi aussi, en fait, ajouta Simon.

Paul s'installa pour faire ses corrections, et ses élèves obtinrent des notes bien plus basses que si on avait été gentils avec lui. C'était de toute évidence un de ces profs incapables de tenir une classe. Quelque chose en lui le désignait comme le gnou blessé qui boitille en queue de troupeau. Il essayait toujours de minimiser ce fait, même quand un de ses élèves vendit sa voiture.

Je ne sais pas pourquoi ils éprouvaient le besoin d'aller si loin, alors que la moindre peccadille semblait le rendre furieux. Il nous déclara un jour que, dorénavant, il n'ôterait de la bonde que les cheveux lui appartenant puisque personne d'autre, jamais, ne semblait le faire. On l'a donc trouvé accroupi dans la baignoire vide, à essayer de séparer les cheveux roux de tous les autres. Non que Paul fût mesquin, mais il n'aimait pas que quelqu'un presse le dentifrice du mauvais côté du tube. En fait, il y avait en nous bien des choses qui l'exaspéraient.

On est restés assis à table un peu plus longtemps que d'habitude, et Jim a annoncé qu'il allait faire une infusion. Paul déclinait toujours la proposition de Jim, parce que la façon dont Jim préparait le thé cristallisait tout ce que Paul trouvait d'agaçant en lui.

Cette routine du thé marquait le triomphe de l'inefficacité rêvasseuse. Il commençait par sortir les mugs du placard et les installait sur un plateau. Puis il s'arrêtait près de l'évier et paraissait un instant un peu perdu, comme s'il avait oublié ce qu'il voulait faire. Puis ça lui revenait : sortir le lait du frigo. Après avoir versé le lait dans chaque tasse, il allait chercher les sachets de thé et les mettait tous dans la théière. Et ensuite, quand il avait tout préparé, il se rendait compte qu'il avait sorti un mug de trop et le remettait dans le placard, puis plaçait le sucrier sur le plateau et décidait qu'il n'y avait plus rien à faire, *alors seulement il mettait la bouilloire à chauffer*.

Pour Paul, cette séquence rendait à elle seule Jim virtuellement impossible à vivre. Et ce n'est pas simplement qu'il mettait en dernier la bouilloire à chauffer, c'est aussi qu'il la remplissait à ras bord, de sorte qu'il fallait bien plus de temps que nécessaire pour faire trois tasses de thé. Ça prenait une éternité pour bouillir, lui restait là, debout, à attendre, déplaçant de temps en temps les mugs sur le plateau. Il ne se rendait pas compte que Paul était sur le point d'exploser d'exaspération devant son manque de rationalité. C'était plus fort que lui, Paul était incapable de laisser Jim faire les choses à sa manière. Je savais que, dans moins d'une minute, il allait demander à Jim pourquoi il ne commençait pas par mettre la bouilloire à chauffer.

– Jim, pourquoi tu n'allumes pas la bouilloire en premier ? demanda-t-il au bout de trois secondes.

– Hein ?

– Je disais juste que ce serait un peu plus rapide si tu mettais d'abord la bouilloire à chauffer. Tu vois, avant de préparer les mugs, et tout ça.

Jim émit un grognement indifférent.

– Eh bien, elle ne bouillirait pas plus vite, non ?

Il était aussi lent à percevoir la logique de Paul qu'à préparer le thé.

– Non, mais elle bouillirait *plus tôt*, parce que tu l'aurais mise à bouillir plus tôt, et pendant ce temps-là tu pourrais t'occuper des sachets de thé, du lait et du reste.

Il fallait qu'il se retienne pour ne pas hurler les derniers mots à la face de Jim. Jim restait ébahi devant l'agacement de son compagnon.

– Personne n'est pressé de sortir ? Tu n'es pas pressé de sortir, non, Simon ?

Simon leva les yeux du journal.

– Moi ? Non.

Je voyais l'exaspération monter en Paul. Son visage devenait écarlate, ce qui avait le mince avantage de rendre moins voyante sa courte barbe rouge.

– C'est juste que c'est une manière vraiment inefficace de préparer le thé.

– Mais t'en prends même pas une tasse.

– Non, je n'en prends pas, parce que ça m'agace toujours tellement que tu le fasses de cette façon idiote.

Et là-dessus il quitta la pièce. Jim eut l'air complètement estomaqué.

– Est-ce que j'ai mis du sucre dans le thé de Paul alors qu'il n'en voulait pas, ou un truc comme ça ?

Simon marmonna qu'il n'en avait pas l'impression, alors Jim haussa les épaules, resta un moment près de l'évier et au bout de cinq minutes se rendit compte qu'il n'avait pas mis en marche la bouilloire.

Quand le thé fut prêt, les trois d'entre nous qui restions le bûmes dans un silence contemplatif. Simon lisait le courrier du cœur du *Sun*, dans lequel Deirdre abordait les problèmes sexuels de son lectorat. J'étais convaincu qu'il était entièrement rédigé par des journalistes du bureau d'à côté.

– « Mon beau-frère est mon amant, lisait-il à haute voix. Chère Deirdre, je suis une blonde attirante et les gens disent que j'ai une belle silhouette. L'autre nuit, alors que mon mari n'était pas là, mon beau-frère est arrivé, et, une chose amenant l'autre, on a fini au lit... »

Il interrompit sa lecture.

– Ils disent tous ça, « une chose amenant l'autre ». Comment une chose en amène-t-elle une autre, exactement ? Parce que ça doit être ça qui m'échappe. Je comprends le frère qui arrive, et je comprends qu'ils se trouvent ensemble au plumard. Mais comment sont-ils passés de la première étape à la deuxième ?

– C'est facile, Simon, dit Jim.

– Eh bien, alors ? Comment t'expliques ça ?

– Tu rencontres une fille.

– Oui.

– Elle revient pour le café.

– Oui, mais ensuite ?

– Eh bien, une chose en amène une autre.

Après ma seconde tasse de thé, j'ai senti que j'avais finalement épuisé toutes les excuses possibles pour faire attendre plus longtemps l'agence de pub. J'ai été dans ma chambre prendre la cassette puis je me suis dirigé vers la station de métro de Balham. Une demi-heure plus tard, je descendais Berwick Street, où deux étudiants français avec un appareil photo jetable ont failli se faire écraser en essayant de refaire la couverture de *What's the Story Morning Glory* ? J'aimais venir à Soho ; c'était excitant, il se passait toujours quelque chose, et pendant un bref instant j'aimais m'y sentir intégré. Il y avait là des gens qui gagnaient mille livres par jour juste pour faire la voix off dans une pub, mille livres qu'ils dépensaient entièrement en avocats-crevettes avec un café au lait pour faire passer.

J'ai jeté un coup d'œil de l'autre côté de la rue et j'ai aperçu Hugo de DD&G qui contemplait une vitrine. C'est bizarre, pensai-je. Pourquoi Hugo regarde-t-il la vitrine d'une bijouterie asiatique ? Puis il a jeté un coup d'œil rapide de chaque côté de la rue et a disparu par une porte d'entrée défraîchie, sous le scintillement d'une lumière rouge au branchement dangereux. J'étais atterré. Je me suis approché de la porte ouverte, et j'ai regardé à l'intérieur. Les mots « Nouveau modèle. Très amicale. Premier étage » étaient gribouillés sur un morceau de carton collé à côté de l'entrée avec un épais scotch brun opaque. J'ai regardé en haut des escaliers délabrés sans moquette et me suis demandé ce qu'il y avait au-delà. Peut-être Hugo entrait-il simplement pour proposer de s'occuper de leurs publicités, pour suggérer un auteur qui puisse imaginer un slogan plus énergique et écrire « amical » correctement. Cela semblait improbable. J'étais partagé entre le dégoût et la fascination, et curieusement déçu par Hugo, comme s'il m'avait personnellement laissé tomber.

J'ai continué sur Berwick Street, et j'ai fini par pénétrer dans le hall des grandioses bureaux de DD&G, où un diplôme annonçait fièrement qu'ils avaient concouru pour la Meilleure Publicité d'une Banque d'investissement lors des Remises de Prix de l'année précédente. On m'informa que Hugo venait de sortir pour acheter une carte d'anniversaire à sa femme ; j'ai donc laissé la bande à la superbe réceptionniste abandonnée, assise dans la vitrine, encadrée par d'abondants bouquets de fleurs fraîches.

J'avais terminé mon travail de la semaine. Il était temps de me diriger vers le nord de Londres. A l'heure de pointe, je me suis faufilé dans le métro au milieu de tous ces gens qui avaient passé la journée entière au boulot. Des centaines d'employés de bureau en sueur écrasant leurs corps les uns contre les autres et parvenant cependant à donner l'impression qu'ils étaient seuls dans le wagon. Des bras qui formaient des angles impossibles pour lire des livres de poche à la tranche cassée. Des cous qui se tendaient pour lire le journal de quelqu'un d'autre. Des chrétiens qui relisaient la Bible comme s'ils ne la connaissaient pas déjà par cœur.

Un siège se libéra soudain et je m'y dirigeai le plus vite possible sans montrer que je faisais quelque chose d'aussi méprisable que me hâter. Je m'assis en exhalant un soupir de satisfaction, mais toute détente fut bientôt balayée par l'angoisse. Une femme était debout devant moi, et sa robe était gonflée du *Renflement de l'Incertitude*. Est-ce qu'elle était enceinte de six mois ou bien, tout bêtement, eh bien... est-ce qu'elle était grosse ? Impossible à dire. Je l'ai détaillée de pied en cap. Pourquoi ne me donne-t-elle pas un indice ? pensais-je. Pourquoi n'a-t-elle pas un sac « Femme enceinte », ou ne porte-t-elle pas un de ces sweat-shirts qui proclament « Oui, je le suis » ? Je l'ai regardée une nouvelle fois. Partout ailleurs, la robe pendait de façon ample ; l'étoffe n'était tendue et raidie que sur son ventre arrondi. Je me demandais ce qui était pire, refuser un siège à une femme enceinte ou offrir un siège à une femme qui n'était pas enceinte, mais semblait l'être. C'est peut-être pour ça que les hommes renoncent en général à offrir leur siège à une femme, pour échapper à ce dilemme embarrassant. Personne d'autre ne semblait concerné, mais je sentais que je devais faire ce qui me paraissait décent.

– Pardon, mais vous ne voulez pas vous asseoir ? demandai-je en me levant.

– Pourquoi est-ce que je voudrais m'asseoir ? répondit-elle d'un ton agressif.

« Merde », j'ai pensé.

– Enfin... Eh bien, vous sembliez un peu fatiguée... et de toute façon je descends à la prochaine station, mentis-je.

Sur cette explication, elle a pris mon siège, et j'ai été obligé de quitter la voiture pour confirmer mon mensonge. Je me suis frayé un chemin à travers la foule qui encombrait le quai et j'ai remonté dans la rame quelques voitures plus loin. La femme qui n'était pas enceinte me jeta un regard très étonné, mais pas aussi surpris que celui qu'elle me lança quand nous avons passé tous les deux les barrières à la station de Kentish Town, un quart d'heure plus tard.

Quand j'ai retrouvé l'air libre, mon téléphone portable m'a indiqué que j'avais un message. C'était Hugo. Il disait qu'il était désolé de m'avoir raté, mais qu'il avait passé l'après-midi à aller et venir. Je n'avais pas besoin de tant de détails. Mon morceau lui plaisait, et il trouvait que je lui avais apporté « un truc sacrément spécial ». Bien qu'estimant en général que Hugo était hypocrite et peu perspicace, j'étais prêt, dans ce cas, à faire une exception. Je n'étais jamais sûr que les bribes de musique que j'écrivais valaient quoi que ce soit. A chaque fois qu'une mélodie potable me passait par la tête, j'étais persuadé de l'avoir inconsciemment volée quelque part, si bien que je gobais la moindre louange avec avidité. Malheureusement, cet air était juste pour une démo, et l'agence ne recourrait probablement jamais aux services de la société de Hugo, donc personne ne l'entendrait jamais. Je le savais quand j'avais accepté le boulot, mais je savais aussi que je pouvais le faire rapidement, ça payait les factures, et ça voulait dire que je pouvais me permettre de passer quelques jours sans stress dans le cocon que je m'étais créé.

J'ai tourné dans Bartholomew Close. De gros conteneurs-poubelles gris, monolithiques, à roulettes, bordaient la rue, comme les statues de l'île de Pâques attendant, impassibles, les visiteurs. Je me suis dirigé vers le numéro 17 et j'ai mis la clef dans la serrure. En ouvrant la porte d'entrée, j'ai été saisi par le désordre et le bruit.

– Papa ! a hurlé, ravie, ma fille de deux ans, Millie, qui s'est précipitée dans le couloir pour m'enlacer les jambes.

Une cassette de comptines passait sur la chaîne, et Alfie, mon petit garçon, se tortillait avec volupté dans les bras de sa mère.

– Tu arrives plus tôt que prévu ! dit Catherine en souriant.

Je me suis aventuré sur la pointe des pieds au milieu des cubes de bois éparpillés sur le tapis, je l'ai embrassée, et je lui ai pris Alfie.

– Ouais, et devine quoi ? J'ai fini mon boulot et je suis libre pour tout le week-end.

– Génial, dit-elle. Alors on aura deux choses à fêter. Parce que devine qui a fait pipi dans son pot, aujourd'hui ?

– C'est vrai, Millie ?

Millie acquiesça avec une extraordinaire fierté, que seule surpassait celle de sa mère.

– Et tu n'en as pas mis une goutte par terre, hein, Millie ? renchérit Catherine. Ce qui est encore mieux que ce que fait en général ton papa, et il a trente-deux ans.

J'ai donné une bourrade affectueuse à Catherine.

– Écoute, je n'y peux rien si le siège des toilettes tombe toujours.

– Non, c'est la faute de l'idiot qui l'a installé, ajouta-t-elle, faisant allusion à la soirée où il m'avait fallu trois heures pour installer, et mal, un nouveau siège en bois.

Visiblement, Millie avait apprécié les compliments qu'on venait de lui faire. Elle trouva donc rapidement un nouveau moyen de solliciter notre attention. « J'ai dessiné un chat », dit-elle en me tendant un bout de papier que je pris et observai avec attention. Franchement, le dessin de Millie était nul. Pour dessiner notre chat, elle avait pris un crayon bleu et gribouillé sur un morceau de papier.

– Oh, Millie, c'est un super-dessin. Tu es très douée.

Un jour elle me tournerait le dos et dirait : « Arrête de me couver, papa, on sait tous les deux que ce dessin, c'est de la merde », mais pour l'instant elle semblait prendre mes compliments au pied de la lettre. J'adorais revenir à la maison quand je ne les avais pas vus depuis quelques jours. Ils étaient toujours tellement contents de me voir. C'était le retour du père prodigue.

Catherine a profité de ce que je jouais un moment avec les enfants pour commencer à ranger la cuisine. J'ai joué à cache-cache avec Millie, et la tâche m'a été facilitée par le fait qu'elle s'est cachée trois fois de suite au même endroit, derrière les rideaux. Puis j'ai fait glousser Alfie en le lançant en l'air jusqu'au moment où Catherine est revenue dans la pièce pour voir pourquoi il s'était brusquement mis à pleurer.

– Aucune idée, dis-je, essayant de ne pas lever les yeux vers le lustre de métal qui se balançait au-dessus de sa tête.

Elle a repris le bébé en pleurs, et à ce moment-là j'ai pensé qu'elle avait l'air un peu fatiguée, alors j'ai dit que c'est moi qui finirais le rangement. Je me suis glissé à l'étage, ramassant sur mon chemin des jouets éparpillés. J'ai mis à couler un grand bain moussant, j'ai éteint la lumière et j'ai allumé deux bougies. Puis j'ai installé dans la salle de bains le lecteur de CD portable, et j'ai mis la *Symphonie Pastorale* de Beethoven.

– Catherine, tu peux monter une minute ? criai-je.

Elle est montée, et a regardé le sanctuaire minute que je venais de créer.

– Je surveille les enfants, je remplis la machine, je m'occupe de tout. Installe-toi. Je t'apporte un verre de vin, et tu n'as pas le droit de sortir avant la fin du dernier mouvement, « Chants de bergers. Sentiments d'apaisement après la tempête ».

Elle s'est appuyée contre moi.

– Oh, Michael. Qu'est-ce que j'ai fait pour mériter ça ?

– Eh bien, ça fait plusieurs jours que tu t'occupes des enfants toute seule, et tu dois avoir besoin d'un peu de repos.

– C'est vrai, mais toi aussi tu as travaillé dur. Tu n'as pas besoin de repos ?

– Je ne travaille pas aussi dur que toi, répondis-je, sincère.

Après quelques protestations coupables à demi convaincues, elle a mis en marche la barre chauffante pour les serviettes, et monté le son suffisamment fort pour noyer les cris indignés de « Maman » qui commençaient à parvenir de la cuisine.

– Michael, dit-elle en me donnant un baiser sur la joue, merci d'être le meilleur mari du monde.

J'ai esquissé un sourire. Quand votre femme vous dit une chose comme ça, ce n'est sûrement pas le moment de la mettre au courant.

2

Vivre au maximum

On a tous fait ça. On a tous caché quelques petits trucs à nos partenaires. On a tous évité de leur avouer un détail dérangeant ou glissé subtilement sur un point qu'on préférait garder dans l'ombre. On a tous loué une chambre secrète à l'autre bout de la ville pour s'y planquer la moitié de la semaine et échapper à toutes ces corvées liées à la paternité. Enfin, apparemment, cette dernière affirmation ne concerne que moi.

Chaque mariage fonctionne de façon différente. Adolf Hitler et Eva Braun se sont mariés, ont passé une journée dans un abri antibombes, et se sont suicidés ensemble. Parfait. Si c'est ce qu'ils jugeaient le mieux pour eux, qui sommes-nous pour en juger ? Chaque couple a sa propre façon d'agir – des rituels étranges, de petites manies caractéristiques qui consolident les liens. Souvent, ces manies évoluent et s'étendent jusqu'à ne plus entrer dans la catégorie d'un comportement rationnel. Les parents de Catherine, par exemple, sortent ensemble tous les soirs dans le jardin et ramassent des cloportes, qui sont ensuite rituellement écrasés dans un mortier avant que leurs restes ne soient pulvérisés sur les roses. Ils trouvent ça parfaitement normal. « J'en ai encore un, Kenneth. – Continue, chérie. Mais attention, tu as ramassé un mille-pattes en même temps. On ne veut pas t'écraser, toi, hein, petit canaillou ! »

Une fois, Catherine et moi sommes partis en vacances avec un autre couple, et la dernière nuit on les a entendus parler de nous, nonchalamment, à travers la cloison. Ils disaient qu'ils ne pourraient jamais épouser quelqu'un d'aussi bizarre que Catherine ou moi. Ils trouvaient que notre relation était totalement étrange. Puis on a entendu la femme dire d'une voix étouffée : « Tu viens au lit, ou quoi ? Parce que ce sparadrap me fait transpirer des seins. » Et alors on a cru l'entendre dire : « D'accord. Tiens bon, la fermeture est coincée sur mon costume mouillé. » Si on regarde sous la surface, chaque mariage a ses bizarreries.

Il existe, bien entendu, de nombreuses relations qui ne développent pas de stratégies de survie sur mesure, et ce sont celles qui ne durent pas. Mes parents se sont séparés quand j'avais cinq ans et je me souviens avoir pensé : « Est-ce que vous ne pouvez pas, tout simplement, faire semblant de rester mariés ? » Ayant fait l'expérience de la diplomatie sinistre et tortueuse du divorce de papa et maman, j'étais déterminé à ce que les parents de mes enfants restent ensemble. C'est parce que je pensais que notre mariage était une chose tellement importante que je continuais à m'en *évader*. Les efforts que des enfants en bas âge nécessitaient dans nos vies semblèrent soudain susciter une telle tension, une telle hostilité mesquine entre nous, que je craignis que les dommages ne devinssent irréparables. En conséquence, j'ai trouvé, sans même en parler à Catherine, une solution personnelle à ce problème commun. Mais je pensais qu'il m'était impossible d'avouer que je voulais passer du temps loin de mes enfants. Ce n'est pas une chose dont les hommes candidats à la présidence se vantent durant leur campagne électorale. « Vous voyez, de temps en temps, j'ai envie de marcher seul sur la plage parce que ça me rappelle les bienfaits de Dieu et le peu de temps que nous avons en ce monde pour le rendre meilleur. Mais avant tout, ça me donne l'occasion d'échapper un moment à mes saletés de mômes. » J'aimais Catherine, et j'aimais Millie et Alfie, mais il m'arrivait de temps en temps d'avoir l'impression qu'ils me rendaient fou. Ne valait-il pas mieux m'éloigner un moment plutôt que de laisser la pression s'accumuler jusqu'à ce que le mariage explose et que les enfants soient, comme je l'avais été, privés de père sept jours par semaine ?

Je ne me sentais donc pas coupable. Je suis certain que j'aurais fait couler un bon bain moussant à Catherine, même si j'avais vraiment travaillé aussi dur qu'elle le pensait. Je lui ai apporté la bouteille de vin et un exemplaire de *Hello !* en espérant qu'elle le lisait encore au second degré. Je nous ai rempli un verre à chacun et elle m'a tiré à elle pour un baiser amoureux sur les lèvres, dans lequel je me suis lancé avec un peu de réticence.

– Que font les enfants ?

– Millie regarde la cassette de *Postman Pat*. Celle dans laquelle il va à une partie de chasse à Greendale. Et Alfie est attaché sur sa chaise, il regarde Millie.

– Oh, c'est bien, tant qu'il y a la télé. Parce qu'il ne faudrait pas les laisser sans surveillance.

– Tu ne devineras jamais ce que j'ai vu aujourd'hui : Hugo Harrison disparaissant dans l'entrée d'une prostituée.

– C'est vrai ? Où tu étais ?

– En fait, je descendais les escaliers, et réajustais mon pantalon.

– Il est marié, non ? Tu te rappelles, on a rencontré sa femme ? Je me demande s'il va lui en parler.

– Bien sûr que non, il ne lui dira rien ! « Tu as passé une bonne journée au bureau, chéri ? – Très bonne, merci. Je suis sorti me faire une pute cet après-midi. – C'est bien, chéri. Le dîner va être prêt. »

– Pauvre femme. Imagine qu'elle apprenne ça.

– Sincèrement, ça m'a un peu énervé. Je voulais son avis sur le morceau que je lui apportais, et le voilà qui disparaît pour tirer un coup avec une pute.

– Est-ce que tu sais s'il a aimé ça ?

– Ce n'est pas une question qu'on pose, non ?

– Ton morceau.

– Ah, d'accord. Il m'a appelé sur mon portable. Il m'a dit que c'était super.

– Je ne sais pas comment tu y arrives. Ça a encore été un coup de quatre heures du matin ?

– Non, pas si tard que ça.

– Je me demande pourquoi tu ne travailles pas avec des horaires normaux. Tu pourrais leur demander d'attendre un peu plus longtemps.

– Ils prendraient quelqu'un d'autre pour le faire, et alors on n'aurait pas d'argent, et il faudrait que je surveille les enfants pendant que tu te prostituerais avec des types comme Hugo Harrison.

– Ça ne tient pas la route – *toi*, t'occuper des enfants.

On a ri et je l'ai embrassée de nouveau. J'aimais ça quand elle ne m'avait pas vu depuis quelques jours. C'étaient nos meilleurs moments ensemble.

Catherine avait une peau douce et pâle, un petit nez pointu et de grands yeux marron. Je m'efforçais de fixer ces derniers tandis qu'elle bougeait son corps dans le bain bouillant. Elle me contredisait toujours quand je lui disais qu'elle était très belle, parce qu'elle avait l'impression ridicule que ses doigts étaient trop courts. Parfois je la surprenais avec les manches de son pull tirées sur les mains, et je sais qu'elle faisait ça parce qu'elle pensait que tout le monde la regardait en pensant : « Regarde cette femme ; elle serait jolie si ses doigts n'étaient pas si affreusement courts. » Elle avait des cheveux longs et sombres, et quoique sa coiffure ne fût pas particulièrement élaborée, elle pouvait, pour une raison que j'ignore, faire vingt kilomètres pour se rendre chez son coiffeur qui avait changé de boutique car elle ne voulait pas prendre le risque de laisser quelqu'un d'autre toucher à ses cheveux. J'étais bien content qu'il n'ait pas émigré au Paraguay, parce que ça aurait été dur de payer un billet d'avion tous les deux mois.

Ce que j'avais envie de faire, à ce moment précis, c'était de sauter la rejoindre dans son bain et de faire maladroitement l'amour au milieu de la mousse, mais je ne l'ai pas proposé car je ne voulais pas gâcher ce moment par un refus précipité. Et surtout, je savais qu'il n'y avait pas de préservatifs dans la maison et il n'était pas question que je prenne le risque d'un troisième bébé. Ce n'est pas comme si j'avais été un père parfait pour les deux premiers.

La toute première fois que nous avions fait l'amour, on avait fini par prendre ensemble un bain moussant, comme celui-ci. Lors de notre premier rendez-vous elle déclara qu'elle connaissait un endroit charmant pour prendre un verre et me conduisit dans un hôtel luxueux qu'elle avait repéré à Brighton. Au retour un policier l'arrêta pour excès de vitesse. Elle baissa sa vitre tandis qu'il s'approchait lentement, et il lui demanda : « Est-ce que vous vous rendez compte que vous faites du quatre-vingts dans une zone limitée à soixante ? » Et avec un sourire supérieur, il attendit de voir comment elle allait essayer de s'en tirer.

– *Pardonnez-moi : je ne parle pas l'anglais donc je ne comprends pas ce que vous dites*[1]...

Il eut l'air complètement désarçonné. Et si l'on prend en compte le fait qu'elle n'avait pas eu la moyenne en français au bac, elle me convainquit presque. Le policier décida alors que la langue anglaise serait peut-être plus compréhensible si elle était parlée plus fort, et avec un certain nombre d'erreurs grammaticales voyantes.

– Vous cassez limite de vitesse. Vous trop vite. Permis de conduire ?

Mais elle se contenta de répondre par un haussement d'épaules à la française, et dit : « *Pardonnez-moi, mais je ne comprends rien, monsieur*[1]. »

L'officier décontenancé me regarda, et demanda : « Parlez-vous anglais ? » Je me suis senti obligé de répondre « Eh, non ! » avec un accent français consternant. Il me manquait la tchatche pour discuter avec le

1. En français dans le texte. *(N.d.T.)*

policier comme Catherine. Mon français était beaucoup plus limité que le sien et je pensais qu'il ne serait pas très impressionné par mes remarques selon lesquelles « Sur le pont d'Avignon, On y danse, On y danse ». Elle intervint avant que je risque de me trahir, mais cette fois-là elle trouva quelques mots d'anglais : « Mais Gary Lineker, il est très bonne. »

L'officier visiblement mollissait et, sa fierté patriotique légèrement restaurée, il sentit qu'il pouvait nous laisser reprendre notre route avec un avertissement ânonné de « Conduire-plus-lentement ».

– *D'accord*, dit-elle et il ne remarqua même rien d'anormal quand elle ajouta : « *Auf Wiedersehen* » en s'en allant.

Il a fallu, quelques kilomètres plus loin, qu'on prenne une petite route parce qu'on riait tellement qu'on risquait d'avoir un accident.

On s'était rencontrés alors qu'elle apparaissait dans une pub dont j'avais arrangé la musique. Elle venait d'obtenir son diplôme d'art dramatique de Manchester University et cette pub était son premier rôle professionnel. On lui avait attribué le rôle de l'un des cinq pots de yaourt dansants. Elle jouait le rôle du yaourt aux fruits de la forêt, et elle était de loin la meilleure. Ça m'exaspère encore que le yaourt orange-fruit de la passion ait ensuite figuré au générique de *East Enders*. Après ça, Catherine a eu quelques rôles de figuration dans des feuilletons bas de gamme et elle est apparue dans une vidéo sur la santé et la sécurité. Elle y informait les spectateurs qu'ils ne devaient pas passer à travers les portes de verre, mais qu'il fallait d'abord les ouvrir. J'ai été très excité quand elle m'annonça qu'elle avait décroché le rôle de Sarah McIsaac dans une dramatique télé importante appelée *L'étrange affaire Sarah McIsaac*. Elle me montra le scénario. La première page commençait comme ça : une femme est assise à sa table, travaillant tard dans son bureau de Londres. Un homme entre et dit : « Êtes-vous Sarah McIsaac ? » Elle répond : « Oui. » Alors il sort un pistolet et lui tire une balle dans la tête. Enfin, c'était le rôle-titre, et c'était un véritable pas en avant.

Puis elle a eu un rôle conséquent dans une pièce qui se jouait dans le West End – du Sussex, pour tout dire – et je prenais chaque soir ma voiture pour aller la voir dans le cadre glamour du théâtre Kenneth More, à Illford. Au début, elle trouva que je l'encourageais beaucoup, mais au bout d'un moment je crois que ça la distrayait un peu trop de me voir assis au premier rang prononçant en même temps qu'elle tout ce qu'elle devait dire. Elle était seule sur scène pendant un bon moment et elle était fascinante. Pourtant, je n'aimais pas la façon dont tous les autres hommes, dans le public, la regardaient en permanence.

Mais elle réservait ses meilleures prestations pour embobiner les gens. Elle était capable d'éclater en sanglots si le conducteur ne la laissait pas monter dans le bus sans avoir l'appoint, et elle était prête à s'évanouir dans la salle d'attente si la secrétaire du médecin essayait de l'empêcher de le voir. Un jour, le type du vidéoclub refusa de nous laisser prendre deux films avec une seule carte et elle fit soudain semblant de le reconnaître.

– Oh, mon Dieu, mais vous êtes Darren Freeman, non ?

– Ben ouais, dit-il, surpris.

– Tu ne te souviens pas de moi, à l'école ?

– Ouais, euh, vaguement.

– Mon Dieu, tu étais déjà fou de cinéma, et tout ça. C'est drôle que tu travailles là-dedans. Mon Dieu, Darren Freeman. Tu te souviens de ce prof de géo complètement idiot. Il s'appelait comment, déjà ?

Ils discutèrent pendant dix minutes, et l'on apprit que Darren avait épousé Julie Hails, que Catherine prétendit avoir toujours bien aimée : il nous donna deux films avec une seule carte et, alors qu'il nous les tendait, je vis qu'il portait un badge sur lequel était écrit : « Je m'appelle Darren Freeman. Puis-je vous aider ? »

Pour nous garder des supercheries, nous avions tous deux une attitude désinvolte. Quand elle m'a demandé en mariage, je lui ai lancé un regard de côté, dubitatif, comme si elle était en train de me faire marcher. Je me suis vu, vieillard de quatre-vingt-dix ans, aux obsèques de ma femme, avec elle s'asseyant soudain dans le cercueil en disant « Ah ah ah ! Je t'ai bien eu ! ».

Évidemment, à des yeux étrangers, ma double vie aurait pu sembler une sorte de trahison choquante, mais je me plaisais à imaginer que c'était juste une de ces plaisanteries que nous aimions nous faire ; un autre round dans le jeu de domination que nous poursuivions. Ses supercheries me faisaient toujours rire. Le seul problème avec le gag que j'avais mis au point, c'est que je n'étais pas très sûr de la chute.

Ma double vie avait commencé peu après la naissance de Millie. Nous avions eu quatre années de relations parfaites, et je n'aurais jamais imaginé que je finirais par vouloir prendre la fuite. C'est alors qu'elle était tombée amoureuse de quelqu'un d'autre. C'est peut-être ce qui m'avait fait peur. C'est peut-être pour ça que j'avais essayé de la dissuader si longtemps d'avoir des enfants.

Je ne disais jamais que je n'en voulais pas, je disais simplement que je n'en voulais pas *pour l'instant*. J'aurais des enfants *plus tard*, comme je mourrais plus tard, mais ça non plus, je ne passais pas beaucoup de temps à le prévoir. Catherine, cependant, parlait toujours de nos enfants à venir comme si leur arrivée était imminente. Elle ne voulait pas d'une deux-portes parce que ce serait compliqué de faire entrer et sortir le siège pour bébé. De quel foutu siège parlait-elle ? J'avais envie de poser la question. Elle me montrait les vêtements de bébé dans les vitrines, et elle insistait pour appeler « nursery » la pièce dont nous ne nous servions pas. « Tu veux dire le studio d'enregistrement ? » insistais-je chaque fois. Quelques-unes de ses allusions étaient encore moins discrètes. « Ça serait bien d'avoir un bébé d'été, non ? » demandait-elle neuf mois exactement avant l'été. On invitait, le dimanche, les amis qui avaient des bébés, et il fallait que je fasse semblant d'être intéressé quand les pères et les mères parlaient, au hasard de la conversation, des problèmes intestinaux de Bébé.

Je ne sais pas pourquoi les parents pensent que c'est un moyen acceptable de mener une conversation. Ce n'est pourtant pas un thème sur lequel on brode quand on s'enquiert poliment de la santé des amis adultes.

– Salut, Michael, comment ça va ?

– Ça va, merci. J'ai fait un assez gros caca ce matin, mais aussitôt après j'en ai fait un plus petit qui n'était pas aussi dur. Ça ne me ressemble pas, parce que en général je ne fais qu'un seul caca par jour.

Les fonctions corporelles des bébés sont discutées en long et en large parce qu'ils se réduisent à ça. Ils mangent, ils rotent, ils chient, ils dorment, ils pleurent, et ça recommence. Et quoiqu'il n'y ait rien de plus à dire à propos des activités d'un nouveau-né, leurs parents s'obstinent à ne parler que de ça. Si, par miracle, nos visiteurs venus de la Planète Bébé s'écartaient de ce thème fascinant qu'est le système digestif de l'enfant, la conversation basculait sur le sujet également répugnant des fonctions corporelles de la mère. A ce moment-là, au moins, quelques-uns des pères avaient la bonne grâce de paraître embarrassés et gênés, tandis que Catherine et la nouvelle maman s'étendaient sur les tire-lait et les épisiotomies. Ces papas-là, on pouvait les sauver. Les pères que je ne pouvais vraiment pas supporter, ce sont ceux qui avaient été métamorphosés, suite au traumatisme suscité par tout ça, en idiots aphasiques. Ces moniteurs de colos, qui s'abusaient eux-mêmes, se roulaient comme des déments sur mon tapis, couinant et criant des mots inventés dans une tentative désespérée pour susciter une réponse chez leur nouvelle descendance. « Oooooohhh-bla-bla-bla-bla-bla-bum-bum », glapissaient-ils. « Oh, elle aime ça », disait la mère avec un sourire d'approbation, et on déduisait que le bébé aimait ça du fait que – peut-être – il avait, juste une fois, cligné des yeux.

Au bout d'un moment, la mère me punissait de ma visible indifférence :

– Tu aimerais tenir le bébé, Michael ?

– Oh, ça serait super, répondais-je consciencieusement.

Et je prenais le bébé avec l'air détendu et le sang-froid du ministre pour l'Irlande du Nord quand on lui tend un paquet mystérieux au cours d'une promenade dans Belfast-Ouest. Pendant tout le temps que ça durait, tous les deux, la mère et le père, restaient à côté de moi, gardant leurs mains sous sa tête, son dos, ses jambes, juste pour que je mesure la confiance qu'ils avaient en ma capacité à ne pas laisser échapper un bébé de quatre kilos pendant les douze secondes où je le portais.

Ces nouveaux parents me rappelaient les chrétiens renés. Leur suffisance et leur air supérieur suggéraient que ma vie, d'une certaine façon, était incomplète parce que je n'avais pas entendu la Bonne Nouvelle concernant les bébés. Je serais un être humain à part entière seulement le jour où j'aurais rejoint leur communauté de parents heureux et battant des mains, se rendant à l'église chaque semaine pour chanter « Trois Petits Bonshommes dans une soucoupe volante ». Ils pensaient tous que, tôt ou tard, je serais converti. Mon âme finirait par être sauvée et j'admettrais les bébés dans ma vie. Tel était le plan de Catherine, d'où l'offensive de charme des nouveau-nés. On aurait pu supposer que m'exposer à une ribambelle de bébés était le pire moyen existant pour essayer de me persuader que je pourrais aimer avoir un bébé. Mais à la fin elle m'a eu. Que pouvais-je faire ? J'avais à ma disposition le moyen d'offrir le plus grand bonheur à la femme que j'aimais, et je ne pouvais continuer à le lui refuser éternellement.

J'ai finalement admis que nous pourrions commencer à essayer d'avoir des enfants, un de ces jours style montrons-que-nous-nous-aimons-vraiment. Il y a des moments d'intimité complète, d'adoration mutuelle, où tout ce que l'on souhaite, c'est être d'accord avec tout ce que dit votre partenaire. La couper et la contredire en disant « Non en fait, je pense que *Hotel California* est une chanson horrible » gâcherait complètement l'atmosphère, alors on acquiesce et on dit : « Mmm, moi aussi, c'est une de mes préférées. » C'est dans un de ces moments-là que j'ai accepté l'idée d'être père. J'ai admis l'idée d'une paternité qui durerait toute une vie juste pour ne pas gâcher un après-midi agréable.

Je n'avais jamais compris ces hommes qui se plaignaient qu'il leur avait fallu des années, à eux et à leur partenaire, pour concevoir. Des mois et des mois de sexe continuellement intéressé ! Catherine est tombée enceinte dans le mois qui a suivi nos premières tentatives. « Tu es si malin », me dit-elle en m'enlaçant, et j'étais censé être fier que nous y soyons parvenus si rapidement. Mais en moi-même je pensais : « Damned ! Ça y est alors ? On ne peut pas continuer à le faire tous les soirs, quoi qu'il arrive, juste pour être sûrs ? » Elle a fait pipi dans une petite éprouvette et on a regardé la couleur changer. Le mode d'emploi disait que si ça devenait rose *clair*, elle n'était pas enceinte, mais si ça devenait rose *foncé*, elle était enceinte. C'est devenu rose. Une sorte de nuance intermédiaire entre rose clair et rose foncé, une sorte de rose rosé avec juste une touche de rose. Elle est allée chez le médecin parce que c'est le seul moyen d'être vraiment sûre qu'on est enceinte. Et le mieux que puisse espérer une mère qui attend un enfant, c'est de rester assise une heure et demie dans une pièce surchauffée et étouffante, à inhaler les germes de toutes les infections possibles.

Avant l'arrivée du bébé, j'étais en fait plus angoissé qu'elle. J'ai lu tous les manuels concernant la femme enceinte sur lesquels j'ai pu mettre la main, j'ai recherché les meilleurs sièges de voiture et j'ai surveillé le poids de Catherine, que j'inscrivais sur un diagramme dans la cuisine. J'ai été assez mortifié lorsqu'elle l'a ôté avant un dîner ; je trouvais que ça montrait à quel point je la soutenais, à quel point j'étais intéressé. Cette naissance était mon nouveau projet, ma nouvelle entreprise, un examen que je pourrais passer si je révisais suffisamment. J'ai appris par cœur tout le sketch des parents qui attendent un enfant.

– Qu'est-ce que tu préférerais ? Un garçon ou une fille ?

– Ça m'est égal, tant qu'il est en bonne santé.

Bonne réponse.

– Quel genre d'accouchement vous allez choisir ?

– Aussi naturel que possible, mais on n'écarte pas complètement l'idée d'une intervention si nécessaire.

Bonne réponse.

Je pensais peut-être que de maîtriser le sujet me permettrait de garder le contrôle, mais au fur et à mesure que la grossesse progressait, j'ai commencé à voir clignoter des signaux alarmants. Ce sont les femmes qui ont des bébés, pas les hommes. Impossible de se le dissimuler. « C'est pas notre film, les gars », dit l'un des futurs pères aux cours prénataux. Et même si je me rendais consciencieusement à toutes ces discussions, hochant la tête, écoutant en même temps que tous ces autres hommes silencieux et embarrassés, je ne pouvais m'empêcher de songer : « Qu'est-ce que j'ai exactement à faire, ensuite ? » Tant que la mère respire correctement, qu'elle marche, qu'elle se concentre, qu'elle se contracte et qu'elle mesure ses contractions de façon à ne pas aller à l'hôpital trop tôt, qu'est-ce que l'homme a à faire ?

Apparemment, la réponse à cette question est « Faire des sandwichs ». C'est la seule instruction, parmi celles que j'écrivis, qui me visait vraiment. En fait, faire des sandwichs est la seule chose pour laquelle les hommes soient utiles pendant tous ces neuf mois. Un peu de sperme au début de la grossesse et, à la fin, deux tranches de fromage avec des pickles. Mais mon enthousiasme était solide – si c'était tout ce que j'avais à faire, je voulais le faire correctement. Le professeur en est revenu à la description des premières contractions, s'arrêtant à peine pour me donner une infime indication sur la façon dont nous devions jouer notre rôle, alors j'ai levé la main.

– J'aimerais bien qu'on revienne un instant sur ces sandwichs. A quoi vaut-il mieux qu'ils soient fourrés, pour une femme en travail ?

– Eh bien, voyons... Rien qui soit trop difficile à digérer, mais quelque chose que votre partenaire aime en temps normal.

– C'est juste que je pensais que ses papilles pourraient peut-être se trouver affectées par des hormones, ou un truc comme ça. Il pourrait y avoir des choses contre lesquelles les femmes en travail développent une aversion violente.

– C'est peut-être mieux de proposer diverses garnitures, juste pour être sûr. Et maintenant, une fois que le col s'est dilaté de dix bons centimètres...

– Du pain blanc ou du pain noir ?

– Quoi ?

– Pour les sandwichs, du pain blanc ou du pain noir ? Vous savez, je veux que tout soit parfait pour le bébé, alors je me demandais ce qui était le mieux. Je sais que normalement le pain noir est plus sain, mais est-ce qu'il est plus facile à digérer ? Je suppose que si on se dirige vers un accouchement naturel, il faut mieux avoir du pain noir.

Un des autres hommes a saisi la balle au bond et a suggéré que nous effectuions une sélection de garnitures avec un choix de pain blanc *et* de pain noir, ce qui semblait raisonnable, mais à ce moment-là une femme aux larges lunettes a dit qu'elle était désolée si les hommes n'avaient pas l'habitude d'assister à des réunions qu'ils ne dominaient pas, mais putain est-ce qu'on pourrait la fermer à propos de ces putains de sandwichs, parce qu'on commençait à la gonfler sérieux. Le professeur venait de passer une heure à parler de vagins et de seins, et pourtant il a rougi en entendant un tel langage.

A cause de soucis gynécologiques mineurs durant sa grossesse, Catherine avait été adressée à un spécialiste qui consultait à St Thomas. Ça l'angoissait visiblement beaucoup ; une femme du nord de Londres à qui on demande de traverser le fleuve, de passer au sud. Mais il n'y eut aucun problème, si ce n'est le fait d'avoir à traverser la moitié de Londres aux heures de pointe avec ma femme en travail sur la banquette arrière. Une fois dans la salle de délivrance, Catherine a fait tout ce qu'on lui avait appris. Elle a respiré, poussé, attendu, poussé de nouveau et produit un parfait petit bébé fille. J'ai fait aussi tout ce que j'étais supposé faire, mais les sandwichs ne sont pas sortis du sac. Bien entendu je lui ai tapoté le front en disant : « Tu t'en sors vraiment bien, chérie », « C'est vraiment super », et des trucs comme ça, mais ce n'est pas ma façon de parler habituelle, ça ne devait donc pas paraître très convaincant. De toute façon rien, ce jour-là, n'a été vraiment normal. De voir, pour finir, cette étrangère émerger de ma femme a été l'expérience la plus surréaliste de mon existence. On a tendu le bébé à Catherine et aussitôt elle a paru à l'aise et sûre d'elle. Sa glande de la joie avait sécrété des tonneaux d'hormone de la joie, et elle a fondu en larmes. Et quoique étant profondément ému par cet instant, je me sentais secrètement coupable de n'être visiblement pas aussi profondément ému qu'elle. Je me suis fendu d'un faible sourire, ne sachant pas si je devais essayer de la faire rire ou feindre moi-même de pleurer. Je devais être dans un profond état de choc.

Bien que ce soit l'instant où, techniquement, je suis devenu père, il m'a fallu encore deux bonnes heures pour me faire à cette idée. Catherine dormait et j'étais avachi dans le fauteuil en similicuir à côté de son lit. Une toux minuscule, venant du berceau, s'est fait entendre, et comme je ne voulais pas que Catherine soit dérangée, j'ai soulevé le bébé moi-même, avec nervosité. Elle semblait si fragile, si frêle. Je l'ai portée jusqu'à mon fauteuil comme s'il s'agissait de quelque précieux vase antique.

– Bonjour, petite, je suis ton papa, dis-je.

Et alors, pendant une heure, ou pas loin, je l'ai tenue dans mes bras, me contentant de contempler ce parfait petit spécimen d'être humain, tandis que sourdait au fond de moi un énorme sens des responsabilités. Ce bébé dépendait entièrement de Catherine et de moi. On n'avait pas eu d'examen, ni d'entretien à passer, et voilà qu'on se retrouvait responsables d'un enfant. C'était émouvant, excitant, ça forçait le respect, mais avant tout c'était effrayant. Tandis que j'étais assis là, à la regarder, j'ai songé à tous ces parents qui avaient fièrement amené leurs bébés chez nous, et j'ai souri en pensant à leur degré de stupidité à tous. Ils avaient tous sincèrement cru que leurs bébés étaient les plus beaux des bébés, alors qu'il était évident pour n'importe qui que cette petite fille que je tenais dans les bras était de loin la plus belle créature que le monde eût jamais vue. J'étais certain qu'une fois qu'il l'aurait vue n'importe qui admettrait ce fait. Elle était si innocente, si pure, si neuve. Je voulais la protéger du monde et en même temps lui montrer tout ce qu'il y avait de merveilleux sur terre. Quand elle a fini par gigoter, je l'ai approchée de la fenêtre et, tandis que l'aube se levait sur Londres, j'ai parcouru la ville du regard, depuis les hauteurs de l'hôpital St Thomas.

– Là, en dessous, c'est la Tamise, petite fille, dis-je. Et ça, c'est le Parlement. Cette horloge, là-bas, c'est Big Ben, et cette chose rouge qui traverse le pont, on appelle ça un bus. Dis « Bus ».

– Bus, prononça, à mon grand étonnement, une voix de bébé.

Soit j'avais engendré un génie, soit Catherine était éveillée et me regardait. Le bébé était de plus en plus agité et Catherine me l'a enlevé et l'a installé sur sa poitrine, où elle l'a allaité comme si toutes deux faisaient ça depuis des années.

Catherine et moi nous étions mis d'accord, des semaines avant la naissance, sur le prénom de Millie, si c'était une fille. Mais maintenant qu'un bébé fille était réellement arrivé, j'ai senti qu'il fallait que je l'appelle comme ma regrettée mère. J'ai fait part de cette idée à Catherine, qui a trouvé que c'était une idée magnifique.

– Ta mère semble avoir été une femme merveilleuse, et je regrette de ne pas t'avoir rencontré plus tôt pour avoir pu la connaître. Ça serait magnifique de donner à ce bébé le nom de la grand-mère qu'elle ne connaîtra jamais. C'est une idée touchante et poétique. Le seul ennui, mon cher époux, c'est que le prénom de ta mère était Prunella.

– Je sais.

– Est-ce que tu ne crois pas que le monde est déjà assez cruel pour un nouveau-né sans en plus l'accabler du prénom de Prunella ?

On s'est mis d'accord pour oublier cette idée, et deux jours plus tard on a ramené Millie à la maison.

Une fois rentrés, on a placé le bébé au milieu du salon et j'ai pensé : « Et maintenant, on fait quoi ? » C'est à ce moment-là que je me suis rendu compte que mes révisions n'allaient pas au-delà. On s'était tellement focalisés sur le jour même de la naissance que j'avais à peine réfléchi à ce qui se passait ensuite. Rien ne m'avait préparé à la façon dont elle allait totalement bouleverser mon existence. C'est comme si la personne la plus difficile et la plus exigeante de votre famille venait habiter avec vous *pour toujours*. En fait, ça aurait été plus facile si ma grand-tante de quatre-vingt-dix ans s'était glissée dans notre lit à trois heures du matin. Au moins, elle se serait peut-être rendormie une heure ou deux.

Cette nuit, à l'hôpital, quand j'avais commencé à me sentir père, j'avais déjà quelques heures de retard sur Catherine, et maintenant le gouffre qui nous séparait continuait à croître. Je me suis senti en trop presque dès le début. Généralement, lorsque Catherine avait vraiment désiré quelque chose, c'était moi qui sortais l'objet de l'emballage et qui branchais les haut-parleurs. Mais quand on a ramené ce bébé à la maison, j'étais l'inutile qui n'avait aucune idée sur la façon de procéder. Il semblait qu'il n'y eût aucune logique, aucun système à suivre. Parfois, Millie dormait, et parfois elle pleurait toute la nuit. Parfois elle se nourrissait, et parfois elle refusait de le faire. Il n'y avait ni règles ni habitudes, pas de rythme avec elle – pour la première fois de ma vie, il semblait que je fusse confronté à un problème sans solution. La vie était hors de contrôle ; je n'avais aucune idée de ce qui faisait hurler ce bébé et ce qu'on devait y faire, alors que Catherine semblait le savoir. Elle pouvait dire si Millie avait chaud, froid, si elle avait faim, soif, si elle était grincheuse, fatiguée, triste, et ainsi de suite. Bien que le bébé continuât de crier de plus belle, une fois le remède approprié administré, je n'osais jamais ébranler l'assurance avec laquelle elle m'avait expliqué ce qui indisposait le bébé.

Millie était censée m'emplir de joie et de plénitude, mais ce que je ressentais le plus intensément, c'était une angoisse qui me submergeait. Ça avait été de l'angoisse d'emblée. Ce n'était pas un coup de foudre, mais un coup de flip.

Du côté de Catherine, c'était comme un premier amour toujours recommencé. C'était un amour qui l'engloutissait, qui la consumait, de façon totalement obsessionnelle. Toutes ses pensées étaient pour Millie.

« Attention à la voiture rouge ! hurlai-je, paniqué, tandis qu'elle conduisait en contemplant le bébé ficelé sur le siège arrière.

– Aah ! Millie a un petit chapeau de la même couleur », répondit-elle, rêveuse.

« Aïe ! Je me suis coupé la main avec le couteau à pain.

– Oh, montre ça à Millie. Elle n'a jamais vu de sang. »

« Tu as lu cet article qui dit que les États-Unis essaient de forcer l'Europe à importer des bananes produites par des multinationales américaines ?

– Millie adore les bananes. »

Elle a ajouté le nom de Millie sur le répondeur. « Allô. Si vous voulez laisser un message à Catherine, à Michael ou à Millie, parlez après le bip sonore. » Comme c'était un bébé qui, pour l'instant, était incapable de se servir du téléphone ou de parler, il n'était pas surprenant que Millie n'ait pas vraiment beaucoup de messages perso.

On en revenait toujours au bébé. J'étais en train d'acheter une nouvelle chaîne stéréo dans un magasin, et Catherine disait : « Tu sais, je crois que tu devrais prendre ces enceintes-là, parce qu'elles ont une très bonne basse et c'est censé aider un bébé à se relaxer. » Visiblement, le critère le plus important, lorsque je m'achetais une nouvelle chaîne, c'était de trouver celle qui relaxerait le mieux le bébé. J'avais déjà fixé mon choix sur une autre paire d'enceintes, mais j'aurais eu mauvaise grâce de paraître indifférent aux besoins du Bébé.

« Celles-là sont mieux, dis-je. Les arêtes sont plus arrondies. Elle ne se fera pas mal si elle se cogne dessus. »

Et Catherine fut enchantée de mon choix.

Soudain, je ne faisais plus que des choses que je n'avais pas vraiment envie de faire.

Ça m'a frappé aux premières vacances qu'on a passées en famille. Je me suis rendu compte qu'il ne s'agissait en rien de vacances. Que le fait de voir Millie ramper autour d'une villa de location aux escaliers particulièrement raides et sans rambardes, aux prises électriques apparentes, et avec une bûche véritable projetant des braises, était même moins reposant que de rester assis chez soi à la regarder enfoncer ses biscottes à moitié mâchouillées dans le magnétoscope. C'est lors de mes premières vacances en tant que père que je me suis rendu compte que j'étais redevenu adolescent, que je me laissais mener, maussade, d'un terrain de jeux à une ferme pour enfants. Tout ça était parfaitement stupide, dépourvu de sens, et pathétique. « Regarde, Millie, regarde le lama qui broute le foin. » Youps, cette fois-là, elle a vraiment regardé le lama, donc ça en valait la peine. Pourquoi est-ce qu'on ne s'était pas contentés de rester chez nous, à Londres ? Ça ne m'aurait pas gêné de la sortir de temps en temps sur la pas de la porte et de dire : « Regarde, Millie, regarde le chien qui fait une crotte sur le trottoir. » Ça ne l'aurait pas moins impressionnée. Mais non, il avait fallu qu'on fasse toute cette route jusqu'au Devon, et qu'on reste dans une villa glacée pour que le pauvre bébé désorienté puisse se réveiller toutes les deux heures, et être une nouvelle fois ficelé sur son siège de voiture, parce qu'il y avait une ferme pour enfants à quinze kilomètres, où se trouvaient des lamas et une balançoire qui ne différait en rien de celle du bas de notre rue. Tous ces efforts n'étaient pas pour elle ; ils étaient pour nous. Il fallait qu'on en fasse beaucoup juste pour nous convaincre que nous en faisions assez.

Et puis, évidemment, il y avait les nuits. Je me souvenais comment Catherine et moi nous serrions l'un contre l'autre et nous endormions avec nos corps encore enlacés. Puis Millie est arrivée dans notre lit – plus précisément, entre nous. On avait essayé de la mettre dans un berceau aux pieds de notre lit, mais Catherine trouva qu'elle dormait mieux avec Millie à ses côtés, une fois qu'elle ne s'est plus crue obligée de se redresser compulsivement, paniquée, à chaque grognement, à chaque gargouillement ou, bien sûr, à chaque silence. Le bébé pénétrait dans le sommeil et en émergeait pour se nourrir aux seins de Catherine – ces mêmes seins que je n'avais plus le droit de toucher – et je restais là, allongé, tout éveillé, à penser, plein de ressentiment : « Honnêtement ! Est-ce que ce bébé a la moindre idée de ce pour quoi ces seins sont faits ? »

Je trouvais difficile de dormir au milieu des incessants reniflements et coups de pied du bébé tandis que j'étais perché, de façon précaire, au bord du matelas. Il m'est arrivé quelquefois de tomber et d'atterrir face contre le plancher. Je me suis rendu compte que c'était aussi très difficile de dormir comme ça.

« Chut ! Tu vas réveiller Millie », murmurait Catherine tandis que je regardais si mon nez ne saignait pas.

Après quelques nuits passées entièrement éveillé, Catherine me suggéra de dormir en bas, sur le canapé. Et dorénavant elle ne dormit donc plus avec son mari, mais avec son nouvel amour, le Bébé. Elle semblait être devenue complètement imperméable aux sentiments de quiconque, sauf à ceux du Bébé. Elle était abêtie, hypnotisée, obsédée. C'était comme quand elle était tombée amoureuse de moi. Sauf que cette fois ce n'était pas de moi.

Millie m'avait évincé. Elle avait pris ma place dans le lit, ma vie sociale, le temps que je passais avec Catherine. Elle m'avait même volé mon anniversaire. « Quel parfait cadeau d'anniversaire », me dit tout le monde le jour où elle est née, le jour de mes trente ans. C'est le dernier anniversaire que j'aie jamais eu. Un an plus tard, le jour de notre « anniversaire » commun, Millie a eu une balle qui rebondissait drôlement dans tous les sens, un trolley avec, à l'intérieur, des cubes de couleur, une baignoire-jouet en plastique, un survêtement pour bébé, un livre qui fait couic, et à peu près trente peluches. J'ai eu un album photo pour mettre des photos de Millie. Bon anniversaire, Michael !

– Désolée, ce n'est pas grand-chose, mais je n'ai pas eu le temps de faire les magasins !

dit Catherine en remplissant un sac-poubelle avec tous les emballages des jouets qu'elle avait achetés à Millie.

J'aurais aimé sortir ce soir-là, mais Catherine trouva bizarre d'abandonner Millie le soir de son premier anniversaire. J'ai fait remarquer que non seulement Millie était à moitié endormie, mais qu'elle était parfaitement inconsciente du fait que c'était son anniversaire, et que, si elle se réveillait, elle serait parfaitement heureuse d'être rendormie par la mère de Catherine. Mais Catherine expliqua que, du coup, elle n'apprécierait pas cette sortie, et donc moi non plus, alors on est restés à la maison à regarder une émission sur le jardinage.

Pour couronner une soirée mémorable, Catherine m'a demandé d'aller au supermarché acheter des couches, et, comme c'était mon anniversaire, je me suis offert deux boîtes de bière et un paquet de biscuits au fromage. Et à ce moment-là, alors que je revenais à la maison, j'ai remarqué que toutes les lumières étaient éteintes. J'ai immédiatement compris ce qu'avait fait Catherine. Ma femme, Dieu la bénisse, avait secrètement organisé un anniversaire surprise. La mission couches avait juste été un prétexte pour m'éloigner de la maison. Je me suis repeigné dans le rétroviseur, je suis entré, j'ai traversé le salon sur la pointe des pieds et me suis apprêté à allumer, prêt à paraître surpris et ravi au moment où tout le monde crierait « Bon anniversaire,

Michael ! ». Je me suis préparé, et j'ai effleuré l'interrupteur. J'ai sans doute eu l'air vraiment surpris. La pièce était complètement vide. La cuisine aussi. Je suis monté. Catherine était dans le lit, presque endormie. Je suis redescendu, me suis avachi sur le canapé, j'ai bu une bière et j'ai zappé entre différentes chaînes de télévision. Mes biscuits au fromage contenaient une carte gratuite de *La Guerre des étoiles*, c'était une consolation. « Vivre au maximum », disait une publicité à la télé, alors j'ai bu ma seconde bière avant d'aller au lit.

J'avais pensé que ma jeunesse et ma liberté dureraient éternellement. A dix-huit ans, j'avais quitté la maison et loué un appartement que je partageais, pensant qu'au moins j'avais fini par être libre, que maintenant je pourrais faire tout ce dont j'aurais envie – pour toujours. Personne ne m'avait prévenu que cette émancipation n'était que provisoire, que je ne profiterais de la liberté totale que pendant une très brève période de ma vie. J'avais passé ma jeunesse à faire ce que voulaient mes parents, et maintenant ma vie d'adulte semblait vouée à faire ce que mes enfants voulaient. J'étais de nouveau en taule. Ma maison était devenue une prison. Je ne pouvais plus aller et venir comme je le voulais. Il y avait des barreaux aux fenêtres de l'étage, une porte de sécurité en haut des escaliers, des haut-parleurs de contrôle, des serrures, des alarmes, bientôt il y aurait même un pot de chambre puant à sortir. Ce bébé qui venait d'arriver était moitié caïd et moitié gardien de prison. Elle ne m'autorisait pas à dormir après six heures du matin, moment à partir duquel j'étais son domestique, son laquais, allant chercher des objets et les rapportant juste pour son plaisir. Elle m'humiliait en jetant par terre un couvert qu'elle me demandait de ramasser, et une fois que j'avais obéi elle recommençait.

N'importe quel prisonnier rêve d'évasion. Mon rêve à moi fut d'abord inconscient. Je restais allongé dans ma baignoire, les oreilles dans l'eau, de façon que les pleurs et cris de Bébé se changent en un murmure assourdi et distant. Une fois, alors que Millie dormait dans sa poussette, j'ai proposé de la promener dans Hampstead Heath pour que Catherine puisse s'allonger et se détendre dans une maison vide. Tandis que je remontais et redescendais avec la poussette les seules collines escarpées de Londres, je me suis rendu compte que la raison pour laquelle j'avais fait cette offre apparemment généreuse était, tout simplement, que je voulais du temps pour moi, car maintenant je devais échapper aussi à Catherine. Elle me faisait me sentir toujours coupable. Je me suis dirigé vers le pub, et j'ai pris deux pintes assis dans le jardin, me sentant plus détendu et insouciant que je ne l'avais été depuis longtemps. Millie a dormi tout le temps qu'a duré notre sortie, et bientôt tous mes soucis, toutes mes tensions se sont évanouis dans l'écume de la bière. Lorsque je suis rentré à la maison, je me sentais parfaitement serein, en paix avec le monde, jusqu'à ce que le visage en colère de Catherine à la fenêtre ne me fasse atterrir à nouveau dans la réalité avec une secousse douloureuse. « Oh non, qu'est-ce que j'ai fait de mal, ce coup-ci ? » pensai-je. J'ai décidé d'ignorer son mécontentement, mais tandis que je remontais le perron en souriant, mains dans les poches, elle vint m'accueillir à la porte.

– Où est Millie ? demanda-t-elle.

– Millie ?

– Oui, ta fille, que tu as emmenée se promener à...

Maintenant, je sais que c'est possible de courir de chez moi au pub en quarante-sept secondes.

Je suppose que, dans ce cas précis, je suis en partie responsable. Et même plus qu'en partie. Mais Catherine paraissait trouver à redire dans tout ce que je faisais avec les enfants. Je les séchais avec la mauvaise serviette, je mélangeais leur lait pour bébé avec la mauvaise eau, et je leur mettais sur le derrière la mauvaise quantité de lotion. J'eus l'impression que Catherine trouvait plus rapide et plus facile de tout faire elle-même. Consciencieusement, j'étais présent au moment de les habiller, de les nourrir, de les baigner, espérant être de quelque utilité, mais en général j'étais juste dans ses jambes. Je proposais un coup de main, mais en réalité mes mains se contentaient de pendre à mes côtés, ne sachant trop que faire. Au royaume des bébés, elle était la Reine. Moi, j'étais le prince Philip, traînant de façon gênante à l'arrière-plan en faisant des commentaires stupides.

Était-ce comme ça pour tous les pères ? Est-ce pour cela que, pendant des milliers d'années, les hommes se sont défilés : pour s'épargner l'humiliation d'être les seconds en quelque chose ? Très vite, mes absences sont devenues une habitude. J'essayais de me faire retenir à des réunions ; je ne me pressais plus de rentrer à la maison à temps pour qu'on me dise de mettre les cuillers à thé en plastique dans la machine. Si je travaillais hors de la ville, il fallait toujours que je prenne le dernier train pour Londres, et je ne rentrais pas à la maison avant que Catherine soit presque endormie.

Une nuit je suis rentré tard et me suis faufilé dans la pièce que je persistais à appeler mon studio d'enregistrement. C'est alors que j'ai vu ça. Tout un mur avait été recouvert de papier peint « Du vent dans les saules ». Là où, autrefois, il y avait eu un poster des Clash avec Joe Strummer brisant une guitare, il y avait maintenant de petits dessins de nursery représentant Ratty et Mole en tweed et culotte de golf. Comme père, ce fut ma Nuit de cristal, le moment où j'ai su qu'on venait de m'exclure.

Nous avions toujours été d'accord pour dire que, le jour où le bébé prendrait possession de la « nursery », je devrais louer une chambre en ville, mais ce déménagement était un de ces problèmes éloignés dans l'avenir que je préférais garder hors de mon esprit. Le fait que je sois d'accord pour déménager mes affaires ne signifiait pas que je sois vraiment prêt à le faire. Je fais remarquer que trouver un endroit convenable serait long et compliqué.

– Il y a une pièce de libre dans la maison du frère de Heather, à Balham. Tu peux la louer tout de suite.

Catherine était bien en avance sur moi. Le week-end suivant, on a emballé tout ce dont j'aurais besoin dans mon nouveau studio d'enregistrement, et même un peu plus. A la fin de la matinée le couloir était encombré d'une haute pile de caisses qui contenaient toute ma jeunesse. Des CD, des cassettes, des magazines spécialisés, ma casquette de base-ball avec l'autographe d'Elvis Costello, et les mugs fantaisie que j'avais achetés avant que nous ne nous installions ensemble. Deux anniversaires plus tôt, j'avais offert à Catherine un porte-CD chromé en forme de guitare électrique ; il s'est retrouvé, lui aussi, sur le tas près de la porte d'entrée. J'ai eu le sentiment qu'il y avait une partie de moi que Catherine avait l'intention d'expulser de la maison familiale.

– Oh, il faut que tu aies ton miroir Beatles dans ton studio. Là-bas, ça sera super, et ça ne va vraiment pas du tout dans notre chambre, dit-elle, le décrochant du mur avec un peu trop d'empressement.

Et c'est comme ça que j'ai commencé à m'installer dans une petite pièce du sud de Londres. Ce n'était qu'à une demi-heure en prenant la Northern Line, mais ça me semblait à des mondes de là. Si Catherine voulait me parler, elle pouvait appeler mon portable, sauf quand j'étais charrette, que mon portable était éteint. Apparemment, j'étais souvent charrette. Rien n'a autant consolidé notre couple que le fait d'être séparés. Plus je passais de temps au studio, plus on s'aimait. J'avais toujours travaillé à des heures inhabituelles et, avec un canapé-lit qui se dépliait entre les amplis et les claviers, j'ai continué à le faire. Pour Catherine, plus je restais dans mon studio, plus j'avais travaillé dur et elle était fière d'avoir un mari qui pouvait travailler si longtemps et cependant, quand il rentrait chez lui, s'intéresser autant à sa famille.

– D'où tires-tu ton énergie ? me demanda-t-elle en s'allongeant sur le lit après son bain, me regardant balancer Millie, les bras tendus.

– Tu sais, changer de lieu, ça vaut un bon repos, répondis-je modestement, pensant en moi-même qu'un changement *accompagné* d'un repos, c'est encore mieux.

J'ai rapidement baigné les enfants dans le bain parfumé de leur maman, tandis qu'elle finissait la bouteille de vin, allongée sur le lit. Elle m'a assuré qu'elle n'avait pas bu trop pour pouvoir raconter à Millie son histoire du soir, et elle a réussi à lire parfaitement, déchirant seulement deux des vignettes du livre en relief de *Pocahontas*. Bientôt, Millie et Alfie dormaient, et la maison était calme. Catherine était allongée sur notre lit, enveloppée dans une immense serviette, douce et talquée, encore brillante de son bain d'une heure. Elle leva les yeux sur moi.

– Si on doit avoir d'autres enfants, ça serait bien qu'ils soient rapprochés, non ?

Cette formulation particulière sortait tout droit du *Guide érotique de la séduction sexuelle*. Elle semblait irrésistible, mais deux enfants, ça me suffisait.

– Tu sais, Alfie n'a que neuf mois ; pas la peine de se précipiter, répondis-je, évitant une confrontation.

Mais Catherine savait depuis toujours qu'elle aurait quatre enfants et elle avait un argument très persuasif pour essayer d'en avoir un autre maintenant : en un mot, elle était allongée nue sur un lit chaud et moelleux. Ça faisait trois semaines et quatre jours que nous n'avions pas fait l'amour, et la voilà qui se serrait contre moi et posait des baisers mouillés sur mes lèvres. Je ne prétendrai pas que je n'étais pas tenté, mais je savais qu'il fallait que je me montre fort. Sans contraception, ça serait un pari trop risqué. Pour un plaisir de quelques minutes, je n'étais pas prêt à risquer d'autres années de nuits sans sommeil, de tension maritale et, pour moi, de déception continuelle, qu'un bébé amènerait. De quelque façon qu'on considère la situation, ça n'en valait pas la peine. Je n'aurais pas cinq minutes d'extase sexuelle avec ma magnifique épouse.

Vu comme se passèrent les choses, la dernière partie de cette affirmation se révéla juste : ça n'a duré qu'une minute et demie. J'ai maudit ma faiblesse quand je l'ai serrée contre moi. Apparemment, il y a un grand nombre d'hommes qui, au moment du plaisir, lancent des obscénités. Moi, j'ai grommelé « Oh, putain ! ». Pas dans le sens « Oh, putain, qu'est-ce que c'est bon ! », mais plutôt dans le sens : « Oh, putain, qu'est-ce que je viens de faire ! » Le sexe était le crime, et je venais de renier ma parole.

J'avais laissé se développer cette double vie, pensant que ce ne serait qu'une mesure provisoire, que bientôt les enfants arriveraient à l'âge où on pourrait émerger de la zone des combats de la petite enfance, et qu'alors je pourrais commencer à être un mari et un père normal. Heureusement, les risques étaient minces que Catherine eût conçu si rapidement. Elle donnait encore le sein une fois par jour, et je me pensais donc en sécurité.

Deux semaines plus tard, Catherine me dit qu'elle était enceinte.

3

Un peu de repos

Pendant que Catherine attendait notre premier enfant, un des livres que j'avais lus m'engageait, pour me rendre compte de ce que subissait ma femme, à remplir d'eau un ballon et à passer une journée avec le ballon attaché à mon ventre. Pour montrer à quel point je la soutenais, j'ai vraiment essayé cet exercice. J'ai suivi les schémas, et me suis fixé autour de la taille le ballon gonflé, puis j'ai fait le tour de la cuisine avec une main sur les reins, essayant de paraître radieux. Après ça, j'ai senti que je pouvais regarder ma femme dans les yeux et dire que maintenant, au moins, je comprenais enfin ce que ça faisait d'avoir un ballon rempli d'eau harnaché sous le pull-over. Je ne l'ai gardé qu'une heure. J'ai perdu brutalement les eaux en taillant les rosiers.

Un bon futur père est censé ressentir les mêmes sensations que sa femme. J'ai lu que, parfois, il arrive que les hommes les plus sensibles fassent réellement l'expérience de quelques-uns des symptômes *physiques* de la grossesse de leur partenaire, même si le fait d'avoir un bébé de quatre kilos qui sort du vagin ne fait évidemment pas partie de ces symptômes-là.

J'ai eu le « syndrome de couvade », ainsi qu'on le nomme, pendant la première grossesse de Catherine. Durant les six premières semaines, alors que Catherine commençait à prendre du poids, j'ai commencé moi aussi, grâce à quelque mystérieuse affinité spirituelle, à en prendre. Curieusement, depuis que nous avions cessé de jouer au squash ensemble et qu'on passait des heures à commander des pizzas et des glaces Tom et Jerry, mon tour de taille avait commencé à augmenter à peu près dans les mêmes proportions que le sien. La nature est vraiment une chose merveilleuse.

Tous ces concepts, ces suggestions m'ont laissé penser que je devais m'efforcer d'être plus maternel. C'est ce qu'ils voulaient que je sois : une mère de rechange. Je devais ressentir ce qu'elle ressentait ; je devais avoir les mêmes besoins qu'elle. Je me sentais presque coupable de ne pas pleurnicher quand mon lait semblait un peu long à venir. Pas étonnant que j'aie eu le sentiment de ne pas être fait pour ça, parce que c'était une aspiration qu'il m'était impossible d'éprouver. Mon épouse serait toujours une meilleure femme que moi.

Je suppose que nous étions un couple très conventionnel, dans la mesure où nous collions aux stéréotypes de notre sexe. Catherine avait décidé de mettre de côté sa carrière d'actrice tant que les enfants seraient petits. Elle n'avait pas le sentiment d'avoir d'avenir professionnel précis, en dépit du fait qu'après la naissance de Millie on ne lui avait plus attribué de rôles de simple figurante, mais on lui confiait des rôles de « figurante avec enfant ». Elle résolut alors de devenir une mère à plein temps. « Ah, très bien, c'est le rôle le plus difficile », a répété cent douze fois son père, qui n'était pas drôle. Ce que Catherine trouva troublant, c'est à quel point on la culpabilisait de ne pas être une carriériste aux dents qui raient le plancher. Quand elle disait aux gens qu'elle avait renoncé à son travail, ils se figeaient en un silence embarrassé. Elle disait qu'elle ne voulait plus se rendre à des cocktails, à moins de pouvoir agiter une clochette et porter autour du cou une pancarte proclamant « Absolument sans intérêt ». Ce qu'elle voulait, c'est être avec le bébé. J'ai donc été heureux de soutenir sa décision, même si ses apparitions occasionnelles à la télévision m'avaient toujours fait plaisir, sans compter l'apparition occasionnelle des chèques qui atterrissaient sur le paillasson.

On avait toujours aimé se considérer comme des artistes et des bohémiens, moi le musicien et elle l'actrice, mais à la vérité nous n'étions pas différents de n'importe quel comptable ou courtier d'assurances qui vivait dans notre rue. Nous habitions à Kentish Town, dans une petite maison avec deux chambres à coucher, que les agents immobiliers avaient décrite comme une « villa ». Ça signifiait qu'on pouvait tout juste faire passer la poussette par la porte d'entrée, mais se glisser ensuite derrière était impossible, au point qu'il fallait dormir dans le jardin de devant. Je peux garantir qu'il n'y avait pas la place, dans notre maison, pour balancer un chat par la queue, parce qu'une fois j'ai surpris Millie en train d'essayer de le faire.

Parce que nous souhaitions habiter dans un quartier qui soit près d'une poste qui soit près d'un coin sympa qui soit très proche d'un endroit agréable de Londres, nous n'avions pas d'autre choix que de vivre dans une maison minuscule. Je me souviens d'avoir pénétré à l'intérieur d'une maison-jouet pour enfants d'un grand magasin, et avoir pensé : Mon Dieu, qu'est-ce que c'est grand ! Je me demandais comment nous allions faire pour installer un autre bébé dans notre maison, mais si la « vieille dame qui vivait dans une chaussure » y était arrivée, alors je suppose que nous devrions faire de notre mieux. Je n'avais jamais vraiment compris cette comptine avant que nous nous installions à Londres. Si ça se passait aujourd'hui, un investisseur achèterait la chaussure de la vieille dame et la transformerait en appartements.

Le troisième bébé ne devait pas arriver avant huit mois, et ne mesurait pas plus de quelques centimètres, il était pourtant capable d'écœurer, de fatiguer et de faire pleurer sa mère. Je suppose qu'il s'agit d'un avertissement visant à rappeler qu'il n'y a pas de rapport entre la taille d'un bébé et l'amplitude de la catastrophe qu'il peut engendrer.

Evidemment, un embryon ne bouleverse pas la vie comme un nourrisson, et un nourrisson ne bouleverse pas la vie comme un enfant qui commence à marcher. Mais maintenant, nous avions les trois qui faisaient simultanément des ravages. Peu d'entre nous se souviennent de leur vie avant trois ans. C'est nécessaire à l'évolution – si on se rappelait quels petits salauds on était avec nos parents, on n'aurait jamais d'enfants à soi.

Millie avait deux ans et demi, Alfie dix mois, l'embryon quatre semaines, et je me donnais l'impression d'avoir cent cinq ans. Rien ne m'avait préparé à la fatigue que je ressentais, et surtout pas Catherine. La privation de sommeil est un moyen de torture populaire, utilisé par la police secrète indonésienne et les petits enfants. Au moins, Alfie ne pouvait-il pas me donner un coup dans les testicules à chaque fois que je finissais par m'endormir. Il laissait ça à sa grande sœur, qui en général escaladait notre lit aux environs de trois heures du matin. Même lorsque je dormais tout seul, je me retrouvais allongé avec les mains sur l'aine, dans la position de défense du footballeur.

Catherine était toujours plus épuisée en début de grossesse, quand cette dernière était encore un secret. Il fallait que je fasse croire aux amis que si elle n'arrêtait pas de s'évanouir et de fondre en larmes, c'est que nous avions regardé tard dans la nuit de vieux films de James Stewart, mais elle insistait toujours pour dire qu'elle se débrouillait très bien. « Fatiguée ? Non, je ne suis pas fatiguée », disait-elle tandis que j'enlevais les assiettes du dîner, même si mes soupçons allaient croissant lorsque, revenant avec le gâteau, je la trouvais à moitié endormie, la tête posée sur la table de la cuisine.

Bien que nous fussions ensemble depuis cinq ans, je n'avais pas encore appris à traduire ce qu'elle me disait. Avant son dernier anniversaire, elle avait remarqué : « Ne m'achète rien de particulier cette année », et j'avais bêtement interprété ça comme « Ne m'achète rien de particulier cette année ». J'avais échoué à déceler l'intonation subtile de sa voix, j'avais écouté les paroles plus que la musique. Dans le même ordre d'idées, elle avait une douzaine de manières différentes de dire « Je ne suis pas fatiguée ». Certaines de ces manières signifiaient exactement cela, tandis que d'autres voulaient dire : « Je suis très fatiguée, je t'en prie, insiste pour que j'aille immédiatement au lit. »

Je sus qu'elle n'était pas elle-même le soir où des témoins de Jéhovah vinrent sonner à la porte. Quelle attitude bizarre, pensai-je, elle n'a pas voulu leur parler. Normalement, elle les aurait invités à entrer, leur aurait offert une tasse de thé puis leur aurait demandé s'ils avaient réfléchi à Satan dans leur vie. Il lui est arrivé d'être sur le point d'en recruter un, après lui avoir exposé sérieusement la catharsis spirituelle élevée qu'était une nuit de galipettes.

Mais ce soir-là, la fatigue la réduisait à l'état de robot larvesque. Elle avait fait les gestes nécessaires pour coucher les enfants et il ne lui restait ni énergie ni enthousiasme pour quoi que ce soit d'autre. Alfie venait de nous offrir trois nuits terribles à la file, et nous étions tous deux totalement lessivés et démoralisés. Je ne peux pas dire que nous avions mal dormi, parce que en fait je ne crois pas que nous ayons dormi un instant. Les nuits à rester éveillés étaient complètement désorientantes, et nous avions perdu toute notion du temps. La façon dont l'horloge corporelle de Catherine lui rappelait à quel moment il fallait se lever le matin me stupéfiait.

Quand elle a fini par soulever son visage chiffonné de la table de la cuisine, j'ai essayé de la persuader de dormir en bas, sur le canapé, avec la porte fermée, où elle serait hors de portée de voix des enfants. Je voulais qu'elle me délègue une partie du manque de sommeil avant que je retourne au travail le lendemain matin. Mais elle eut du mal à accepter cela. Elle était vorace. Elle souhaitait garder toute la souffrance pour elle toute seule. Mais j'ai tenu bon, et à la fin elle n'a pas eu la force de résister à mes arguments. Je l'ai donc installée sur le canapé avec une couette et des oreillers avant de l'embrasser en lui souhaitant bonne nuit et de monter pour affronter la nuit de mon côté.

C'était comme si j'avais pénétré, avec des tremblements nerveux, dans l'œil d'un cyclone qui s'approchait. Fermez les écoutilles, on entre dans la nuit. Avant les enfants, je choisissais souvent délibérément de rester debout jusqu'au matin. C'était à la fois marrant et fou. On escaladait les grilles de Hyde Park et on jouait sur les balançoires. J'assistais à un festival de science-fiction qui durait toute la nuit dans un cinéma indépendant. J'allais à des fêtes, je prenais du speed ou de la coke et je m'asseyais au sommet de Hampstead Heath et regardais le soleil se lever sur Londres. Souvent, lorsque j'avais un gros travail à faire, j'aimais passer la soirée avec Catherine puis, alors qu'elle allait au lit, je disparaissais dans le studio, je mettais les écouteurs et je travaillais jusqu'à l'aube sur mon clavier. Je petit-déjeunais avec Catherine avant qu'elle se rende à une audition, puis me couchais jusqu'à son retour. J'adorais travailler la nuit, quand tout est calme et silencieux et qu'on peut vraiment se perdre dans ses pensées. Une mélodie me venait dans la tête, je pensais : « D'où est-ce qu'elle arrive ? Quelqu'un d'autre s'est emparé de mon corps et m'offre cette mélodie pour rien. » Parfois, si j'étais en panne, je sortais me promener dans le silence de la nuit et je percevais le calme de la ville endormie. Les nuits étaient mon temps à moi. Elle m'appelait Monsieur Clair-de-Lune. C'était le surnom que Catherine donnait à son petit ami qui aimait rester debout la nuit entière. Dans les moments d'intimité et d'affection, elle m'appelait encore Monsieur Clair-de-Lune, pourtant, maintenant que je clair-de-lunisais aux dépens de notre vie familiale, ce n'était plus un surnom avec lequel je me sentais particulièrement à l'aise.

Je suis entré sur la pointe des pieds dans la chambre de Millie, pour voir si elle dormait bien. Elle paraissait si douce, confiante, rassurée. En évitant soigneusement la latte craquante du plancher, j'ai ramassé quelques peluches et les ai placées sans bruit derrière son oreiller. Aussi silencieusement et doucement que j'ai pu, je lui ai lentement remonté sa couverture. Avec le soin et la précision d'un neurochirurgien, j'ai ôté la poupée de plastique qui appuyait sur son visage et l'ai couchée sur un côté du lit. Puis, tandis que je me redressais, ma tête a heurté le mobile de verre coloré au-dessus de son lit, ce qui l'a fait osciller et cliqueter. Alors elle a ouvert les yeux et m'a regardé, surprise, n'en croyant pas ses yeux.

– Qu'est-ce que tu fais là ? a-t-elle demandé d'une voix ensommeillée.

Ce n'était pas une question facile, sur aucun plan. Je lui ai dit de se rendormir et, curieusement, c'est ce qu'elle a fait.

Alfie dormait dans un berceau que nous portions chaque nuit dans notre chambre pour des raisons qui avaient autrefois paru sensées mais qui maintenant m'échappaient. Il dormait bruyamment, accumulant du sommeil en vue de la longue nuit agitée qui l'attendait. Silencieusement, et tout seul, j'ai préparé mon lit, me demandant comment se dérouleraient les prochaines heures, tel un soldat à la veille d'une bataille. Le fait de savoir que je serais bientôt dérangé m'enjoignait à chercher désespérément un sommeil aussi rapide que possible, si bien que je demeurais allongé, concentré et paniqué, pensant : « Il faut que je m'endorme. Il faut que je m'endorme », ce qui me tint éveillé beaucoup plus longtemps que d'habitude. Puis j'ai fini par sombrer.

Pendant la première heure, mon esprit dévala une colline jusqu'au sommeil le plus profond, mais au cours de cette descente pleine de rêves, je fus soudain arraché par le cri d'angoisse soudain du bébé Alfie. Je suis resté pétrifié durant quelques secondes d'effroi, tandis que mon corps luttait pour devenir opérationnel. Puis, comme un automate vaseux, j'ai rejeté la couette, titubé jusqu'au berceau et mis mon petit doigt dans sa bouche. Les pleurs ont cessé tandis qu'il suçait comme un dément, et je me suis assis au pied du lit, encore à moitié inconscient. Frottant ma tête douloureuse, j'ai jeté un regard au miroir et j'ai vu la silhouette voûtée et grisonnante d'un homme épuisé, le fantôme de ce que j'étais, mes cheveux ébouriffés qui se clairsemaient et mon visage chiffonné et creusé. A sa naissance, une des cartes que nous avions reçues représentait, en noir et blanc, un homme musclé serrant un bébé nu sur sa poitrine ridée. Ce n'est pas comme ça que je ressentais la paternité, à cet instant. Le réveil m'informait que je n'avais dormi qu'une heure et quarante minutes, et qu'il était bien trop tôt pour faire manger Alfie. Au bout d'un moment il suça de façon moins frénétique ; il se calma lentement tandis que je balançais doucement le berceau d'avant en arrière, pour faire bonne mesure. Quand j'ai adroitement retiré mon doigt, il a à peine réagi.

Mon doigt était une sucette portable qui avait fonctionné pour les deux enfants. Ils semblaient trouver les longs ongles acérés de Catherine beaucoup moins agréables, ce qui n'était pas étonnant, aussi mon petit doigt était-il devenu le seul plaisir oral qui leur fût permis. Au début, j'avais proposé d'acheter des tétines, mais Catherine objecta que ce n'était pas hygiénique, que ça entravait le développement de la parole, qu'on ne ferait que tendre le bâton pour se faire battre, qu'il serait impossible de les en priver, et bien d'autres raisons de moindre importance. Elle ne mentionna jamais la vraie raison qui était qu'elle pensait secrètement que les sucettes étaient communes et qu'aucun de ses bébés ne paraîtrait commun. Je ne pouvais opposer un argument à une conviction dont je n'osais pas l'accuser, donc la seule sucette qu'eurent jamais mes enfants fut mon petit doigt. La sucette, c'était moi.

Pour que le petit Alfie reste endormi, je savais qu'il fallait que je continue à balancer doucement le berceau, alors, centimètre par centimètre, je l'ai tiré à côté du lit. Maintenant, au moins, je pouvais m'allonger. Sans doute ne faisais-je que rendre les choses plus difficiles pour moi. Comme un alcoolique qui va au pub prendre un verre d'eau, je me tentais moi-même en me mettant à portée de la chose dont j'avais le plus besoin. Mais j'étais trop fatigué pour rester assis, alors je me suis allongé au bord du lit et, le sang quittant mon bras étendu, je balançai lentement le berceau d'avant en arrière. Aussi longtemps que ce mouvement serait entretenu à un rythme suffisamment soutenu, Alfie resterait à contrecœur allongé en silence, et je pourrais faire semblant de croire qu'il était endormi. Mais il était plus solide que moi. Le balancement devint peu à peu moins convaincu ; il se fit plus lent et plus faible jusqu'au moment où mon bras épuisé retomba sur le côté du lit. Ce fut le signal pour qu'il recommence à pleurer, et alors, indépendamment du reste de mon corps engourdi, mon bras reprit la poignée du berceau et commença à le pousser à nouveau d'avant en arrière. Cette séquence se répéta encore et encore. Pendant l'heure qui suivit, on s'est presque endormis, chacun son tour. Puis j'ai fini par arrêter. Silence. Est-ce que ça signifiait que, finalement, il allait me laisser m'assoupir, et permettre à mon corps épuisé, démoralisé de prendre un peu de repos ? Je ne pensais plus qu'à dormir.

Oh, dormir, il faut juste que je dorme. Je donnerais tout pour avoir huit heures de sommeil solide, ininterrompu. Pas ces sauts de carpe de la conscience mais un vrai sommeil digne de ce nom, profond, profond. Voilà la seule drogue dont j'ai besoin : le sommeil. Si seulement je pouvais trouver un revendeur et me procurer un petit roupillon ; pour ça, je paierais comptant, je me ficherais de savoir si c'est illégal, ou à qui ça a été volé ; pour me l'offrir, je piquerais le porte-monnaie de ma mère, il faut juste que je me fasse une dose de sommeil. Je le sniferais, le fumerais, je me l'injecterais – je partagerais même la seringue d'un autre si c'était le seul sommeil que je puisse me procurer, et alors je m'injecterais dans les veines une dose massive de pur sommeil brut, je m'allongerais tandis que le flash m'anéantirait, je sentirais mon cerveau s'embrumer et mon corps se détendre. Je fermerais les yeux et je serais parti, défoncé, loin de ce monde ; il n'y aucune drogue qui vaut ça, et il faut juste que je dorme un peu, ou je vais mourir. Peut-être que si je me suicide, ça ressemblera au sommeil. Je vous en prie, je vous en prie, je vous en prie, un peu de sommeil. Je volerai le sommeil de Catherine. Ouais, elle n'en a pas besoin. C'est ça, je lui prendrai son sommeil. Demain matin je retraverserai le fleuve, je lui dirai que j'ai du travail, j'entrerai dans ma chambre, j'éteindrai mon portable, j'enlèverai tous mes vêtements, je ferai gonfler l'oreiller de plumes, je tirerai la couette sur ma tête et je sentirai le bien-être pénétrer mes membres sur le matelas moelleux, je me sentirai partir, partir, glisser au loin. J'en prendrai une dose massive. Quand je me serai fait ce fix je me sentirai si bien, comme un athlète, comme le champion du monde des poids moyens, comme si je pouvais courir un marathon. Mais maintenant je m'endors et je me sens si bien. C'est tout ce que je veux. Laisse-moi dormir, bébé, laisse-moi dormir. C'est tout de suite que j'en ai besoin, je ne peux pas attendre. Il faut que je dorme tout de suite, et je vais le faire, je vais le faire...

Est-ce que je rêve, ou est-ce que je viens d'entendre un petit gémissement monter du berceau ? Je retiens mon souffle, de crainte que même ma respiration puisse le déranger. J'en suis sûr, il y a eu encore un vague gémissement à peine perceptible, et mon cœur a chaviré. C'était toujours la même séquence. Au début, le gémissement était faible – intermittent, des tentatives modestes pour se mettre en branle, comme quelqu'un qui ne réussit pas à démarrer une voiture avec une batterie à plat. Mais tandis que je fermais les yeux et tentais de ne pas en tenir compte, les gémissements finissaient par devenir des bêlements, puis le bêlement devenait un cri étouffé, puis les cris se faisaient plus accentués et insistants, jusqu'à ce que la machine finisse par se mettre en marche, que le moteur ronfle tandis que le bébé hurlait avec une puissance qui démentait sa taille menue.

J'étais allongé, éveillé, écoutant les pleurs de colère, incapable de m'armer d'assez de courage pour soulever à nouveau ma lourde carcasse. Normalement, Catherine aurait dû se précipiter depuis longtemps parce qu'elle ne veut pas que Millie soit réveillée par le bébé, mais je n'ai jamais été particulièrement convaincu par le bien-fondé de ça. C'était une de ces précautions tatillonnes et hyper-protectrices que Catherine prenait toujours. J'ai entendu le craquement d'une latte de plancher à la porte.

– Alfie m'a réveillée, dit Millie en pleurant, debout dans la pénombre, serrant une couverture mâchouillée.

– Oh non.

J'ai soupiré. J'ai soulevé le bébé pour faire cesser les hurlements, incitant Millie à tendre ses bras de façon que je puisse la soulever aussi, ce que j'ai fait. Puis je suis resté là, debout dans le nadir solitaire de la nuit, à bercer dans mes bras deux petits enfants qui pleuraient, mon corps épuisé presque courbé sous le poids, me demandant ce que je pourrais bien faire ensuite.

J'ai pensé qu'il y a une seule chose pire que des enfants qui ne veulent pas dormir :

c'est l'autosatisfaction de parents de bébés qui dorment bien. Ils sont persuadés que ça dépend d'eux. Chaque fois que Catherine et moi étions au comble de l'exaspération, on était forcés d'écouter sa stupide hippie de sœur, Judith, nous expliquer d'un ton suffisant ce que nous faisions mal. J'avais envie de la secouer et de hurler : « C'est parce que tu as eu de la chance, c'est tout. Parce qu'il t'est arrivé d'avoir un bébé qui dorme. Ce n'est pas parce que tu as eu un accouchement sous l'eau, que tu l'as nourri avec des aliments organiques pour bébés, ou que tu as rempli de feng-shui la putain de nursery. C'est juste que tu as tiré le bon numéro ! »

Catherine et moi avions tout essayé avec Millie et Alfie, et maintenant j'en étais réduit à des menaces sans portée. « Attendez un peu d'être des adolescents, leur disais-je, et j'aurai ma revanche. Je viendrai vous chercher au milieu de vos amis, avec une chemise mauve à fleurs, je danserai le twist à la fête de votre école, et quand vous amènerez à la maison vos premiers flirts, je montrerai ces photos où vous êtes bébés et vous tortillez tout nus sur le tapis. »

Mais mes menaces n'avaient aucun sens, et maintenant les jeux étaient faits. Je n'avais pas voulu que Catherine soit réveillée parce qu'elle avait désespérément besoin de sommeil. Avec les deux enfants éveillés, il y avait plus de chance qu'elle rapplique, et si ça arrivait et qu'elle voyait que j'avais laissé Alfie déranger Millie, aussi, il y aurait une dispute, et je n'en verrais pas la fin avant le lendemain matin, quand Catherine aurait la tête dans le lavabo. Millie réveillée, c'était le désastre à tous les étages. En dehors de tout le reste, le fait de nourrir et de changer un bébé aux petites heures du matin était une opération précise et difficile. De façon générale, avoir à ses côtés une fillette irritable de deux ans et demi était un obstacle plus qu'une aide.

– Je veux regarder la vidéo de *Barney*, dit Millie.

Nous n'étions pas des parents particulièrement sévères, mais il y avait une règle sur laquelle nous étions d'accord, c'était que Millie n'avait pas le droit de nous réveiller au milieu de la nuit pour regarder des cassettes pour enfants. Comme principe, c'était bien, mais ça ne prenait pas en compte le fait que Millie avait autant de personnalité que Margaret Thatcher. Ce n'était pas quelqu'un avec qui on pouvait négocier, avec qui on pouvait trouver des arrangements, qu'on pouvait acheter ni convaincre. Elle prenait une position et on voyait dans ses yeux démoniaques qu'elle était complètement persuadée du bien-fondé absolu de sa cause. Et à ce moment-là rien ne pouvait lui ôter la conviction inébranlable qu'elle allait regarder la vidéo de *Barney*.

Un de nos livres sur l'éducation des enfants nous avait appris que la chose à faire, c'était de ne pas affronter la conviction d'un tout-petit, mais de la contourner en changeant de sujet ou de la distraire avec quelque chose d'inattendu. Les techniques de distraction sont possibles quand on ne se sent ni fatigué ni irritable. Je suppose qu'on n'est ni fatigué ni irritable une fois que les tout-petits ont grandi et qu'ils vont à l'école.

– Non ! Tu ne regarderas pas la vidéo de *Barney*, Millie ! ai-je aboyé.

En entendant mon premier refus, Millie s'est jetée sur le sol avec le désespoir d'une mère dépossédée. Elle a réitéré sa demande cent quarante-sept fois pendant que j'essayais de changer les couches d'Alfie, mais j'ai choisi de l'ignorer. C'était malin, je contrôlais la situation : j'allais simplement continuer à l'ignorer et ne pas la laisser m'avoir.

– NOM DE DIEU, FERME-LA, MILLIE ! hurlai-je.

Au fond de moi, je savais que d'une manière ou d'une autre elle allait finir par regarder la vidéo de *Barney* avant le matin. Je bataillais toujours pour mettre une couche propre à Alfie, mais il ne se tenait pas tranquille. La lotion que j'avais essayé d'étaler sur son petit derrière rouge avait atterri sur le devant, sur la bande collante, et je n'arrivais donc plus à fermer la couche. Je l'ai écartée, et j'ai décidé de recommencer, me retournant pour voir où j'avais posé le paquet. C'est le moment qu'Alfie a choisi pour faire pipi. Un grand arc de pipi lui est passé par-dessus la tête, comme si quelqu'un avait soudain ouvert le tuyau du jardin. J'ai tenté d'attraper les dernières gouttes avec la vieille couche, mais ça n'avait aucun sens car il en avait déjà expédié dans toutes les directions, et maintenant son gilet et son babygro étaient entièrement trempés.

Millie, à ce moment-là, appuyait sa demande insistante en me frappant le bras à chaque fois. Je n'avais pas conscience que dans l'autre main elle serrait un élément de bois d'un jeu de construction, rouge vif. A cet instant son bras s'est balancé et elle m'a heurté en plein visage avec son cube. Le coin aigu m'a frappé juste au-dessus de l'œil. La douleur m'a pénétré d'un coup, et dans un éclat de colère je l'ai soulevée et l'ai jetée trop brutalement sur le lit. Elle s'est cogné l'arrière de la tête sur la tête de lit en bois. Maintenant, elle hurlait vraiment. Effrayé par le volume des hurlements de sa sœur, ou peut-être juste par esprit de solidarité, Alfie a commencé à hurler lui aussi à plein tube. Paniquant presque, j'ai essayé de lui mettre la main sur la bouche, pour le faire taire, mais ça n'a pas eu l'effet relaxant escompté, ce qui n'a rien d'étonnant. Il a commencé à postillonner et à secouer la tête, et j'ai ôté ma main. Et alors j'ai ressenti de la terreur et de la honte, à l'idée que la colère et la frustration auraient pu me rendre capable de recouvrir complètement la bouche du bébé et de rester comme ça jusqu'à ce qu'il reste complètement silencieux et immobile.

Je les ai laissés hurler tous les deux. J'ai frappé mon oreiller aussi fort que possible, je l'ai frappé en criant : « PUTAIN MAIS TAISEZ-VOUS ! POURQUOI VOUS NE ME LAISSEZ PAS RETROUVER MON PUTAIN DE SOMMEIL ! » Alors j'ai levé les yeux et j'ai vu Catherine debout sur le seuil, qui regardait la scène.

Elle avait sur le visage cette expression qui signifiait que je ne faisais pas ce qu'il fallait. Elle a soulevé Millie, lui a dit qu'elle allait la remettre au lit tout de suite, et en raison de quelque code particulier dont elle devait se servir, Millie a accepté cet état des choses.

– C'est justement ce que j'allais faire, dis-je, peu convaincant. Pourquoi est-ce que tu ne me laisses jamais faire les choses à *ma* façon ?

Elle n'a pas répondu.

– Tu es censée prendre un peu de repos ! lui criai-je, comme si je la défiais, comme si elle s'était levée et était intervenue dans une situation parfaitement normale.

– Est-ce que les cris d'Alfie ont réveillé Millie ? me demanda-t-elle aussitôt qu'elle revint.

– Ouais. Je veux dire, je me suis levé aussitôt, et tout, mais il était inconsolable.

– Oh, super, elle sera en forme demain.

Elle a soupiré avec irritation, et j'ai remarqué qu'elle était montée avec un biberon de lait chaud pour le bébé.

– Pourquoi n'as-tu pas donné son biberon à Alfie ?

– Ce n'était pas l'heure.

– Il est trois heures.

– Oui, *maintenant* il est l'heure, mais ce n'était pas l'heure quand il a commencé à pleurer. Tu m'as dit de ne pas le nourrir avant l'heure. J'ai juste fait ce que tu m'as dit.

Catherine a soulevé Alfie de là où je l'avais changé, et lui a mis dans la bouche la tétine de plastique du biberon.

– C'est *moi* qui vais le faire manger, ai-je protesté. J'ai dit que c'est moi qui le ferais cette nuit. Retourne te coucher, et dors.

Elle m'a tendu le bébé et le biberon et, au lieu de retourner au canapé-lit du rez-de-chaussée, elle a grimpé sur notre lit double, où au lieu de donner le biberon à Alfie au milieu de la nuit elle a pu se reposer en me regardant donner le biberon à Alfie au milieu de la nuit.

– Ne le tiens pas tout droit comme ça, ou il ne le prendra pas.

Elle m'interpellait depuis le banc de touche. En raison du ton sur lequel elle m'a donné cette information, je me suis senti forcé de l'ignorer, et bien entendu le bébé a gigoté et commencé à pleurer.

– Qu'est-ce que tu fais ? Pourquoi est-ce que tu fais exprès de mal faire ?

– Je ne le fais pas exprès.

– Passe-le-moi.

Elle s'est levée du lit, m'a enlevé le bébé et, maussade, je me suis hissé sous les couvertures et suis resté là, assis, mécontent et indigné, tandis qu'elle donnait le biberon à Alfie. Le bébé tétait en rythme, l'air heureux, confortable et détendu dans les bras de sa mère, et quand les bruits de succion ont commencé à se ralentir tandis qu'Alfie sombrait dans un sommeil engourdi, Catherine a doucement tapoté les semelles de ses chaussons pour le faire bouger. C'était comme si ces fragiles pieds boudinés avaient un petit bouton secret que Catherine était seule à connaître et qui faisait que la tête se remettait à téter correctement. Et alors que j'étais là, allongé, vexé et plein de ressentiment, il y avait une petite partie de moi qui pensait que c'était merveilleux qu'elle sache faire ça.

Elle a fini par reprendre sa place dans le lit à mes côtés, et j'ai décidé de ne pas insister sur le fait que je pouvais parfaitement me débrouiller tout seul.

– Je n'ai dormi qu'une heure et demie, ai-je grommelé, espérant susciter un peu de compassion.

– C'est plus que je n'ai dormi ces temps-ci, rétorqua-t-elle.

Maintenant le bébé avait mangé, il était changé et bien au chaud. Maintenant, il allait sûrement dormir. On était allongés l'un à côté de l'autre, raides et silencieux, sachant tous les deux que l'autre guettait le premier gémissement qui monterait du berceau. Comme des patients allongés sur le fauteuil du dentiste, nous étions incapables de nous détendre, parce que nous attendions l'instant où la roulette allait toucher la dent – le premier gémissement chagriné qui nous avertirait que l'agitation larmoyante du bébé recommençait. Quand cela s'est produit, je n'ai rien dit, mais j'ai senti Catherine tressaillir à mes côtés. Ce n'était au tour de personne de se lever, et donc, tandis que les gémissements devenaient plus réguliers et insistants, ni l'un ni l'autre n'avons abandonné nos positions de sommeil inutilement optimistes, tel un couple qui essaie de prendre un bain de soleil sous une pluie battante.

– Essayons de le laisser crier, dis-je tandis que les pleurs devenaient des gémissements de force maximale.

– Je ne peux pas faire ça quand tu travailles et que je suis là toute seule.

– Eh bien, comme je suis là cette nuit, ça pourrait être la nuit où il apprendra qu'on ne sera pas toujours là à venir le consoler.

– Je ne peux pas faire ça.

– Attends juste que le réveil marque 3 h 50.

J'ai dit ça à 3 h 42. Je suis allé fermer la porte pour que Millie ne soit pas réveillée une nouvelle fois. Catherine ne disait rien, elle restait allongée à fixer l'écran digital du radio-réveil, qui brillait tandis que le bébé meuglait sans relâche.

Après ce qui a paru une éternité – 3 h 43 –, Catherine, exaspérée, s'est mis l'oreiller sur la tête. Je crois qu'elle faisait ça dans l'intention de me prouver quelque chose car j'ai remarqué qu'elle le relevait légèrement sur ses oreilles de façon à pouvoir encore entendre les cris d'Alfie. Je pensais que l'aiguille de volume du bébé était déjà dans le rouge, que ses petits poumons et sa frêle boîte vocale ne pouvaient donner plus de puissance, mais à 3 h 44 les cris sont devenus soudain un hyperson en quadriphonie, d'une puissance, d'une colère, d'un volume décuplés. Si ç'avait été un *son et lumière*, ç'aurait été l'instant où éclataient les feux d'artifice et où les chœurs s'élevaient. Comment pouvait-il soudain trouver une telle énergie ? D'où sortait-il cette vigueur et cette force de volonté, à ce moment de la nuit où nous, ses parents, qui avions vingt fois son poids et sa force, étions prêts à jeter l'éponge depuis des heures ? Maintenant, je commençais à comprendre pourquoi les mères s'inquiètent et s'imaginent que l'épingle à nourrice n'est pas fermée et perce la chair de la cuisse du bébé, car c'est ce degré de douleur extrême qu'Alfie exprimait. Même moi je m'inquiétais de ce qu'il ait une épingle plantée en pleine chair. Pourtant, on utilisait des couches jetables.

Les beuglements furieux ont duré jusqu'à 3 h 45, toujours à fond, mais il y eut alors un changement de vitesse qui produisit des sons plus brefs, plus disséminés. C'étaient des pleurs saccadés, douloureux, sauvages, qui hurlaient : « Mère, Mère, pourquoi m'as-tu abandonné ? » Et bien qu'elle me tournât le dos, j'ai supposé que Catherine, à cet instant, pleurait aussi. J'avais essayé de la convaincre de laisser pleurer le bébé, les premiers mois, quand elle le nourrissait encore au sein. Le bébé gémissait, Catherine s'asseyait dans le lit avec des larmes qui lui coulaient sur les joues, et le lait, en un réflexe pavlovien, lui sourdait des seins. Quand on en était à ce point, je lui disais de se lever et de prendre le bébé. Je craignais que, d'une manière ou d'une autre, elle se déshydrate complètement.

Si elle pleurait maintenant, je m'en sentirais responsable. C'était moi le bourreau à présent. J'avais amené la pauvre mère dans une pièce sombre au milieu de la nuit et je l'obligeais à écouter son propre bébé hurler et se tordre de douleur avec toutes les apparences de l'agonie. Bien que les cris me rendissent fou furieux, ils ne me brisaient pas le cœur comme je sentais qu'ils le lui brisaient à elle. Il était clair que ça lui était douloureux de l'entendre, mais je ne pouvais pas ressentir ce qu'elle ressentait. J'étais capable de prendre du recul, de fermer la zone de mon cerveau consciente que notre bébé était malheureux, et maintenant je forçais Catherine à essayer de faire la même chose. J'essayais de la rendre plus virile. C'était peut-être ma vengeance inconsciente. Pendant la journée, elle me faisait sentir que j'aurais dû être plus féminin, percevoir d'instinct comme elle toutes les humeurs et les besoins du bébé. Les heures de la journée lui appartenaient sans conteste. Mais maintenant, la nuit, c'était mon tour. Je lui avais fait lire les passages des livres qui confortaient mon opinion. Je lui avais montré des preuves écrites de ce que je n'arrêtais pas de lui dire : qu'elle ne devait pas se précipiter auprès du bébé à chaque fois qu'il pleurait, qu'elle devait essayer de s'endurcir, qu'elle devait s'attacher au mât et supporter les sanglots de son bébé tandis qu'il apprenait à s'endormir tout seul. Mais bien qu'elle fût prête à admettre la chose en théorie, il y avait là-dedans quelque chose qu'elle ne pouvait mettre en pratique.

En cela, au moins, il y avait un aspect de la vie de parent dans lequel j'étais meilleur qu'elle. Il y avait une chose que je pouvais faire, et pas elle. Je suppose qu'il est ironique que ma zone particulière d'excellence consiste à laisser le bébé pleurer dans son berceau, mais il fallait que je trouve à quoi j'étais bon, et c'était ça. J'étais meilleur qu'elle pour rester allongé à ne rien faire. Ce renversement du pouvoir était subtil et aurait pu ne pas être remarqué s'il n'avait pas été souligné. En conséquence, à 3 h 46, je lui ai gentiment demandé si elle s'en sortait bien.

– Oui ! aboya-t-elle, agacée de sentir que je la regardais d'un air protecteur.

– Je sais que c'est dur, mais un jour tu seras heureuse de m'avoir écouté, continuai-je de ma voix la plus consolante et compréhensive.

Elle ne dit rien, alors j'ai conclu :

– Essaie d'être forte. A long terme, c'est pour le bien du bébé.

Il s'est produit alors quelque chose de particulièrement injuste. Elle a été d'accord avec moi.

– Je sais, dit-elle. Tu as raison. Il faut qu'on y arrive.

– Quoi ? répondis-je, consterné.

– On ne peut pas continuer comme ça toutes les nuits. Le bébé va faire de moi une épave lessivée. Il faut qu'on prenne les choses en main.

Ce n'était pas du tout ce à quoi je m'attendais. Je pensais qu'elle allait bondir du lit, courir vers le bébé, et dire : « Je suis désolée, Michael, je ne suis pas aussi forte que toi. Je n'y peux rien, je suis désolée. »

J'ai tenté de regagner mon statut supérieur en tant que superviseur sévère et paternel.

– Ça ne fait rien, si tu sens vraiment qu'il faut que tu y ailles.

– Non ! dit-elle fermement. Nous devons être forts.

– Tu es très courageuse, Catherine, mais je sais que tu as envie d'aller le prendre.

– Non, je n'irai pas. On aura le dernier mot.

– Tu veux que ce soit moi qui aille le chercher ?

– Surtout pas ! Laisse-le pleurer !

Je suis resté allongé à écouter le bébé gémir et, dépouillé de ma dernière bribe de fierté et de supériorité, j'ai eu envie de pleurer avec lui.

Alfie a fini par s'endormir tout seul, et on a eu une impression de triomphe et de réussite, comme si nous avions franchi un cap. Une heure plus tard, on aurait dit qu'il avait complètement oublié la leçon, et qu'il fallait qu'on la lui enseigne à nouveau. On a poussé le berceau à tour de rôle d'un bout à l'autre de la chambre, on a diagnostiqué une colique, des vents, et toutes les maladies à propos desquelles nous avions lu des informations sur le tableau défraîchi du Cabinet médical.

Puis soudain on a paniqué, on a eu peur qu'il n'ait une méningite, et j'ai couru en bas chercher la lampe électrique. Si le bébé montre une aversion pour une lumière vive, c'est un symptôme assuré de méningite. Et, évidemment, à notre consternation absolue, ce bébé qui avait passé la nuit à hurler, allongé dans une pièce sombre, s'est révolté devant une lampe électrique de deux cents watts en plein visage. La méningite est mortelle. C'est une infection. Et si Millie l'avait aussi ? On s'est précipités dans sa chambre, on l'a secouée pour la réveiller de façon à lui projeter dans les yeux ma lampe-torche surpuissante. Elle aussi s'est révoltée. Et la somnolence, voilà un autre symptôme ! Nos enfants avaient tous deux la méningite ! Une Millie désorientée a été placée devant la télé pendant qu'on feuilletait rapidement le livre, en quête d'autres symptômes – maux de tête, température, raideur de la nuque. Ni l'un ni l'autre ne semblaient souffrir de ces symptômes. Et alors nous avons réalisé que puisque Millie était contente de fixer la lumière sortant d'un écran de télévision, elle ne pouvait avoir une méningite.

– Allons, Millie. Au lit.

– Mais je regarde *Barney*.

– Tu sais bien que tu n'as pas le droit de regarder la télévision la nuit.

Sa lèvre inférieure s'est mise à trembler, et elle a commencé à pleurer. Et nous ne pouvions nous empêcher de penser qu'il y avait peut-être une légère injustice à secouer une petite fille pour la réveiller, à cinq heures du matin, et à la coller devant la télévision juste pour lui dire qu'elle n'avait pas le droit de regarder la télévision. Alors j'ai passé l'heure qui précédait l'aube assis avec Millie, à regarder un dinosaure géant pourpre et d'un vert doux se faire enlacer par une foule de gamins américains à l'air maladif.

Le petit déjeuner a été tendu. Il n'y avait pas besoin des nausées matinales de Catherine pour le rendre tendu, mais le bruit qu'elle faisait en vomissant n'a pas particulièrement allégé l'atmosphère. On en était arrivés tous deux à un stade d'irritabilité si irrationnelle que j'étais persuadé qu'elle faisait juste semblant de vomir pour me prouver qu'elle se sentait encore plus mal que moi. C'est dans des moments comme ça que nous avions besoin d'espaces séparés, que j'avais besoin de partir me cacher dans ma grotte. Le père de Catherine avait transformé le hangar au fond de son jardin en un petit bureau, qui était son refuge privé, où il pouvait s'asseoir pour méditer tranquillement en paix, et organiser le prochain massacre des cloportes. Mais moi, je possédais tout le sud de Londres. Née et élevée dans le nord de Londres, Catherine n'avait pas plus envie de voyager jusqu'aux profondeurs de Balham que de faire un trekking au Kazakhstan. Elle avait une idée vague de là où se situaient sans doute ces deux localités, mais elle n'était pas prête à commencer à réfléchir aux visas, aux cartes et aux guides touristiques nécessaires pour atteindre de tels endroits.

A ce moment précis, il aurait mieux valu que je franchisse le fleuve. Catherine aurait été bien plus heureuse une fois que j'aurais dégagé le terrain. Mais quelques problèmes pratiques devaient être réglés tout d'abord : je voulais au moins préparer le biberon, ensuite il fallait que je trouve la batterie de mon portable, que je rassemble quelques affaires dans mon fourre-tout, et puis il fallait qu'on ait une scène de ménage à plein régime. Elle approchait avec l'inéluctabilité déprimante du single de Noël de Cliff Richard.

– Égalise-la avec un couteau, dit-elle tandis que je mesurais le lait en poudre.

– Quoi ?

– Tu es censé égaliser les cuillerées de poudre avec un couteau, pour avoir la mesure exacte.

– Catherine, quel est le pire qui puisse arriver si le biberon est légèrement trop dosé ou pas assez dosé ? Est-ce qu'Alfie va avoir une indigestion ? Est-ce qu'il va mourir de faim ?

– Tu n'as qu'à suivre les instructions, dit-elle pour m'asticoter.

– Tu veux dire que je n'ai qu'à suivre *tes* instructions. Pourquoi ne peux-tu pas me faire confiance pour mesurer quelques foutues cuillerées de lait pour bébé, et ne pas me regarder comme un aigle assoiffé de sang ?

Et c'était parti. Personne n'était responsable de la dispute, c'était juste le heurt inévitable d'un couple épuisé entassé dans une misérable petite maison, comme des poulets de batterie enfermés trop longtemps dans la même cage minuscule. Mais bientôt toute notre colère et notre frustration étaient maladroitement mises sur le tapis. Je lui ai hurlé des obscénités, et elle m'a jeté un gros livre de poche. C'était un livre intitulé *Le Parent attentif*, et il m'effleura en plein vol, pour finir par heurter la jambe de Millie.

Millie a semblé plutôt étonnée et elle a continué à jouer, mais je me suis tellement inquiété à son sujet qu'elle a conclu que peut-être, après tout, elle devrait pleurer. J'ai alors pu lancer à Catherine un regard chargé de haine et dire : « Regarde ce que tu as fait. » Ensuite, pour bien montrer qui était le parent attentif dans notre couple, j'ai consolé notre enfant éperdue en l'asseyant sur mes genoux pour lui lire un livre de Beatrix Potter.

« Oh, les vilains petits chatons qui ont perdu leurs mitaines », disait Mrs Tabitha Twitchet. Puis la gentille minette ajouta, apparemment : « Tu as toujours tes putains d'humeurs, hein ? Tu es la seule femme au monde capable d'avoir ses putains de règles vingt-huit jours par mois. » Millie m'a regardé comme si elle ne se souvenait plus de cette partie du texte, mais elle a semblé rassurée quand j'ai continué : « A ce moment-là, trois canetons arrivèrent... »

La dispute obéit à sa construction symphonique habituelle, chaque mouvement se construisant à partir du précédent. Catherine déclara que je ne lui disais jamais rien, que je ne lui parlais jamais de mon travail ou de mes projets. Je lui dis que, quoi que je fasse avec les enfants, c'était toujours mal fait, qu'elle m'ôtait toute dignité de faire les choses à ma façon. Maintenant, je tremblais. Je ne pouvais pas la regarder, alors je me suis mis à laver rageusement quelques assiettes en plastique, concentrant ma colère refoulée sur le travail domestique. Je me suis soudain rendu compte que Catherine les avait déjà lavées, mais j'ai continué malgré tout, espérant qu'elle ne le remarquerait pas.

– J'ai déjà lavé ces assiettes, dit-elle.

Elle a fini par me dire d'aller me faire voir à mon boulot, et j'ai dit, de manière peu convaincante, que j'avais prévu de rester un peu plus longtemps pour l'aider.

– Et pour quoi faire ? dit-elle tandis que j'enfilais ma veste. De toute façon il faut que je sorte, que j'aille faire les courses, que je rachète du lait pour bébé, que j'amène Millie à la garderie, et patati et patata. Putain, qu'est-ce que ça peut être ennuyeux.

– Mais ce n'est pas *forcément* ennuyeux. Je t'ai acheté ce walkman Sony pour que tu puisses écouter Radio 4 quand tu emmènes les enfants au square, et tu ne t'en sers presque jamais.

– Ça ne marche pas comme ça, Michael. Tu ne peux pas fournir de solutions immédiates à mes problèmes comme si c'étaient des détails à la con. Je ne veux pas que tu essaies de m'empêcher de m'ennuyer. J'aimerais seulement que de temps en temps tu puisses t'ennuyer *avec* moi.

Pour moi, c'était une idée si étrange que j'en perdis complètement mes mots. Elle voulait que je m'ennuie avec elle. La femme qui avait le plus grand sens de l'humour de toutes les personnes que j'aie jamais rencontrées. La femme qui avait dit à un autostoppeur hollandais que j'étais complètement sourd et passé l'heure qui avait suivi à essayer de me faire rire en me disant que j'étais nul au lit. Je voulais que Catherine revienne ; je voulais la sauver des vautours et revenir à cette époque où tout ce que nous souhaitions, c'était de passer ensemble chaque seconde de la journée. Maintenant nous étions comme deux aimants, attirés et repoussés dans le même instant. Nous attirant et nous repoussant tour à tour, l'adoration suivie du ressentiment.

Juste au moment où je m'apprêtais à sortir elle m'a envoyé un autre coup bas.

– Michael, ça ne me gêne pas que tu ne sois jamais là, mais ça me gêne que tu *n'aies pas envie* d'être là.

Comment trouvait-elle le temps de passer des nuits éveillées et de concocter des répliques comme ça ?

L'attaque était pour moi la seule défense possible.

– Ça, c'est *vraiment* injuste ! aboyai-je, élevant la voix pour lui donner l'impression qu'elle venait vraiment de passer les bornes. Tu crois que c'est moi qui ai voulu passer autant de temps éloigné des enfants ? Tu crois que je ne me précipite pas à la maison pour les voir aussitôt que je le peux ? Tu crois que je ne me sens pas misérable quand je me couche à trois heures du matin, en pensant que je ne les verrai pas se lever ? Je ne peux pas les voir autant que toi parce qu'il faut que je sorte travailler. Il faut que je travaille jour et nuit pour faire vivre une femme et deux enfants, et pour payer une hypothèque qu'on peut à peine assumer. Et quand tu veux une machine à laver la vaisselle, l'argent est là, comme par magie, ou quand tu veux de nouveaux vêtements, ou des vacances, ou un bidet idiot qui coûte quatre cents livres mais qui ne sert que pour y mettre des jouets en plastique pour le bain. L'argent est toujours là, et c'est parce que je travaille tellement dur pour ça.

Maintenant, j'étais sincèrement remonté, et Catherine semblait à court de mots.

– Ce n'est pas facile, tu sais d'aller, épuisé, à mon studio, puis de travailler trente-six heures d'affilée pour que les compositions soient prêtes dans les délais, d'écrire un morceau pendant que j'en lance un autre, de travailler tout seul non-stop dans un studio minuscule à l'autre bout de la ville, de m'écrouler sur un lit solitaire de façon à pouvoir me lever pour me mettre aussitôt au travail. Mais je suis forcé de faire ça pour qu'on puisse maintenir un mode de vie décent, nourrir et habiller nos enfants, et tous continuer à vivre dans cette maison. Il faut que je travaille aussi dur parce que c'est le seul moyen qu'on ait de garder la tête hors de l'eau.

J'ai pris mon fourre-tout et me suis dirigé à grands pas irrités vers la porte d'entrée pour faire une sortie triomphale. Sur le palier, il y avait une enveloppe de la forme et de la taille que j'avais appris à reconnaître. Je l'ai ramassée et fourrée dans mon sac. Ce n'était pas la peine de l'ouvrir pour voir ce qu'elle disait. C'était une autre lettre d'avertissement de la banque. Ils voulaient savoir pourquoi ça faisait quatre mois qu'on n'avait pas payé l'hypothèque.

4

Parce que je le vaux bien

D'une manière ou d'une autre, j'étais toujours réveillé par des enfants. Mon radio-réveil indiquait 3 h 31 et pendant un instant je n'ai pas su si c'était le matin ou l'après-midi, mais le bruit des enfants qu'on venait chercher de l'autre côté de la rue m'a convaincu qu'on était l'après-midi. Il faudrait avoir des enfants plus qu'hyperactifs pour les laisser à l'école jusqu'à trois heures et demie du matin. J'avais une fois de plus battu mon propre record de sommeil, et pourtant j'avais la sensation qu'il me fallait douze heures de plus. Quand on a été privé de sommeil véritable pendant des jours, une dose massive a pour seul effet de vous en faire désirer davantage. Tout ce repos m'avait vidé. Maintenant je me sentais épuisé et groggy, comme si j'émergeais d'une anesthésie générale. Comment la Belle au bois dormant avait fait pour se redresser, un sourire si frais, après cent ans de sommeil, c'était un mystère pour moi. J'ai tiré la couette sur ma tête et essayé de me rendormir.

Les hérissons ont tout compris, pensai-je. Quand ils sentent que le moment est venu de se pieuter pour un moment, ils se trouvent un bon tas de bois et de feuilles et se glissent à l'intérieur. Bien sûr, c'est dommage que ça se passe en général aux alentours du 5 novembre, mais l'idée de base est là. Pourquoi les humains n'hibernent-ils pas ? On pourrait s'y mettre à la fin du mois d'octobre, passer Noël et le Nouvel An à dormir, et finalement se lever, radio-réveil réglé, vers la mi-mars. S'il pleuvait encore, on pourrait presser sur le bouton d'arrêt de la sonnerie, et se rendormir pour quelques semaines, se levant juste à temps pour voir la fin de la saison de foot. Parfait, pensai-je, je vais essayer, et pas plus tard que maintenant. Zut, impossible, j'étais complètement réveillé. Je me suis assis et j'ai allumé la bouilloire.

Je me suis souvenu de tout ce sommeil en rab que j'avais à seize, dix-sept, dix-huit ans. Je l'avais dépensé si inconsidérément. Si seulement j'avais pu le mettre dans une banque du sommeil, le garder pour avoir une rente de sommeil, plus tard dans ma vie. « Michael ! Lève-toi », me criait ma mère du bas de l'escalier. Les premières années, on fait en sorte que nos enfants restent au lit, et ensuite on se démène pour qu'ils se lèvent. C'est dur de trouver une période où on a juste la dose de sommeil qu'on veut. Les petits enfants s'éveillent trop tôt, les adolescents ne s'éveillent pas du tout, les nouveaux parents ne peuvent pas dormir à cause du bruit que font leurs enfants. Et, quelques années plus tard, ils ne peuvent pas dormir parce que maintenant ils n'entendent pas leurs enfants faire du bruit en revenant en pleine nuit à la maison. Puis, en vieillissant, on commence à se réveiller aussi tôt que quand on était tout petits, avant de finir par s'endormir pour toujours. Cette idée semble parfois séduisante, sauf qu'ils m'enterreront sans doute à côté d'une école maternelle et que je serai tiré du sommeil des morts par des enfants criant, pleurant et sautant au-dessus de ma tombe à n'importe quelle heure.

Je me suis fait une tasse de thé et j'ai allumé la télévision, zappant pour trouver quelques pubs à regarder. Comme d'habitude, il y avait trop d'émissions entre les pubs. Il y eut d'abord une interprétation détournée du *Summertime* de George Gershwin : un épigone de Paul Robeson chantant « Somerfield... les courses faciles. Un grand parking, et les prix sont bas ». La pub suivante était une pub de shampooing, un footballeur français nous expliquait pourquoi il utilisait L'Oréal. « Parce que je le vaux bien », disait-il. C'est pour ça que je suis encore au lit à trois heures et demie de l'après-midi, pensais-je, parce que je le vaux bien. Parce que je peux le faire, et parce que ça ne fait de mal à personne. Puis il y a eu une pub pour une entreprise de construction, qui disait : « Rappelez-vous : votre foyer court un risque si vous ne payez pas vos traites », et j'ai rapidement changé de chaîne. Je paierais bien à temps mes hypothèques en retard. Ça nécessiterait plusieurs mois d'un travail acharné comme celui que je fournissais selon Catherine, mais j'estimais que je pourrais effacer mes dettes avant la naissance du bébé.

Mes pensées s'étaient reportées sur notre bébé encore à naître tandis que je regardais une émission d'*Université ouverte* sur BBC2. Ça parlait d'une espèce d'institut débile, en Californie, où des femmes enceintes se voyaient appliquer sur leurs rondeurs un tube dans lequel on leur criait des formules algébriques et des citations de Shakespeare. D'après ce qu'on en sait, le fœtus passe la plus grande partie de son temps à dormir dans les limbes, mais maintenant ils essaient même de le déranger quand il se trouve là. « Il n'est jamais trop tôt pour commencer à apprendre », disait le professeur. Apprendre, par exemple, que vos parents sont complètement fous.

Voilà qui doit être le sommeil le plus profond de tous, pensais-je, bien pelotonné dans ce matelas à eau obscur et chaud, avec les battements assourdis du cœur qui vous bercent hypnotiquement, avant que tous les soucis du monde extérieur ne commencent à tarabuster votre subconscient. On a tout ce qu'il faut ; pas besoin de quitter le confort et la sécurité de votre nid de chair. Est-ce que c'était ça l'explication ? Mon refuge secret au fin fond du sud de Londres était-il une tentative pour revenir à la simplicité rassurante dont j'avais joui durant les neuf mois précédant ma naissance ? Je me suis rallongé, j'ai plié mon corps nu en position fœtale, et me suis rendu compte que c'était la position dans laquelle je préférais naturellement m'endormir. Mon petit refuge obscur et confortable avait tout du premier endroit où j'avais dormi. Pas au sens littéral, évidemment. Dans l'utérus de ma mère, il n'y avait pas de poster des Ramones fixé avec du Blu-tak. Mais, au niveau à la fois pratique et spirituel, ma petite tanière était une sorte de matrice artificielle que je m'étais fabriquée. Un cordon ombilical de fils électriques entremêlés pendait à côté du lit – la couverture chauffante qui m'amenait de la chaleur, le fil de la bouilloire qui me fournissait en liquides, le cordon du frigidaire pour la nourriture. Les basses de la stéréo de Jim résonnaient en rythme à travers le mur, et la lumière du jour qui filtrait à travers les rideaux aux motifs rouges donnait une teinte rosâtre à ma fenêtre ouvrant sur le monde extérieur. Le seul moyen d'échapper à la tyrannie des bébés avait été de régresser moi-même à un état prénatal.

Je me suis dit que je ne devais pas me sentir coupable de trouver parfois ma famille si oppressante. Je me suis rassuré en me disant que je n'étais pas pire que la plupart des hommes de ma génération. Il y avait des pères qui restaient à leur travail beaucoup plus longtemps qu'il ne leur était nécessaire. Il y avait des pères qui travaillaient toute la semaine et jouaient au golf le week-end. Il y avait des pères qui rentraient chez eux et allaient directement à leur ordinateur où ils passaient toute la soirée. Ces hommes-là n'étaient pas plus présents que moi pour leur épouse et leur famille, mais moi, au moins, je ne me faisais pas d'illusions à ce sujet. Le fait, très simple, était le suivant : pour l'instant, tout le monde se portait mieux si je n'étais pas tout le temps à la maison. Le problème, c'est que moins j'étais à la maison, moins je savais y être et moins j'avais envie d'y être.

Dans toutes les pubs dont j'avais fait la musique, les familles paraissaient heureuses, les gens toujours bien ensemble. Même si je travaillais dans ce milieu, je n'en avais pas encore percé à jour les mensonges. Bien sûr, je savais que Bridelice n'était pas une délicieuse alternative au beurre, mais il ne m'était pas venu à l'esprit qu'ils mentaient aussi en montrant des enfants épanouis et des parents hilares autour de la table du petit déjeuner. Si ça avait représenté mon enfance à moi, la mère aurait pris le couteau à beurre et aurait menacé d'en transpercer le père.

Les pubs nous disaient qu'on pouvait tout avoir, qu'on pouvait être des papas super, et en même temps faire du snowboard, gagner beaucoup d'argent, et s'éclipser des réunions de travail pour raconter aux enfants, au moyen d'un portable, des histoires pour s'endormir. Mais ce n'est pas possible. De s'occuper de son travail, de sa famille, et de soi-même ; c'est un Rubiks Cube irréalisable. On ne peut pas être à la fois un père actif et compréhensif, un businessman dur et qui gagne beaucoup d'argent, un pilier de sa communauté, un Monsieur Bricolage habile et un époux romantique et attentif – il faut renoncer à quelque chose. Dans mon cas, il fallait renoncer à tout.

Mais par-dessus tout ça, j'avais une autre raison de ne pas désirer passer pour l'instant trop de temps avec mes enfants. C'est une chose qu'aucune mère ni aucun père n'est assez courageux pour admettre, un secret coupable dont je soupçonnais que nous le partagions tous sans oser le dire de peur d'être pris pour de mauvais parents :

Les petits enfants sont ennuyeux.

On prétend tous qu'on trouve merveilleuse et fascinante la moindre nuance de notre descendance, mais on se ment tous à nous-mêmes. Les petits enfants sont ennuyeux ; c'est un supplice qui n'ose pas dire son nom. Je voudrais sortir de mon trou, me dresser au sommet de la plus haute falaise escarpée du pays, et proclamer au monde : « Les petits enfants sont ennuyeux. » Tous les autres parents prendraient un air choqué et offensé tout en poussant leur bébé le long du bord de mer pour la centième fois, mais ils éprouveraient secrètement un immense soulagement de ne pas se sentir seuls. Et toute la culpabilité qu'ils avaient ressentie parce que, en secret, ils détestaient passer des journées entières à s'abrutir en compagnie de leurs bébés de deux ans s'envolerait soudain lorsqu'ils réaliseraient qu'ils n'étaient pas de mauvais parents, qu'il n'y avait rien qui clochait chez eux, que c'était juste leurs enfants. Leurs enfants étaient ennuyeux.

Auparavant, je n'avais jamais eu à supporter l'ennui. Si des vacances ne me plaisaient pas, je rentrais à la maison. Si une vidéo m'ennuyait, je l'accélérais un peu. J'aurais aimé pouvoir diriger la télécommande sur les enfants et leur faire passer quelques années en accéléré ; je savais qu'ils seraient plus intéressants à quatre ou cinq ans. Catherine avait plus de patience que moi ; ça ne la gênait pas d'attendre quelques années pour voir récompensé son investissement en temps et en amour.

Je suis allé aux toilettes et, à moitié endormi, je me suis préparé à soulever le battant du siège lorsque je me suis souvenu qu'à la maison il était toujours levé. J'ai essayé de ne pas penser à Catherine. C'était censé être mon temps de repos. Mon urine avait une odeur de piquant et de moisi qui me rappela que la veille j'avais mangé des asperges. Catherine avait préparé le dîner et elle savait que j'aimais les asperges. Même mon pipi me faisait penser à elle.

J'ai supposé qu'aujourd'hui, comme presque tous les jours, elle verrait une des mères dont elle avait fait la connaissance à la garderie de Millie. Catherine m'avait décrit toutes les variétés de mères. Il y avait la mère qui s'en voulait de faire carrière et jubilait tellement le seul jour où elle pouvait venir à la garderie qu'elle soûlait complètement les autres en chantant : « Les roues du camion tournent et tournent encore... » Il y avait la mère à la maison récemment convertie, qui auparavant avait été une femme d'affaires à succès, mais s'était lancée dans la maternité avec exactement le même esprit de compétition. Au lieu de monter en grade sur une échelle normale, elle avait un nouveau bébé chaque année, ce qui, lui semblait-il, lui permettait de se sentir supérieure à toutes les femmes qui l'entouraient. Il y avait la mère de Satan, totalement inconsciente du fait qu'elle avait engendré la créature la plus diabolique de l'univers, et continuait joyeusement à vous faire la conversation pendant que son mouflet de deux ans frappait sans relâche le visage de votre enfant, avant de remarquer d'un ton indifférent : « Ah tiens, on dirait qu'ils s'entendent bien. » Enfin il y avait la mère écolo, qui expliquait calmement et doucement à son enfant pourquoi il ne devait pas parler la bouche pleine tandis que ledit moutard de quatre ans lui tétait le sein.

Catherine avait sympathisé avec toutes. Ça m'a toujours impressionné de voir la façon dont les femmes copinent si facilement. Quand je les accompagnais au jardin d'enfants, j'élaborais une danse paternelle sophistiquée par laquelle je tentais subtilement d'éloigner mes enfants des autres gamins surveillés par leur papa, pour éviter que nous ne nous trouvions contraints d'entamer une petite conversation. Même s'il devenait inévitable de communiquer, on ne se parlait pas directement, mais on se servait des enfants comme intermédiaire. Ainsi, si Millie bloquait délibérément le toboggan, ma manière de m'excuser auprès de l'autre père était de dire à voix haute : « Descends du toboggan, Millie, et laisse la petite fille faire un tour. »

L'autre père me ferait savoir qu'il avait eu le message en répondant : « Ne pousse pas la petite fille, Ellie. Laisse-la descendre quand elle est prête. » Et les deux adultes mâles ne seraient jamais obligés d'échanger un regard, tandis que, quelque part de l'autre côté du square, sa femme et la mienne se demandaient déjà combien de temps après la naissance elles avaient attendu pour reprendre les rapports sexuels.

Maintenant, je me retrouvais à fréquenter tous les nouveaux couples que nous avions connus par l'intermédiaire des enfants. Catherine et les mères papotaient, nos enfants avaient le même âge et étaient contents de jouer ensemble, tandis que les autres pères et moi-même n'avions rien en commun. Le dimanche précédent, je m'étais trouvé obligé de parler à un homme du nom de Piers qui, le week-end, se détendait en portant un blazer.

– Alors, Michael, comment trouvez-vous la tenue de l'Astra ?

Il avait remarqué que Catherine et moi étions arrivés chez eux dans une Vauxhall Astra et, de toute évidence, il pensait que ce serait un bon sujet pour entamer la conversation.

– La tenue ? Eh bien, euh, vous savez, je n'ai jamais vraiment su ce que ça veut dire. Qu'est-ce que la tenue, exactement ? Parce que pendant des années j'ai pensé que ça avait à voir avec la façon dont la ceinture vous maintient au siège, mais ce n'est pas ça, n'est-ce pas ?

Piers m'a regardé comme si j'étais un attardé mental et a bu une autre gorgée de sa chope de bière personnalisée, avant de prendre la peine de m'éclairer. « La façon dont elle tient la route ? »

Alors, c'est ça que ça voulait dire. Quel concept très étrange. Piers me demandait comment notre voiture familiale « tenait la route ». Par un phénomène de gravité, c'est tout ; c'est comme ça qu'elle tenait la route. Ça ne peut pas être ça, la bonne réponse, pensai-je *in petto*. Alors qu'est-ce que je n'avais pas remarqué concernant ma voiture ? Elle faisait tout ce que je lui demandais. Quand je tournais le volant à droite, la voiture allait à droite, quand je tournais le volant à gauche, la voiture allait à gauche.

– Bonne, répondis-je. Vraiment bonne. Ouais, la tenue de cette sacrée vieille Astra est vraiment bonne.

– Laquelle avez-vous, la SXi, la 1.4 LS...

– Hein ?

– Votre Astra. C'est quel modèle ?

J'avais envie de dire : « Écoutez, je n'en sais rien et je me fiche complètement de savoir de quel putain de modèle il s'agit, d'accord ? C'est une voiture. Elle a deux sièges pour bébés à l'arrière, pas mal de taches de lait sur les sièges, et il y a toujours une cassette de chansons de Disney enfoncée dans le lecteur. »

– Eh bien, euh, pour tout dire, je ne m'y connais pas tant que ça en voiture, côté technique, avouai-je, pathétique, et Piers m'a regardé comme si je venais de débarquer en Occident depuis ma tribu oubliée de Papouasie.

– Eh bien, c'est très facile – le fuel est-il injecté, ou non ? C'est ça que le « i » veut dire : « injection ».

Il y a eu un silence. J'ouvrais la portière de la voiture tous les jours, mais j'étais incapable de me souvenir des lettres que j'y voyais. SXi paraissait très plausible, mais LS aussi. Qu'est-ce que c'était ? Il fallait que je dise quelque chose.

– Millie, n'arrache pas ça !

Je me suis échappé et j'ai couru jusqu'à Millie pour lui enlever une poupée que la fille de Piers lui avait volontairement tendue.

– Mais elle me l'a donnée, dit Millie, l'air ahuri.

– Vraiment, Millie. Essaie de jouer gentiment. Allons, demande à Hermione de nous montrer tous les jouets qu'elle a dans sa chambre.

Et je suis monté avec un couple de fillettes de deux ans, jetant derrière moi un clin d'œil à l'autre père avec un « Les enfants, hein ? » qui exprimait de façon dérisoire une longue souffrance. Puis je me suis planqué dans la chambre d'enfants pendant trois quarts d'heure plutôt que de tenter de poursuivre une conversation avec les adultes en bas.

– Elle est vraiment gentille, non ? demanda Catherine alors que nous rentrions, trois heures plus tard. Je les ai invités à dîner le week-end prochain.

Elle entendit mon soupir qui portait tout le poids du monde, et dit :

– C'est ce que j'aime chez toi, Michael. Pour toi, il n'y a pas d'étrangers, juste des amis que tu ne détestes pas encore.

De son point de vue, elle n'avait pas tort. Les femmes étaient toujours gentilles ; c'est uniquement leurs maris qui étaient sans intérêt. Elle faufila la voiture dans la circulation démentielle de Camden Road.

– Qu'est-ce que tu penses de la tenue de l'Astra ? lui demandai-je.

– Quoi ?

– Cette voiture, l'Astra. Comment trouves-tu qu'elle tient la route ?

– De quoi tu me parles, espèce de raseur ?

Je me suis senti rassuré : décidément, j'avais épousé la femme qu'il me fallait.

Je ne voyais pas comment une amitié aurait pu naître avec ces gens que Catherine rencontrait à la garderie de Millie, mais j'ai été légèrement vexé quand j'ai appris que Piers et plusieurs autres pères étaient sortis prendre un verre ensemble un dimanche soir sans qu'on m'offre la chance de décliner leur invitation. Je choisissais mes copains de la même façon que les vêtements que je portais. Le matin, mon jean et mon sweat-shirt étaient sur la chaise près du lit, et je faisais avec. Et pour l'instant, assis sur des fauteuils dans la pièce d'à côté, il y avait Simon, Paul et Jim, et j'ai donc passé le reste de la journée avec eux. Il n'était pas question de savoir ce que j'aimais ou ce qui m'allait, juste de prendre ce qui était le plus pratique. Les amis semblaient simplement faire irruption dans ma vie, et en sortir quand toute raison de les voir avait disparu. J'avais souvent bossé avec des types que j'appréciais vraiment, on était allés au pub ensemble, et tout ça. On avait sans doute eu l'intention de rester en contact, mais on ne peut pas tout bêtement téléphoner à quelqu'un au bout de deux mois et dire « Alors, qu'est-ce que tu dirais d'aller prendre un verre ? ». Il se peut que ce quelqu'un réponde qu'il n'est pas libre ce soir-là, et on aurait l'air idiot.

Donc, pour le moment, mes meilleurs amis étaient les trois autres occupants de cet appartement.

– Ça va ? marmonnai-je en pénétrant dans le salon.

– Ça va, grommelèrent-ils tous en chœur.

C'était super de dévorer tous les journaux qu'ils avaient achetés. J'ai passé un moment à lire un tabloïd paru il y a plusieurs jours. On y parlait d'un couple de Français centenaires sur le point de divorcer. On leur demandait pourquoi ils se séparaient après tant de temps. Apparemment, ils avaient voulu attendre que tous leurs enfants soient morts.

Comme c'était les vacances de Pâques, ni Paul ni Simon ne devaient sortir travailler, et on est restés tous les quatre à traîner dans l'appartement, sans rien de spécial à faire. C'était fascinant de voir les autres perdre leur temps comme si ce luxe devait toujours durer. Question glande, ils étaient bien meilleurs que moi ; ils n'avaient pas autant de mal à ne rien faire. Jim était étendu sur le canapé et venait visiblement de passer trois heures à essayer de voir comment son agenda électronique pouvait lui faire gagner du temps. Paul était concentré sur un journal pour adultes, tandis que Simon était assis à la table de la cuisine à ne rien faire du tout. Ça lui arrivait souvent. Il faisait ça quand il attendait quelque chose. Il attendait de perdre sa virginité, disait Jim.

Simon connaissait le secret de l'adolescence éternelle. Il y avait des moments où il était si maladroit et gêné qu'il était incapable de parler normalement. Il avait développé tout un système de communication parallèle qui se manifestait uniquement à travers des questions façon Trivial Pursuit. Aujourd'hui, au lieu de dire « Salut, Michael, ça fait un moment que je ne t'ai pas vu », il m'avait offert un petit sourire émoustillé et avait gazouillé « La capitale de l'État de New York ? ».

– Albany, répondis-je, consciencieux, et il émit un petit grognement satisfait pour exprimer que tout allait pour le mieux dans le meilleur des mondes.

– Face B de la *Bohemian Rhapsody* ? continua-t-il.

– *I'm in Love With My Car*. Tu ne m'auras pas sur des questions musicales comme ça. Il se trouve que c'est ma spécialité.

– OK, alors quel vers de *Bohemian Rhapsody* a donné son titre à une chanson qui est devenue numéro un la même année ?

J'ai ressenti une vague panique intérieure en entendant une question musicale dont je ne connaissais pas la réponse.

– Va te faire voir. C'est toi qui viens d'inventer ça.

– Non, c'est un fait bien connu, persifla Jim.

J'ai essayé d'affecter l'indifférence.

– Oh, je ne sais pas. Disons *Scaramouche, Scaramouche*, par Will Doo et les Fandangos.

– Non.

– Elle n'a fait que numéro deux, dit Jim.

Intérieurement, mon esprit explorait rapidement les paroles de *Bohemian Rhapsody*, essayant d'y trouver le titre d'un autre numéro un de 1975. Il n'y en avait pas, j'en étais certain.

– Tu abandonnes ?

– Non, évidemment que je n'abandonne pas.

Mais j'ai décidé que, plutôt que de perdre encore plus de temps, j'allais travailler un peu dans ma chambre. Une heure plus tard j'en suis sorti et j'ai annoncé :

– J'abandonne.

– La réponse est *Mamma Mia* !, m'informa Simon, triomphant.

J'étais estomaqué. Ce n'était pas loyal. Je l'aurais trouvé si je m'étais concentré un peu plus longtemps.

– Tu as dit un vers. Ce n'est pas un vers, c'est juste une phrase. Ça ne compte pas.

– *Heil*, le roi du Trivial ! dit Simon le bras tendu.

Un étranger aurait pu être impressionné par tout ce que savait Simon. Il savait que la bataille de Malplaquet avait eu lieu en 1709, et que le dodo avait vécu sur l'île Maurice. Cependant, à son débit, il faut préciser qu'il ne connaissait pas la réponse à des questions telles que : Qu'est-ce que tu vas faire dans la vie ? Il ne savait pas que ses parents étaient quelque peu inquiets à son sujet, ni comment diable il trouverait jamais une petite amie. Il ne savait même pas qu'il chlinguait un peu. Par chance, la question : Est-ce que Simon chlingue un peu ? n'était jamais sortie de la section Science et Nature du Trivial Pursuit, quoique, si c'eût été le cas, ça l'aurait beaucoup plus gêné de répondre faux à une question du Trivial que d'apprendre que chacun pensait qu'il puait comme un survêtement humide oublié toutes les vacances d'été dans un sac.

Paul était resté en dehors du questionnaire, mais lorsque la réponse définitive fut dévoilée, il dit « Oui, c'est ça », et opina sentencieusement. Il était sans doute incapable de participer lui-même, ayant besoin de toute son énergie pour mener à bien la tâche presque impossible qui consiste à lire un journal en embêtant tout le monde. Quand il soulevait le journal, ce n'était pas pour lire les articles, c'était pour déclarer : « Regardez-moi, je suis en train de lire un canard. » Le silence était ponctué de grognements affirmatifs lorsqu'il voulait que nous sachions qu'il était d'accord avec l'éditorial, ou de « Ta, ta, ta » légèrement trop audibles quand il lisait quelque nouvelle préoccupante du tiers monde. Les mots croisés cryptés étaient remplis avec un commentaire presque incessant fait de tics verbaux satisfaits et de soupirs atterrés.

– Tu es en train de faire les mots croisés, Paul ?

– Quoi ? Oh, ouais. Je les ai bientôt terminés, répondait-il reconnaissant, sans se rendre compte que Jim le chambrait gentiment.

– Tu fais les faciles ou les difficiles ?

– Les mots croisés cryptés. Je ne m'occupe pas des autres.

– Waou ! disait Jim.

La fin de l'après-midi finit par se transformer en début de soirée, et Paul commença à s'énerver et à s'agiter, comme il le faisait souvent à cette heure-là.

– Est-ce que quelqu'un a pensé au dîner ? demanda celui qui allait inéluctablement finir par faire lui-même le repas.

Il y eut un léger temps de surprise à l'idée que quelqu'un puisse penser à la nourriture avant que ce soit le moment de manger. Jim regarda sa montre.

– Pour le moment je n'ai pas vraiment faim...

– Enfin, eh bien, non, mais il faut acheter la nourriture et la faire cuire *avant* d'avoir faim de façon que ça soit prêt au moment où tu as faim.

Un silence indifférent remplit la pièce.

– Alors ? insista Paul, debout devant un frigo vide.

– Alors quoi ? dit Jim.

– Qu'est qu'on va manger ?

– Euh, c'est un peu tôt pour moi, merci.

– Je ne propose pas de faire encore une fois le repas. Je demande si, pour une fois, quelqu'un d'autre a pensé à le faire ?

Le silence a été trop pour moi, et j'ai été le premier à craquer.

– D'accord, Paul, ne t'inquiète pas, je vais faire à dîner. Je vais aller acheter des *fish and chips*, ou un machin comme ça.

– Je n'appelle pas ça faire à dîner, j'appelle ça acheter des *fish and chips*. Je n'ai pas envie de *fish and chips*.

– Tu veux un truc indien ? proposai-je, magnanime, vu que le traiteur indien était à plus de cent mètres.

– Pourquoi est-ce qu'on ne peut pas avoir de vrais aliments frais et cuisiner ici ?

Il y eut un autre silence, personne n'étant volontaire pour un défi de cette taille. Jim s'est imaginé debout vingt minutes à côté d'une cuisinière et, d'une voix lasse, a dit :

– Les *fish and chips*, ça me va, Michael.

– A moi aussi, a ajouté Simon en écho.

– D'accord, des *fish and chips* pour trois, alors, ai-je confirmé.

– Bon, alors si vous prenez tous un plat à emporter, je n'ai plus qu'à me faire des pâtes ou autre chose pour moi tout seul.

Il y a eu un court silence, pendant lequel je pus sentir l'eau monter à la bouche de Jim à l'idée d'un des étonnants plats de pâtes de Paul.

– Bon, eh bien, Paul, si tu te fais des pâtes, tu ne pourrais pas en faire assez pour que j'en aie aussi ?

Paul chercha les mots pour exprimer pourquoi ça ne semblait pas juste, mais il n'en eut pas le temps.

– Ouais, j'en prendrai aussi un peu, dit Simon.

– Allez, Paul, souris, dis-je.

D'une certaine façon, quatre hommes vivant ensemble dans un appartement avaient fini par former une cellule familiale traditionnelle. Je ne sais pas comment on en était arrivés là, ni si cette métamorphose se produit à l'intérieur de n'importe quel groupe au bout d'un certain temps, mais, sans nous en rendre compte, nous nous étions transformés en maman, papa et deux enfants.

Je suppose que j'étais le fils aîné, indécis, secret et calme, qui n'arrivait pas à se lever le matin quand il était resté debout toute la nuit. Simon était le plus jeune, un enfant gauche, manquant de confiance en lui, posant sans cesse des questions pour qu'on fasse attention à lui. Paul était la mère martyre, qui souffrait depuis longtemps, se tracassait et s'inquiétait pour tous les autres. Et Jim, c'était papa, sûr de lui, flemmard, mystérieux et drôle. L'assurance qu'il avait acquise au lycée lui donnait un air paternel et bienveillant que nous admirions tous, même si de temps en temps le fait d'avoir une figure paternelle de six ans plus jeune que moi me mettait mal à l'aise.

Quand j'étais petit, je ne comprenais pas d'où venait l'argent de mon père, il semblait en avoir tout le temps, et c'était la même chose pour Jim. Le seul problème d'argent de Jim, c'était de dépenser le sien entièrement. Il achetait des mini-disques pour remplacer tous les CD qui avaient remplacé tous ses vinyls. Il achetait des gadgets électroniques, des canifs dessinés par des créateurs et de nouveaux étuis pour portable. Nous supposions que l'argent venait de sa famille, mais nous étions tous trop polis et trop britanniques pour creuser un peu plus loin lorsqu'il marmonnait des réponses évasives suite à nos commentaires sur son éclatante fortune.

Il avait un diplôme d'italien et de géographie, et pourtant la seule chose dont il parût se souvenir était le fait que l'Italie avait la forme d'une botte. Il avait alors décidé qu'un doctorat serait utile, et il avait tout à fait raison : ça le tirait d'embarras quand les gens lui demandaient ce qu'il faisait. Jim préparait un doctorat, et le préparerait jusqu'au jour de sa mort. « Procrastination », tel aurait pu être son surnom s'il avait jamais pu se préoccuper de voir si loin. Il faisait tourner Paul en bourrique avec son incapacité à se plier à tout ce qui ressemblait à un plan ou à un projet. Un samedi matin, si Paul suggérait « Ça vous dirait d'aller à la cinémathèque, ou un truc comme ça, aujourd'hui ? », Jim, à sa manière chic, cool, haussait les épaules, indifférent, et répondait : « Attends, on verra bien ce qui se passera. »

Paul se calmait alors un moment, désireux de ne pas faire éclater sa tension et son énervement, mais lorsqu'il essayait de remettre l'idée sur le tapis, il ne pouvait empêcher sa voix de trahir son agacement.

– Eh bien, il ne se passera rien à moins qu'on ne se lève et qu'on fasse quelque chose. Aller à la cinémathèque, ça ne va pas nous arriver comme ça, il faut qu'on aille vers South Bank, qu'on achète des tickets, qu'on entre et qu'on s'assoie. Alors, est-ce que vous avez envie d'aller à la cinémathèque ? demandait Paul une nouvelle fois. A la cinémathèque ou ailleurs ?

– Attendons de voir comment la journée se déroule.

– La journée ne se déroule pas ! La journée est passive ! La journée ne va pas s'amener avec un taxi et quatre billets pour voir ce putain de *Faucon maltais* ! finissait par hurler Paul.

Et alors Jim disait « Allons, calme-toi », et on lui disait tous de se détendre, de rester cool, on allait y aller, d'accord, et il sortait en coup de vent, ne revenant qu'une heure plus tard avec toutes les courses nécessaires, y compris des bretzels, des olives et une drôle de bière tchèque qu'il savait que nous aimions tous.

Ce n'était vraiment pas juste que chacun aimât Jim et que personne n'aimât Paul. Paul enseignait dans une école difficile de Londres ; il croulait sous le travail, il était sous-payé et sous-estimé. Jim était un oisif et un privilégié, qui dépensait une fortune de famille et ne faisait rien des atouts magnifiques que la vie lui avait offerts. Malgré ça, je préférais pourtant Jim à Paul, parce que le riche glandeur avait le sens de l'humour et que le pauvre serviteur public ne l'avait pas. Jim me faisait rire, et, à ma honte, je dois avouer que ça suffisait à l'excuser de tout. Si j'étais né dans la Valaquie du XVe siècle, j'aurais sans doute pris le parti de Vlad l'Empaleur sous prétexte qu'il lui arrivait d'avoir de l'esprit. « D'accord, je vous l'accorde, il empale pas mal de paysans, mais on ne peut pas s'empêcher d'aimer ce type. Je veux dire, faire venir le charpentier qui lui fabrique ses pals acérés afin de fabriquer une pique supplémentaire " pour faire une surprise à quelqu'un ", et ensuite l'empaler lui-même dessus, d'accord, tu peux dire que c'était un peu pervers, mais chapeau, c'était un super gag. »

Dans la dynamique complexe de la tribu, il y avait l'alliance musicale entre Jim et moi. On avait des goûts musicaux très similaires, à ceci près que, de façon légèrement irritante, il affectait d'aimer le jazz. Je n'avais pas de temps pour le jazz. La musique, c'est voyager, le jazz, c'est se perdre. La flemme de Jim ne l'avait pas empêché de devenir un guitariste assez accompli et, tous les deux, nous avions décidé de monter notre propre super-groupe, en puisant dans l'énorme réserve de talents musicaux à notre disposition entre les quatre murs de l'appartement du haut, 140 Balham High Road, Londres SW 12.

« Un jour, avait prédit Jim, il y aura un nouveau pèlerinage rock qui s'ajoutera aux destinations consacrées que sont Graceland et La Caverne. Les fanas de rock arriveront en meute à cette adresse légendaire et s'arrêteront pour se recueillir, parce que c'était là, autrefois, que deux musiciens avaient défié toutes les probabilités pour créer ce qui est devenu, aux yeux du monde entier, " le son de Balham ". »

C'était, bien sûr, plusieurs années après que j'eus vraiment cru qu'un jour je réussirais comme pop star. Dans le monde du rock, deux choses sont sûres. La première, c'est que l'image est plus importante que le talent ; la seconde, c'est qu'en l'an 2525 ils ressortiront le single « En l'an 2525 ». J'approchais maintenant des trente-cinq ans, et mon tour de taille augmentait aussi vite que diminuait ma chevelure. Il était difficile d'imaginer quelqu'un qui ressemble moins à Kylie Minogue. Je savais que l'industrie de la pop ne serait pas intéressée par un vieux papa grassouillet comme moi, et Jim et moi n'enregistrions donc ensemble que pour le plaisir. Nous n'avions aucun espoir que nos chansons sortent jamais en single. On les enregistrait juste pour s'amuser, pour notre plaisir. Cependant, comme j'avais un matériel d'enregistrement convenable, je pensais les envoyer à l'occasion à une maison de disques, juste pour voir. Bien sûr, je savais qu'ils ne nous feraient jamais signer, mais on n'avait rien à perdre à les envoyer juste comme ça, pour se marrer. En fait, ce matin même, on nous avait renvoyé une cassette avec une note disant que ce n'était pas ce que le label en question voulait pour l'instant, et c'était tant mieux, car on s'y attendait. Les salauds.

Quoique mon ambition se fût évanouie, j'avais pourtant un rêve qui revenait : un jour j'étais assis devant mon clavier, et soudain j'avais un coup de fil d'un haut responsable d'une maison de disques.

– Vous êtes bien Michael Adams, *le* Michael Adams, le compositeur du jingle des biscuits au fromage Dunkers ? demandait-il.

– C'est à quel sujet ?

– Eh bien, je travaille chez EMI, et je pense que ce riff a toutes les chances de faire un numéro un. Si on pouvait juste changer les paroles, remplacer ce Chinois qui dit « Beaucoup de fromââââge, ça sera pas dommââââge... » par une fille jeune qui chante « Je veux sentir ton sexe dans mon sexe ; donne-moi du sexe, tout de suite... », je pense qu'on est sûr de cartonner, sans blague.

Je savais qu'il y avait peu de chance que ça se produise, mais je n'étais pas capable d'abandonner tout espoir, alors j'écrivais des chansons dont Jim faisait les paroles, on les enregistrait dans ma chambre et l'histoire du rock and roll n'en était pas bouleversée. En particulier parce que nous repoussions sans cesse le moment d'enregistrer les démos définitives pour nous consacrer à des tâches plus importantes, comme regarder la télévision toute la journée ou changer l'économiseur d'écran de l'ordinateur portable de Jim. Je m'étais arrangé pour faire équipe avec quelqu'un qui était encore moins motivé que moi. Il avait du mal à embrayer, vu qu'il ne faisait jamais le plein.

Mais bon, la nuit précédente, nous avions décidé d'enregistrer nos deux nouvelles chansons. A la fin de la journée, nous avons donc fini par nous préparer à une journée de travail. Tandis que Jim accordait sa guitare, j'ai fait de mon mieux pour convertir ma pièce de chambre à coucher en studio d'enregistrement, ramassant les chaussettes, branchant les amplis, repliant le canapé-lit, ajustant les supports de micros.

– Vous vous appelez comment ? demanda Simon, qui traînait sur le seuil, espérant qu'on l'autoriserait à grimper à bord.

– Pour l'instant, on n'a pas vraiment décidé. T'as des idées ? dit Jim.

Des sonnettes d'alarme tintèrent dans ma tête. Oh non, on va encore tout droit vers cette discussion, l'éternelle discussion, comment-est-ce-qu'on-va-appeler-notre-groupe ? C'est une de ces conversations dangereuses de fin de soirée dans laquelle jamais, au grand jamais, on ne doit s'embarquer. Parce qu'une fois qu'on s'y est aventuré, il n'y a plus moyen d'en sortir. Les mots fatals, « Comment est-ce qu'on va appeler notre groupe ? », quand ils sont prononcés dans cet ordre, forment une incroyable formule magique qui peut engloutir un après-midi entier.

– Bon, allez, on enregistre cette démo, dis-je. Si on commence à chercher un nom de groupe, on ne fera plus rien.

Ma proposition fut suivie d'un hochement de tête approbateur et responsable. C'est alors que Jim, qui était en train d'écrire l'étiquette de la cassette, est intervenu :

– D'accord, mais en attendant, qu'est-ce que je mets sur l'étiquette ?

– Eh bien, j'aime toujours beaucoup The Extractors.

– « The Extractors ». Non, ça fait trop punk. C'est comme The Vibrators, ou The Stranglers.

– Ah ah ah, ricanai-je. Pas question. On ne va pas recommencer. Pour l'instant, mets juste nos noms de famille. Adams et Oates.

– Ça sonne comme Hall et Oates, dit Paul, qui venait d'entrer, et faisait mine de s'intéresser au processus d'enregistrement de notre premier single.

– Les gens vont penser, « Oh, waou ! Oates s'est séparé de Hall, il a un nouveau partenaire », puis ils se rendront compte qu'il s'agit d'un autre Oates, et mettront la cassette à la poubelle.

– D'accord, alors on met nos prénoms : Michael et Jimmy.

– On dirait deux des Osmond Brothers.

– Arrête, arrête. On est en train de s'embarquer dans cette discussion vaseuse.

Tout le monde est tombé d'accord. J'ai branché la guitare de Jim. Il y a eu un court silence, le temps que le matériel se mette en marche et, après avoir réfléchi un instant, j'ai ajouté : « Mets juste que pour le moment on est un groupe sans nom. » A la seconde où j'ai dit ça, j'ai su que c'était une erreur. J'ai fermé les yeux, attendant avec lassitude.

– « Groupe Sans Nom ». J'aime bien ça, dit Jim.

Un murmure d'approbation a parcouru la pièce, et j'ai essayé de me taire, mais c'était impossible.

– Non. Je voulais dire : Mets « Groupe sans nom » pour expliquer que notre groupe n'a pas de nom pour le moment, pas pour dire « Voici une démo d'un nouveau groupe qui s'appelle Groupe Sans Nom ».

– « Groupe Sans Nom ». Il y a quelque chose, là-dedans, non ?

– Ouais. Ça accroche, non ?

Il fallait que j'étouffe ça dans l'œuf.

– Je suis désolé, mais il n'est pas question que nous nous appelions nous-mêmes Groupe Sans Nom. C'est le pire nom que j'aie jamais entendu.

Simon en avait un pire.

– Et que diriez-vous de « En Exclusivité » ?

Jim et moi nous avons gémi : les vieux routiers que nous étions savions que tous les groupes du monde, à un moment ou à un autre, avaient pensé qu'il serait incroyablement dingo et original de s'appeler « En Exclusivité ».

L'enthousiasme de Simon ne diminua nullement.

– Parce que, comme ça, à chaque fois qu'on voit une affiche pour un concert, le nom du groupe est déjà dessus. Vous pouvez vous arrêter et dire aux organisateurs, « On est En Exclusivité ». Regardez, notre nom est sur l'affiche !

– Ouais. Et quand on devient célèbre, l'affiche annonce : « En exclusivité : En Exclusivité », et il faut jouer deux fois, dit Paul.

Ça l'a fait rire.

Pendant tout cet échange, Jim et moi hochions la tête comme deux vieux sages.

– Ouais, mais qu'est-ce qui se passe si on se met à avoir des fans ? intervint Jim. Ils voient « En Exclusivité » sur l'affiche, ils entrent pour vous voir, et ils s'aperçoivent que non seulement vous avez modifié tous vos morceaux, mais que tous les membres du groupe ont changé. C'est soit ça, soit ils voient votre nom sur l'affiche et présument que ce n'est pas « En Exclusivité », mais les gars d'un autre groupe en exclusivité. Pour un groupe, c'est le pire nom de toute l'histoire du rock.

– A part « Chicory Tip », proposai-je.

– Ah ouais. A part « Chicory Tip ».

Je crois que c'est à ce moment-là que je me suis rendu compte que nous étions embarqués dans la conversation-dont-on-ne-revient-pas. J'avais été incapable de l'éviter. Comme une des bonnes fées de *La Belle au bois dormant*, j'avais lancé de vains avertissements alors qu'ils avançaient, impassibles, vers le fuseau fatidique.

– Les noms de groupe, c'est facile, dit Jim. Il suffit d'ouvrir le journal.

– Les euro-commissaires renouvellent les demandes d'enquête du GATT.

– Hmm, quelle accroche.

– Prends juste un bout de phrase.

– Raid des Choppers.

– J'aime bien ça.

– On dirait un horrible groupe de heavy-metal. On pense à Viking Blitzkrieg ou Titan's Anvil.

– « The Beatles », proposa Simon, jovial.

– Quoi ? demanda, incrédule, le reste de l'assemblée.

– Tu dis de juste lire un truc dans le journal. Là-dedans, il y a un article sur les Beatles.

– Pourquoi vous ne vous appelez pas « Aardvark », comme ça vous seriez en premier dans l'*Annuaire du rock*, suggéra le professeur d'anglais.

– Ou « A 1 », dit Simon. Juste pour être doublement sûrs.

– « A 1 » ? Les gens nous appelleront pour commander un taxi.

– Et que diriez-vous de « Acid Test » ?

– Oh, mon Dieu, non ! dis-je. Ça me rappelle ce groupe ringard, « Test O'Stérone » qui faisait notre première partie à Godalming. Ils ont encore mon putain de pied de micro.

Puis, comme toujours, la conversation suivit son cours inéluctable – et ce fut le feu d'artifice, des centaines de noms furent lancés et refusés en un temps record.

– « L'Odeur du Rouge ».

– Non.

– « L'Élite de la Garde républicaine ».

– Non.

– « Plus Grands que Jésus ».

– Non.

– « Charlie ne surfe pas ».

– Non.

– « Viens danser ».

– Non.

– « Buster Hymen et les pénétrations ».

– Non.

– « Mort à l'arrivée ».

– Non.

– « Qui est Billy Shears ? »

– Non.

– « Ça se détraque ».

– Non.

– « Attention : C'est peut-être vide ».

– Non.

– « Laisse nager les poissons ».

– Non.

– « Les Jumeaux Détritus ».

– Non.

– « Gros Piaf ».
– Non.
– « L'Homme dont la tête grossissait ».
– Non.
– « Les Gros Belges en pétard ».
– Non.
– « Le Son de la musique ».
– Non.
– « Prédécoupé ».
– Non.
– « Attention à la marche ».
– Non.
– « Le Reste ».
– Non.
– « Les Mites en folie ».
– Non.
– « Les Chaînons manqués ».
– Non.
– « Ayatollah et les chiites ».
– Non.
– « Les Rôdeurs de la fosse aux escargots ».
– Non.
– « Vingt-Quatre Minutes et des poussières ».
– Non.
– Aïe !
– Non.
– Non, je veux dire, aïe ! Je viens de me prendre une écharde avec cette chaise.

Au bout d'un moment, le cerveau s'engourdit à force de chercher sans cesse une combinaison originale de deux ou trois syllabes, et à force d'épuisement on finit par se contenter de marmonner des bruits incompréhensibles. « Les blub-blub-bla-blas ».

– Et pourquoi pas quelque chose de royal ?

– Ils ont tous été pris. Il y a eu Queen, King, Prince, Princess, il ne reste plus que la Duchesse de Kent. On ne peut pas donner à un groupe rock border-line le nom d'une pimbêche dont le seul titre de gloire est de rentrer gratos à Wimbledon.

– J'ai trouvé, dit Simon excité, nous redonnant sans raison espoir. Que diriez-vous de « Hey ! » ?

– « Hey » ?

– Non, pas « Hey ? » Pas « Hey » avec un point d'interrogation. « Hey ! » avec un point d'exclamation. Vous voyez, comme « Wham ! ». Comme une façon d'attirer l'attention.

Personne, en fait, ne prit la peine de rejeter cette proposition ; c'était une suggestion trop médiocre pour mériter une réponse. Elle fut accueillie par un silence mortel, et Simon eut l'air plutôt vexé quand il se rendit compte que chacun continuait à proposer des noms sans même se préoccuper d'examiner le sien. Pendant à peu près une heure on a lancé des propositions comme autant de pigeons d'argile, très vite pulvérisés par l'un d'entre nous. On a rejeté « Les Scuds », « Va en taule », « Rocktobre », et, ce qui n'est pas surprenant, « Jeanne d'Arc » et « La Conspiration des pellicules ». Jusqu'au moment où, avec une certaine gravité tirée de l'assurance de qui a la bonne réponse, Jim dit :

– *Lust for life*[1].

– *Lust for life*, répétai-je, dans une contemplation inspirée.

– C'est le nom d'une chanson d'Iggy Pop, dit Paul.

– Je sais.

– Et d'un film sur Van Gogh.

– Je sais.

Paul, qui avait pompeusement soulevé ces objections, eut la déception de voir qu'elles n'étaient pas retenues. On a répété ce nom encore plusieurs fois, et on a conclu que *Lust for life*, c'était bon. Ça nous avait pris deux heures et demie, mais on pouvait enfin travailler un peu. J'ai branché le micro et pris la voix de l'annonceur du Hollywood Bowl.

– Mesdames et messieurs, c'est ce soir la première représentation de leur tournée américaine, à guichets fermés ; ils sont numéro un dans le monde entier, ils viennent directement de Balham, Angleterre, voici les Lust for life.

Jim et Simon ont applaudi et sifflé, et Simon a levé son briquet. Paul a pris un air d'indifférence blasée et ouvert *Time Out*.

1. *Lust for life*, littéralement : « La passion de la vie ». C'est le titre d'un film de Vincente Minnelli consacré à Van Gogh, sorti en France sous le titre *La Vie passionnée de Vincent Van Gogh. (N.d.T.)*

– Quelqu'un a envie d'aller voir un concert demain soir ? dit-il, assez énigmatique.

– Pourquoi, qui c'est qui passe ?

– Je pensais aller au Half Moon, à Putney.

Il a agité l'annonce sous nos nez.

– Il y a un nouveau groupe. Il s'appelle Lust for life.

Il y a eu un silence.

– Putains de salopards de plagiaires ! cracha Jim. Ils nous ont piqué notre putain de nom !

Ce soir-là nous n'avons rien enregistré. A un moment donné, j'ai dit : « Allez, les gars, au travail ! », mais ils ont eu peur que le nom soit déjà pris. Le pire, ça a été quand mon portable a sonné au milieu de la discussion et que j'ai décroché pour tomber sur Catherine à l'autre bout du fil.

– Que penses-tu de « India » ? demanda-t-elle.

– Il y a déjà un groupe qui s'appelle India, répondis-je, troublé.

Et alors j'ai essayé de répéter la phrase, insistant sur le mot « groupe », comme pour dire : « Eh bien, il y a déjà un *groupe* qui s'appelle India, mais ça ne veut pas dire que tu ne peux pas appeler un *bébé* India. » Ça n'avait pas d'importance, parce que je savais que ce n'était qu'un prétexte pour appeler et pour reprendre contact après notre dispute.

Suite à son appel, la maison m'a manqué. Mes potes avaient été si exaspérants aujourd'hui que je voulais retourner auprès de Catherine. Après les sautes d'humeur de Paul à propos de la façon dont Jim faisait le thé ou dont moi je ne préparais pas le dîner, les questions fastidieuses de Simon, l'insupportable procrastination de Jim, et tout un après-midi passé à chercher pour la énième fois un putain de nom de groupe, ils me rendaient fou. Je fus frappé alors par une terrible révélation. C'était une chose que je n'avais pas prévue quand j'avais fui ma famille pour me refaire une petite santé mentale : la famille de remplacement que j'avais adoptée était tout aussi insupportable que n'importe quelle autre. Chaque fois que je me rendais dans ce pré, je repensais à celui d'où je venais, et son herbe me semblait toujours beaucoup plus verte que lorsque je l'avais quitté. Où que je sois, j'aurais toujours envie d'être ailleurs. Je m'étais mis dans de tels pétrins, j'avais trompé la femme que j'aimais et m'étais endetté juste pour me rendre compte que ce qui m'ennuyait et m'oppressait me suivait partout. Le problème, ce n'était pas Catherine ni les enfants. Ce n'était même pas Jim, Paul et Simon. C'était moi.

5

Ça fait du bien de parler

J'ai quinze ans et je suis devant un théâtre de Piccadilly Circus. Soixante autres élèves de seconde viennent de descendre furtivement de deux bus pour voir *Hamlet* de William Shakespeare. Ils ont l'air gauches et embarrassés avec leurs vestes et leurs cravates. Ils ont tous donné à mon professeur d'anglais un chèque de leurs parents, mais ils n'ont pas eu à payer plein tarif parce que ma mère travaille au théâtre et peut avoir des billets à tarif réduit pour tout le monde. Enfin, c'est ce que j'avais imaginé et annoncé imprudemment à mon professeur d'anglais. En fait, ma mère ne travaillait qu'à mi-temps au théâtre, elle nettoyait les costumes et n'avait pas pu nous avoir de réduction. Et donc aucun billet n'avait été réservé.

J'avais voulu rendre service. Quand le professeur avait dit le nom du théâtre, je l'avais reconnu, j'avais levé le doigt, lui avais parlé de maman, et il avait dit, plaisantant à moitié : « Eh bien, peut-être qu'elle pourrait avoir des billets à tarif réduit pour tout le monde, Michael. » Et j'avais dit que j'étais certain qu'elle le pouvait, et ça avait fait boule de neige jusqu'ici. Je ne sais pas pourquoi je n'avais rien dit les semaines précédentes. Je ne voulais pas le décevoir, sans doute. J'aimais vraiment bien Mr Stannard, et il semblait m'apprécier. Je ne lui ai rien avoué quand il m'a dit : « Ta mère a bien réservé ces billets, n'est-ce pas ? » Ça aurait sans doute été un bon moment pour tout lui dire. Je n'avais rien dit alors qu'il distribuait un courrier à propos de la sortie scolaire, que chacun devait remettre à ses parents. Et quand il avait fait la liste de qui allait et qui n'allait pas voir *Hamlet*, je ne lui avais pas dit que, en fait, personne n'y allait. Je ne lui avais même rien dit au moment de monter dans les bus.

Les deux chauffeurs essayaient tour à tour de se doubler sur la route à double voie, et tous les enfants étaient contents. Tous les enfants sauf moi. J'étais le seul à savoir qu'on perdait tous notre temps, que c'était ma faute, et que mon terrible secret serait bientôt révélé. Pourtant, je ne dis rien. Quand, tous les soixante-quatre, on a été debout dans le foyer du théâtre, que Mr Stannard a discuté avec la dame de la billetterie, s'est tourné vers moi et m'a dit : « Michael, tu m'as bien dit que ta mère avait réservé soixante-quatre billets ? », je lui ai tout dit. J'ai pris l'air de quelqu'un qui avait eu l'intention de transmettre un message, mais qui avait laissé ce message lui échapper complètement. « Oh, c'est vrai. Oh, je veux dire... humm... elle n'a pas droit à une réduction, alors je ne lui ai fait faire aucune réservation. »

Mon indifférence feinte n'a pu le convaincre que ce n'était pas grave. La représentation de ce soir-là était complète, a expliqué le directeur du théâtre. Mr Stannard s'est tourné vers moi et a complètement perdu le contrôle de lui-même. On dit que la peur de quelque chose est souvent pire que ce quelque chose. Pas dans ce cas ; ma crainte était parfaitement justifiée. Je crois que même les autres professeurs étaient gênés de la façon dont son visage est devenu rouge brique, dont il a été pris de tremblements et dont il m'a crié dessus en postillonnant. J'étais là, bêtement, incapable de rien imaginer pour ma défense, haussant les épaules en réponse à toutes les questions qu'il me braillait. Les veines de son front se gonflaient, et il hurlait à quelques centimètres de mon visage, je sentais l'odeur âcre de ses cigarettes. Il était si furieux contre moi qu'il en bafouillait. Alors que sa colère allait crescendo, il brama :

– Et maintenant, maintenant, le, le, l'entière classe de seconde ne va pas rater *Hamlet* !

– Si, monsieur ; ils vont le rater.

– Quoi ?

– Vous avez dit qu'ils *n'allaient pas* le rater.

– Non, j'ai dit qu'ils n'allaient pas le *voir*.

– Non, vous avez dit qu'ils n'allaient pas le *rater*, monsieur.

J'avais peut-être gâché la soirée de soixante-quatre personnes, mais j'avais tout à fait raison sur ce point.

– Ne me dites pas ce que j'ai dit et ce que je n'ai pas dit, bordel ! J'ai dit le *voir*.

Son visage violacé tremblait encore à quelques centimètres du mien, et un peu de sa salive atterrit sur mon nez, mais j'ai jugé qu'il était plus prudent de la laisser là.

Un des autres professeurs a tenté de le calmer.

– A vrai dire, tu as bien dit le *rater*, Dave.

Alors Mr Stannard s'est tourné vers Mr Morgan et a commencé à hurler contre lui, ce que tous les autres gamins ont trouvé assez excitant, parce qu'on n'avait jamais vu auparavant de professeurs se disputer entre eux.

La seule raison pour laquelle je ne lui avais rien dit était tout bêtement que je ne voulais pas lui faire de peine. Comme stratégie à long terme, ça n'avait jamais eu beaucoup de chances de réussir. Pour finir on s'est tous éloignés et on est restés assis pendant des heures sous la statue d'Eros, attendant l'heure à laquelle les bus devaient nous reprendre ; j'ai senti que Mr Stannard ne m'aimait plus, et il a commencé à pleuvoir.

– Eh bien, si on meurt tous de pneumonie, on pourra dire merci à Michael Adams, dit-il aigrement.

J'ai trouvé ça un peu injuste, parce que ce n'était pas de ma faute s'il pleuvait.

– Espèce de sous-crotte, me lancèrent mes copains de classe.

« O souillures, souillures de la chair ! Si elle pouvait fondre, Et se dissoudre et se perdre en vapeurs ! » disait Hamlet [1]. Je comprenais ce qu'il ressentait.

– Michael, tu as tendance à occulter les problèmes jusqu'à ce qu'ils ne soient plus des problèmes, mais des désastres à grande échelle, me dit mon professeur principal le lendemain matin alors que j'étais assis devant son bureau.

Et c'est à peu près ce que me dit le directeur de ma banque seize ans plus tard, alors qu'on discutait au téléphone de mes paiements d'hypothèque en retard. Il me fixa un rendez-vous pour qu'on essaie d'arranger ça et, comme quoi son analyse était parfaitement juste, j'ai raté le rendez-vous.

Je me suis assis sur mon plumard de célibataire et j'ai calculé combien il fallait que je paie pour rattraper le retard de mon hypothèque sur la maison familiale. J'ai mis sur le papier tout ce que je devais pour ma Carte bleue, et pour différents achats à crédit. Dans une autre colonne, j'ai écrit combien d'argent je devais toucher dans les deux mois à venir. J'ai essayé de gonfler un peu la seconde colonne en y incluant quel-

1. *Hamlet*, acte I, scène 2 (traduction Yves Bonnefoy). *(N.d.T.)*

ques chèques-disques que je gardais de côté depuis Noël, mais elle n'en paraissait pas moins décourageante. J'ai contemplé longuement les deux totaux, essayant de réfléchir à la solution la plus sensée et la plus réaliste qui me restait, puis je suis sorti acheter un billet de loterie.

Le jour où il me faudrait commencer à trimer comme un esclave approchait rapidement. Entre-temps, j'ai décidé de faire quelques économies. J'essaierais de mettre moins de dentifrice sur ma brosse et d'acheter des cacahuètes au lieu de noix de cajou. Il y avait une autre dépense qui me tarabustait depuis longtemps, mais je n'avais pas trouvé le moyen le plus délicat pour soulever le problème. Les factures de téléphone étaient divisées en quatre, mais en les examinant de près, on s'apercevait qu'une bonne moitié des communications étaient dues à Simon le Sordide appelant ses sites cochons préférés sur Internet. Je subventionnais son onanisme rituel. C'est déjà assez difficile quand on se rend compte que quelqu'un devrait payer une part un peu plus importante de la note au restaurant, mais dire à un copain d'appartement qu'il vous doit pas mal d'argent parce qu'il passe la moitié de son temps libre à se branler avec sa main droite, ce n'est pas vraiment le genre de chose dont on parle dans le *Guide des bonnes manières*.

Mais l'évidence était là, noir sur blanc, la facture détaillée montrait toujours le même numéro, et le temps pendant lequel Simon s'était connecté. Le 9 février, par exemple, il avait appelé à 10 h 52 du matin et s'était masturbé pendant sept minutes et vingt-quatre secondes. Ça nous avait coûté trente-cinq pence, sans compter la TVA. Plus tard le même jour, il avait appelé pendant douze minutes et vingt-trois secondes, mais je suppose qu'il faut s'attendre à ce que ça prenne un peu plus de temps la deuxième fois. Il y avait des pages et des pages d'appels, récapitulant les dates, les heures et les durées des fois où il avait surfé sur le net. A vrai dire, surfer est un mot trop élégant pour ce que Simon faisait sur Internet. Il s'y *planquait*, il *rôdait* autour, il *battait les buissons* d'Internet.

J'ai soulevé ce problème auprès des autres, et nous sommes convenus d'en parler à Simon. Nous étions déterminés à mettre la chose sur le tapis le plus tôt possible, dans l'espoir d'aborder la question financière sans entrer dans le détail des cochonneries qu'il regardait. On aurait dû mieux le connaître. Malgré ce qu'on aurait pu imaginer être des circonstances embarrassantes, Simon parut enchanté de se retrouver au centre de l'attention, et profita de l'occasion pour s'étendre sur le seul sujet qu'il maîtrisait :

– C'est vraiment très bon marché, expliqua-t-il d'un air malin. Pour le prix d'une communication locale, on peut voir des gens faire l'amour avec des gorilles.

– Ah, les miracles de la technologie moderne, dit Jim.

– Ou avec n'importe quel primate, à vrai dire, sauf les orangs-outans. Mais ils sont très rares, non ?

Simon ne se rendait absolument pas compte de notre gêne et continuait de nous exposer avec enthousiasme le monde fascinant de la pornographie hard-core.

– Tu es un sale détraqué, Simon, dis-je, et il parut très content, comme s'il avait imaginé que l'opinion que j'avais de lui était beaucoup plus basse.

J'étais gêné, non tant par le fait que Simon fût obsédé par la pornographie que par le fait qu'il n'éprouvât pas le besoin de faire preuve de la moindre discrétion à ce sujet. Tous les hommes sont intéressés par le sexe, mais au moins le reste d'entre nous fait un petit effort pour le cacher. Il parlait de sa fixation comme s'il s'agissait d'un petit hobby charmant, comme s'il aimait les dramatiques ou peignait des aquarelles. « Ça fait du bien de parler », disait la pub de British Telecom. Ou de faire quoi que ce soit qui augmente la facture de téléphone.

Dans l'espoir que nous partagerions son enthousiasme si seulement nous voyions ce que nous avions raté, Simon nous montra quelques-uns des sites porno qu'il visitait. On y voyait trois ou quatre personnes en train de se contorsionner. On aurait dit qu'ils jouaient à Jacques-a-dit tout nus. « Levez la main gauche et posez-la sur le pied droit ; posez le sein gauche sur la bite noire. » Sauf que jouer à Jacques-a-dit était un jeu marrant, alors que les visages de ces gens laissaient à penser qu'ils souffraient beaucoup. J'ai trouvé ces images à la fois dégoûtantes et fascinantes. Comme les accidents de voiture et le beurre d'anchois, on savait que c'était horrible, mais on ne pouvait s'empêcher d'y revenir, juste pour s'assurer que ça rendait aussi malade que la première fois. Mais ma première impression était en général la bonne. La plupart des images étaient à peu près aussi érotiques que des photos couleurs d'une opération à cœur ouvert. Il y avait une série de photos racontant l'histoire d'un dîner se finissant en orgie. La transition semblait se faire sans efforts.

– Et ça recommence, tu vois, dit Simon.

– Quoi ?

– Une chose qui en amène une autre. Regarde. Photo numéro un, on les présente. Photo numéro deux, ils discutent un peu. Photo numéro trois, il lui fourre son engin dans la bouche. Je veux dire, ce que je voudrais savoir, c'est ce qui s'est passé entre la photo deux et la photo trois. Comment est-ce qu'une chose en amène une autre ? Si c'était moi, ce serait Photo un : « Bonjour, bonjour. » Photo deux : « Patati, Patata. » Photo trois : elle me foutrait une baffe et elle se tirerait.

Il s'est connecté à un autre site Internet qui était dans son dossier parmi les préférés et a eu un petit rire étouffé quand la photo suivante est apparue lentement. L'ordinateur a révélé progressivement l'image, depuis le haut jusqu'en bas, comme s'il jouait avec nous, caressant l'idée de tout montrer, puis se retenant, et nous émoustillant en en dévoilant un peu plus. La femme qu'on découvrait peu à peu était, sans conteste, attirante. Elle avait un joli visage, une poitrine parfaite, des hanches harmonieuses et de longues jambes lisses. La seule chose qui, à mes yeux, gâchait le tableau – mais peut-être que je suis un peu tatillon –, c'est qu'elle avait un énorme pénis en érection. Je sais bien que, en tant qu'homme, on s'attend souvent, raisonnablement, à ce que le corps des femmes obéisse à un stéréotype préconçu, mais je pense que l'absence de pénis et de testicules est l'une des conditions préalables sur lesquelles j'insisterais probablement.

Au milieu du bruit des gémissements surfaits, j'ai dit à Simon que sa relation avec cet ordinateur n'était pas saine, que c'était du sexe à sens unique, sans amour ni préliminaires, et on s'est tous mis d'accord pour dire qu'à l'avenir il devrait au moins emmener dîner l'ordinateur avant de passer aux choses sérieuses.

Finalement, on proposa une nouvelle règle : Simon n'aurait le droit de se masturber devant son ordinateur que durant les heures creuses ou pendant les week-ends. Il protesta, faisant remarquer que ces appels étaient à tarif réduit. Apparemment, lorsqu'il enregistrait les numéros préférentiels de ses amis ou de sa famille, il s'avérait que son meilleur ami était son serveur Internet, ce qui semblait tragiquement exact. On ne peut pas dire que son meilleur ami l'appelait souvent. Mais le règlement fut adopté et on a pu de nouveau laisser Simon tout seul.

– On est d'accord, dit Jim. Mais est-ce que je pourrais revoir l'image de ces deux jumelles blondes faisant des combats de boue...

La raison pour laquelle nous estimions si peu Simon, c'est qu'il nous montrait naïvement tout ce qu'il y avait chez lui de repoussant. Il ne gardait pas pour lui sa face sombre. Il disait les choses. C'était à la fois un échec et une vertu. Peut-être était-il un ver de terre, mais c'était un ver de terre honnête et qui ne se dissimulait pas. J'étais sûr qu'il n'était pas, en secret, un serial killer cannibale, parce que si ça avait été le cas, il nous aurait régalés de détails pratiques sur la cuisson de la chair humaine. Il était, chose rare, une personne sans secrets.

J'avais passé ma vie avec un goût instinctif du secret qui me faisait hésiter même avant de répondre « Présent » quand le professeur faisait l'appel. Jim, Paul et Simon ne soupçonnaient pas que, lorsque je n'étais pas avec eux, j'étais un mari et un père. Je préférais juste que les choses soient ainsi. Peu de temps après avoir loué ma chambre, les autres avaient emménagé, et il m'a paru inutile d'éclairer mes nouveaux compagnons d'appartement sur mes étranges arrangements domestiques. En général, je ne mentais pas. Je trompais juste par omission. Une fois, Catherine, pour plaisanter, déclara que si je ne parlais jamais de mon travail, c'était parce que je voulais éviter de mentir à ce propos. Ça m'avait bien fait rire.

Ma réticence était dans son intérêt autant que dans le mien. J'avais appris très tôt que si la mère de vos enfants a eu une journée ennuyeuse, il n'est pas très judicieux de lui raconter dans le détail la sympathique journée que vous avez passée. Elle préfère, et de loin, que vous vous soyez ennuyé également. Et donc, les jours où j'avais droit à tout un laïus sur l'ennui et l'épuisement, je faisais de mon mieux pour ne rien laisser paraître du plaisir que j'avais reçu de ma journée.

Ce vendredi-là, quand je suis revenu, Millie regardait une vidéo pendant que Catherine, à genoux, nettoyait le poêle tout en essayant de balancer Alfie dans son siège pour bébé.

– Comment s'est passée ta journée ? demanda-t-elle.

– Oh, comme d'habitude, plutôt ennuyeuse.

– Tu as déjeuné ?

– Ouais, j'ai grignoté quelque chose.

– Où ?

– Où ? Eh bien, je suis allé à un cocktail pour une remise de prix.

– Un cocktail pour une remise de prix ? Oh, ça a l'air sympa.

– Oh, tu sais, c'est pas terrible. Tu connais le milieu de la pub. Il y a toujours quelque part un cocktail pour la remise d'un prix quelconque. Pour tout dire, c'est vraiment rasant.

– Et ensuite tu es retourné travailler à ton studio ?

– Euh, non. Je n'aurais pas travaillé beaucoup : j'avais bu trop de champagne. Enfin, je ne sais pas si c'était du vrai champagne. A vrai dire, il paraissait bon marché, et j'y ai pour ainsi dire passé l'après-midi.

– Dis, tu en as de la chance.

– Non, j'étais vraiment forcé d'y aller. Tu sais, les contacts, les réseaux, tous ces trucs emmerdants.

Elle a remis sa tête dans le four ; j'ai vérifié qu'elle le nettoyait et qu'elle ne tentait pas de se suicider.

– Tu n'espérais pas un prix, non ? dit l'écho de la voix à l'intérieur du four.

– Euh, en quelque sorte.

– En quelque sorte ?

– Euh, eh bien, si. Meilleure musique de fond originale – pour cette banque, le truc que j'ai fait cet automne.

– Ça alors ! Tu ne m'as rien dit.

– Tu sais, t'as assez de soucis comme ça sans que je t'enquiquine avec mon travail, répondis-je, peu convaincant.

Elle se tut le temps de gratter la dernière croûte de graisse, et j'espérais que l'interrogatoire s'arrêterait là.

– Mais tu n'as rien décroché, alors ?

– Eh bien, si, j'ai eu un prix. Ouais.

Je l'ai entendue se cogner à l'intérieur du four. Puis elle a émergé et m'a regardé comme si elle ne me croyait pas.

– Alors tu as été à un cocktail de remise de prix, et tu as remporté un prix ?

– Ouais. Une espèce de grande statue en argent. Je suis monté sur la scène pour la recevoir, tout le monde a applaudi, c'est John Peel qui me l'a remise, il m'a serré la main, et après ça on a bavardé pendant des heures.

– John Peel ? J'espère que tu ne lui as pas demandé s'il se souvenait de ton disque souple.

– Catherine, John Peel reçoit chaque année des milliers et des milliers de disques et de cassettes, je n'espérais pas qu'il se souvienne d'un disque souple, qu'il n'a pas écouté, à la fin des années quatre-vingt.

– Donc il ne s'en souvenait pas, alors ?

– Non, il ne s'en souvenait pas. Non. Mais il est encore plus sympa que quand on l'entend à la radio, et tout le monde n'arrêtait pas de venir me féliciter, regarder ma statue et prendre des photos.

Et à ce moment-là je me suis rendu compte que j'avais plutôt saboté mon image de martyr. J'ai donc, un peu tard, essayé de la réendosser.

– Mais tu sais, à part ça c'était vraiment ennuyeux. C'est tellement bidon, tous ces trucs. Et la statue pèse une tonne. C'était terrible, de remonter tout Park Lane en essayant de trouver un taxi avec ce machin de trois tonnes dans les bras.

– C'est terrible tout ça, dit-elle, levant les yeux sur moi tout en restant accroupie.

Son visage était maculé de graisse brûlée, tout comme ses vêtements et ses cheveux. Alfie commença à pleurer doucement en bruit de fond, parce que Catherine avait arrêté de balancer son siège.

– Euh, je me disais que j'allais peut-être prendre un bain, dis-je. Mais, euh, je pense que je peux surveiller les enfants un moment si tu veux la salle de bains avant.

– Je ne voudrais pas contrarier tes projets. Après la journée horrible que tu as eue, conclut-elle, sarcastique.

En ce qui me concernait, le fait de dire les choses ne m'amenait que des ennuis. On croit toujours que l'honnêteté parfaite et totale est le seul moyen d'avoir une relation heureuse, mais rien n'est plus éloigné de la vérité. Lorsqu'un couple vient de faire l'amour, la dernière chose à faire est d'être franc et honnête l'un envers l'autre. La femme dit : « Mmmn, c'était merveilleux. » Pas : « Oh, ça a été plus rapide que j'aurais voulu. » Et l'homme dit : « Hmm, c'était vraiment bien. » Pas : « C'est intéressant, j'ai découvert que j'arrive mieux à jouir si je m'imagine en train de faire l'amour à ta meilleure amie. »

Tous les couples se mentent plus ou moins. Ce que je faisais n'était donc pas particulièrement inhabituel. N'importe quel père a entendu son bébé pleurer pendant la nuit et a fait semblant de dormir pendant que sa femme sortait du lit pour s'en occuper. J'étais plus secret que certains hommes, mais plus loyal envers ma femme que beaucoup d'autres. De toute façon, me disais-je, Catherine raconte des mensonges. Lorsque les Conservateurs vinrent me solliciter pendant la campagne électorale, elle leur dit que Michael Adams, c'était *elle*. Elle prit une voix rauque et profonde et leur demanda si on avait encore le droit d'entrer chez les Tories quand on avait changé de sexe. La plaisanterie s'est retournée contre nous lorsque le candidat a paru soudain très intéressé par elle, et qu'il a fallu qu'on se cache au premier étage chaque fois qu'il sonnait chez nous.

Et, bien sûr, elle a menti à tout le monde à propos de sa grossesse. Elle n'a rien voulu dire pendant les trois premiers mois, et elle m'a donc obligé à afficher une normalité infertile. Le plus déconcertant là-dedans, c'est que, bien que je sois un menteur expérimenté, lorsqu'il a fallu que nous donnions le change à tout le monde, je me suis rendu compte qu'elle était bien meilleure que moi. On a passé une soirée chez la sœur new-age de Catherine, à écouter la théorie de Judith selon laquelle le monde courait à sa perte parce que chacun s'en remettait aux calculettes solaires, et épuisait le soleil. Judith était une hippie moderne typique. La seule fois qu'on nous avait proposé de la viande chez elle, c'était des années plus tôt, pour fêter la naissance de son enfant ; elle avait prononcé ces paroles inoubliables : « Vin rouge ou vin blanc avec le placenta ? – Hem, pour moi juste un peu de couscous, merci, répondit Catherine. J'ai déjà pris du placenta au déjeuner. »

Maintenant qu'elle était enceinte, Catherine ne buvait plus de vin, et ce jour-là, je m'attendais à ce qu'elle refuse, mais elle avait étudié la question. Le fait de refuser aurait attiré l'attention sur elle, et aurait fait naître des soupçons. Elle a donc accepté le vin en même temps que tout le monde, et personne ne s'est rendu compte qu'elle n'en a pas bu du tout. Une fois que j'eus compris son plan, je me suis dit que j'allais essayer de l'aider, et je m'en suis galamment mêlé en buvant subrepticement son vin à sa place. Les quatre verres. C'est le genre de sacrifice que tout futur père doit être prêt à faire. Notre hôte continuait à nous remplir nos verres à ras bord, et je continuais à les vider tous les deux. J'ai adressé à Catherine un clin d'œil matois et un sourire de conspirateur pour montrer que j'avais compris ce qu'elle était en train de faire, et que je l'aidais discrètement à sauver les apparences. Puis je suis tombé de ma chaise.

Quand est arrivé pour nous le moment de partir et que j'ai tenté de glisser mon bras dans la mauvaise manche de ma veste, notre hôte s'est montré inflexible et a jugé que nous avions tous les deux trop bu pour conduire.

– Non, je peux conduire. J'ai à peine bu un verre, soutenait Catherine, désireuse de ne pas révéler son secret.

– Non, j'insiste. Michael pourra venir chercher la voiture demain matin. Je vous ai appelé un taxi.

– Ouais. Je viendrai chercher la voiture demain matin, bredouillai-je. On ne peut pas te laisser conduire, Catherine, surtout maintenant que tu es enceinte.

Quand on est arrivés à la maison, elle était de très mauvaise humeur, mais le fait d'être enceinte peut influer beaucoup sur un caractère de femme. Je suppose que la différence entre Catherine et moi, c'est que lorsqu'elle mentait, elle ne dépassait pas un certain point. Elle savait où s'arrêter. A sa place, allongée dans la salle d'accouchement avec les jambes dans des étriers, j'aurais encore nié être enceinte. Mis à part à sa sœur et son beau-frère, qui devinèrent ce qu'il en était après que j'eus livré ce maigre indice, Catherine n'avoua qu'elle était enceinte qu'à la fin du troisième mois, comme prévu. On nous félicita avec un peu moins d'excitation et d'étonnement que pour notre deuxième enfant, qui en avait lui-même suscité moins que le premier.

– On voulait les avoir tous très rapprochés, dit-elle, utilisant le « nous » royal, et j'ai regardé autour pour voir à qui elle pouvait bien faire allusion.

– Aaaaaahhhh, dirent tous nos amis et relations, qui ont tapoté son petit ventre comme s'il devenait soudain propriété publique.

A partir de maintenant, le minuscule embryon devrait s'habituer à ce que les gens frappent sans cesse sur ses murs. A l'égard du bébé en miniature qui était à l'intérieur, je me sentais protecteur. A douze semaines, le fœtus a déjà à peu près la forme d'un être humain. Tous les organes principaux sont formés. Le cœur bat, les poumons sont là, qui respireront de l'air, l'estomac est là, qui digérera la nourriture, la rate est là, qui, enfin, qui fera ce que fait une rate... qui éclatera lors d'un accident.

L'embryon a déjà aussi du caractère. Je suis content que l'un d'entre nous en ait. Catherine était encore très fatiguée et pleurait pour un rien. La dernière chose à faire aurait été de lui dire que nous traversions des problèmes financiers temporaires. Elle racontait les bonnes nouvelles à tout le monde, et moi je gardais les mauvaises pour moi. Afin que mon épouse enceinte ne se laisse pas abattre par les lettres de menace qui s'entassaient sur notre paillasson, j'ai décidé d'agir, et j'ai fini par envoyer une enveloppe à la banque. Elle ne contenait pas de chèque, je leur demandais de m'envoyer dorénavant tout mon courrier à mon adresse du sud de Londres. Ça faisait déjà un problème de réglé.

La seule personne à qui je n'avais pas encore parlé du nouveau bébé, c'était mon père. Papa avait pris sa retraite et vivait seul à Bournemouth, et je n'avais pas tant que ça l'occasion d'aller le voir. Il avait laissé sur son répondeur un message très soigneusement articulé, qui en disait le minimum. Quand je l'entendais, je pouvais presque voir mon père lire un morceau de papier avec écrit dessus : « La personne que vous appelez ne peut pas décrocher pour l'instant, mais elle est peut-être là. » Il imaginait que les cambrioleurs qui téléphonaient se disaient : « Nom de Dieu ! Si seulement il disait qu'il était sorti, on irait faire un tour et on nettoierait la maison ! » Il n'avait pas encore vu notre petite maison de Kentish House, ce qui me faisait me sentir coupable chaque fois que j'y pensais, mais ça l'embêtait de venir à Londres, au cas où il y aurait eu un autre recensement. Quand il a eu un e-mail, on a communiqué plus régulièrement, car il n'arrêtait pas de m'appeler pour me demander pourquoi il n'arrivait pas à faire fonctionner son e-mail.

– Et le net, Michael ? Tu fais le net ?

– On ne dit pas « faire le net », papa. Ce n'est pas une nouvelle danse à la mode, comme le twist ou le ska.

– Eh bien, moi non plus, je ne crois pas que j'arrive à faire le net. Il doit y avoir quelque chose qui ne marche pas dans mon ordinateur.

J'aurais pu lui annoncer la nouvelle au téléphone, mais j'avais envie de le lui dire de vive voix. Catherine déclara que le temps que je finisse par le faire, le bébé serait sans doute né, aurait grandi, et serait parti à l'université. Alors je l'ai rappelé et je lui ai proposé de passer le voir. Nous nous occuperions du repas, puis je lui donnerais une leçon d'ordinateur. L'idée lui plut beaucoup. « Oh, ça serait merveilleux, Michael. Avant que tu viennes, est-ce qu'il faut que j'achète un Microsoft ? »

Papa avait bien gagné sa vie comme revendeur de drogues. Il n'était pas du genre à avoir deux rottweilers, des tas de bagues en or, et à vendre du crack derrière les boîtes de nuit de Manchester. Papa n'a jamais gagné autant d'argent que ces types, car il ne vendait pas les bonnes drogues. Il vendait des tisanes médicinales et du Fervex. chaud et de la Formocarbine. J'avais essayé de l'imaginer roulant à travers la campagne, et ouvrant sa mallette devant un de ses meilleurs clients. Le pharmacien déchirait un sachet d'Alka-Seltzer, et s'en tapotait un peu sur la langue. « C'est de la bonne camelote, mec. Mais essaie plus jamais de la couper avec un Enos de merde, mec, ou alors on devra repêcher ton corps dans l'East River, et il aura plus de tête. Tu piges ? » Papa avait été du genre revendeur de drogues avec voiture de fonction et plan d'épargne.

Son boulot l'avait amené à passer pas mal de nuits loin de la maison, surtout après qu'il eut rencontré Janet, une laborantine brune du Royal Leamington. Il a été très loin pour la convaincre d'acheter ses produits, il a été jusqu'à quitter pour elle sa femme et son unique enfant. A partir de là, il n'y eut plus que maman, et moi, qui avais cinq ans. J'ai grandi dans un lotissement, une maison mitoyenne que nous partagions avec des voisins, et mon père, pour ainsi dire, était aussi un père que je partageais. Après que mes parents eurent divorcé, il a fallu que je passe mes week-ends solitaires dans son bungalow à l'odeur bizarre. De même qu'il avait été évacué pendant la guerre, de même je me retrouvais exilé dans une ville étrangère, serrant contre moi mon sac de voyage et quelques jouets réunis en hâte, un réfugié dans la guerre qu'était la séparation de mes parents.

Je n'avais rien à faire dans cette maison d'adulte, à des lieues de tous mes amis, alors je jouais du piano. Pendant des samedis et des dimanches entiers, des années durant, j'ai joué du piano. Sur le tabouret poussiéreux, il n'y avait qu'une seule série de partitions, les *Hymnes traditionnels pour pianoforte*, et je passais mon temps à les jouer et à les rejouer. Au début, je me contentais d'essayer de trouver les mélodies, mais au fur et à mesure mon jeu est devenu plus fluide, plus confiant, jusqu'à ce que je me prenne pour Elton John, perché sur des bottes scintillantes aux talonnettes de dix centimètres, me pavanant au Hollywood Bowl, et me lançant dans mon premier tube, « Plus près de Toi, mon Dieu ».

– Merci, mesdames et messieurs. Et maintenant une chanson qui m'a fait beaucoup de bien ; tout le monde chante avec moi « Quand je contemple la Croix miraculeuse ».

Et je faisais du boogie-woogie sur les quatre vers, ajoutant parfois « Yeah ! » ou « Ooh, Baby ! » après le passage qui disait « Tant d'amour et tant de souffrance se sont-ils jamais vus, des épines ont-elles jamais formé plus riche couronne ? ». Puis je ralentissais un peu le rythme pour « Nous labourons les champs et semons à tout vent ». J'imaginais maintenant les spectateurs brandissant leurs briquets, et ondulant doucement. Soudain, des feux d'artifice partaient de tous les coins de la scène et je me lançais dans un pot-pourri de mes premiers tubes, des classiques du rock, comme « En avant les soldats du Christ », « Jésus, amour de mon âme » et la chanson-titre de mon dernier album, « Je sais que vit mon Rédempteur ». C'était mon rappel, je le jouais debout et me retournais plusieurs fois tandis que je plaquais les mesures finales.

Je peux donc dire que, sans le divorce de mes parents, je n'aurais sans doute jamais appris à jouer du piano, je n'aurais jamais étudié la musique au lycée, et je n'aurais jamais atteint les sommets enivrants consistant à avoir mon disque souple passé trois fois sur les ondes de Thames Valley FM. Maintenant que j'étais ce que papa appelait un « compositeur de pop-music », il était très fier de moi, et il lui arrivait de m'appeler pour me dire qu'il venait de voir à la télévision une pub dont j'avais écrit la musique.

– Oui, c'est vrai, l'agence a acheté cent spots, papa, dont vingt à des heures de grande écoute.

– Eh bien, ils doivent être contents de ta musique, alors, s'ils n'arrêtent pas de la passer.

Comme je portais les enfants de la voiture à sa maison, il est sorti dans l'allée pour nous accueillir. Il n'y avait que quinze mètres, mais il avait mis son chapeau pour le voyage. Il avait une très bonne raison de porter un chapeau, même s'il n'allait pas jusqu'à le garder chez lui. Au cours des deux brèves années que papa avait passées avec Janet la laborantine avant qu'ils se séparent, elle avait réussi à le convaincre de se faire faire des implants. Bien qu'il n'ait pas alors perdu beaucoup de cheveux, il endura une pénible et onéreuse opération : de petites touffes de cheveux étaient déracinées des régions les plus fertiles de son crâne puis replantées au sommet de son front dégarni. Un temps, on eut l'impression que le chirurgien avait ôté une étonnante illusion d'optique, et que la frange de mon père était revenue. Mais ensuite, derrière les fortifications, les cheveux d'origine avaient continué de se raréfier à la même vitesse inexorable. Les minces touffes de cheveux de poupée avaient beau tenir héroïquement leur terrain, tout autour d'elles les follicules indigènes désertaient, laissant complètement isolés les avant-postes transplantés.

C'est peut-être ce qui avait poussé Janet à le quitter. Maintenant, sa tête était un exemple classique de calvitie masculine, une caboche lisse et brillante entre son front et sa nuque, avec une ligne droite de cheveux transplantés se cramponnant comme des touffes d'herbe de littoral le long de la crête d'une dune de sable. On n'en parlait jamais.

Il ôta son chapeau et je m'efforçai de ne pas croiser son regard. A peine avais-je franchi le seuil que papa fermait le verrou et m'entreprenait. Moins je le voyais, plus il engrangeait d'anecdotes à raconter, et rien ne pouvait l'empêcher de me communiquer immédiatement les principales nouvelles du mois.

Les gros titres à l'ordre du jour : Brian, l'ami de papa, avait acheté une nouvelle voiture en Belgique, réalisant une économie considérable. Le système d'attente à la banque avait été modifié, et maintenant il fallait prendre un ticket avec un numéro. Et pour finir, plus de papier à en-tête, avait décidé papa, jusqu'à ce qu'ils établissent une fois pour toutes l'indicatif téléphonique. Mais revenons à l'histoire qui faisait la une, la nouvelle voiture de Brian...

J'étais assailli d'informations. Il ne tenait pas compte du fait que je devais m'occuper des petits ou préparer le repas. J'avais laissé Catherine au supermarché pour qu'elle achète du pain et des légumes, et je devais donc surveiller moi-même les enfants tout en fouillant ses tiroirs à la recherche d'un peu de poudre pour faire la sauce. A vrai dire, « poudre » est une façon généreuse de décrire ce qui subsistait quand j'eus déchiré l'emballage. C'était une sorte de brique d'un brun sombre, qui avait dû se fossiliser pendant le Crétacé. En bon enfant de la guerre, papa ne tolérait pas le moindre gâchis. Du pain rassis donnait des toasts rassis parfaitement comestibles. L'huile d'une boîte de thon était conservée dans un coquetier, et on pouvait l'utiliser pour faire frire tout ce qu'on voulait – à condition d'aimer le thon. Quelques années plus tôt, on lui avait mis une hanche en plastique – et il n'avait pas voulu savoir ce qu'on avait fait de son vieil os. Je pense qu'il estimait que c'était un peu du gâchis de le jeter. J'aurais pu faire une bonne canne avec ça, pensait-il.

J'ai essayé de lancer le rôti, tout en écoutant papa et en m'occupant des enfants, mais c'était beaucoup pour un seul homme.

– Brian s'apprêtait à acheter la Mondeo 2 litres, mais il a choisi la 1,6 litre, à cause de toutes ces taxes sur l'essence.

Millie jeta son gobelet, et comme je n'avais pas bien fixé le couvercle, le lait se répandit sur le sol de la cuisine. Et que trouva à dire papa ? « Ne t'inquiète pas, je vais chercher un torchon » ? Non. « Donne-moi Alfie pendant que tu essuies ça » ? Non. Il dit : « La 1,6 litre a quand même la direction assistée, mais en l'achetant en Belgique, il a économisé trois mille livres. Qu'est-ce que tu dis de ça ? » Je ne connaissais pas Brian, ni le prix normal d'une Mondeo, mais j'ai fait de mon mieux pour paraître impressionné tandis que je cherchais en vain un torchon de cuisine.

– Alors, je lui ai dit que j'avais pensé m'acheter une Ford, mais je ne suis pas sûr de vouloir aller en Belgique, surtout après la façon dont ils ont craqué pendant la guerre.

Son chat avait commencé à boire le lait qui formait une flaque sur le lino, et Millie essayait de chasser le chat en le tirant par la queue, si bien qu'à tout instant le chat pouvait se retourner et griffer le visage de Millie.

– Millie, ne tire pas la queue du chat.

– Il boit mon lait.

– ... mais Brian dit qu'on peut la faire sortir de Belgique, au moins jusqu'à Harwich, mais j'ai dit qu'il était hors de question que je donne de l'argent avant d'avoir vu la voiture. Ils pourraient me fourguer une voiture avec le volant à gauche, allez savoir, et alors, hein, qu'est-ce que je pourrais faire...

– Attends une minute, papa, je vais nettoyer ça. Arrête, Millie.

Mais, comme la créature qui, dans *Alien*, enserrait de ses tentacules le visage de John

Hurt, papa réclamait toute mon attention et ne voulait pas lâcher le morceau. J'essayais d'approuver de la tête, comme si j'écoutais, mais les pommes de terre ont bouilli, l'eau qui débordait a éteint le gaz, et Alfie a rampé dans la flaque de lait, mouillé son pantalon, et commencé à pleurer.

– Mais il n'y a pas que la Belgique. Brian dit qu'on peut faire de très bonnes affaires en Hollande. Alors, qu'en penses-tu, Michael ? Tu crois que ce n'est pas risqué d'acheter une nouvelle voiture sur le continent ?

– Ça va aller, Alfie. Hum, je ne sais pas, papa. Arrête, Millie.

Le chat a fini par se retourner contre Millie, et du sang a coulé de son bras. Elle s'est mise à hurler, affolée, et papa, il faut le dire à son honneur, est allé jusqu'à en faire état.

– Oh, mon Dieu, le chat lui a griffé le bras. Il faudra mettre une compresse. Mais Brian dit que ce sont toutes des voitures avec volant à droite, Airbag, verrouillage centralisé, et que tout est standard. Et tu devrais la voir, elle est vraiment belle, avec une vraie plaque d'immatriculation anglaise, et tout.

Millie aurait pu scier les membres de son petit frère avec le couteau à pain que mon père n'aurait pourtant pas estimé que c'était une raison valable de se taire une seconde.

– Allons, allons, Millie. Oui, maman va arriver dans une minute. Ne pleure pas, Alfie, ce n'est que du lait. Non, il faut que je la nettoie, Millie, et ensuite on pourra mettre dessus une compresse « Petite Sirène »... Un prêt sans intérêt sur trois ans ? Vraiment, papa ?

Mon père de soixante-six ans était vraiment un autre enfant dont il fallait s'occuper. Il ressemblait même à un bébé, avec sa grosse tête chauve et le devant de sa chemise taché. Quand on a la trentaine, ils réclament votre attention de la même façon, vos jeunes enfants et vos vieux parents. Ils sont comme une parentèle égoïste en compétition pour votre amour. « Papa, papa, papa », continuait Millie, mais je ne pouvais m'occuper d'elle parce que j'essayais encore d'écouter *mon* propre papa. Ma seule chance d'avoir la paix était de minuter si précisément l'heure du repas que mon père puisse faire sa sieste de l'après-midi en même temps que les autres enfants. Je devrais peut-être installer un mobile musical au-dessus du canapé pour être certain qu'il dorme bien.

Catherine et moi avions fini par lui dire qu'il allait être une nouvelle fois grand-père. Il a paru sincèrement content et a appelé sa nouvelle amie, Jocelyne, pour le lui dire, quoique, connaissant papa, il aurait une amie différente au moment de la naissance du bébé. Après déjeuner, il nous a fait une faveur : il a dormi une heure et demie. Il y avait une petite trace de salive humide sur le coussin à côté de sa bouche. « C'est de là que tu tiens cette habitude », a dit

Catherine, et je me suis senti mortifié. J'adorais retrouver des aspects de moi dans mes enfants, mais j'étais horrifié en envisageant que je puisse me transformer en mon père. La seule chose qui me rassurait, c'est que je n'étais pas le genre d'homme à avoir une aventure ponctuelle, et à détruire impulsivement mon mariage, comme l'avait fait mon père.

Tandis que nous rentrions à Londres, je me suis demandé pourquoi tant d'hommes semblaient incapables d'avoir une partenaire unique. Jim, par exemple, avait eu cinq ou six petites amies depuis que je le connaissais. Où était le bonheur, là-dedans ? Franchement, je ne voyais pas pourquoi un homme jeune aurait eu envie de faire l'amour à une suite infinie de femmes magnifiques. Un mois une blonde voluptueuse, le mois suivant une brune mince ? Ça défiait la raison.

Jim venait d'entamer une nouvelle relation avec une certaine Monica, et la semaine qui suivit, alors que j'étais dans mon studio, il m'appela sur mon portable pour m'inviter à les rejoindre au Duc de Devonshire. Ça faisait un moment que je ne parvenais pas à faire imprimer quelques factures à mon ordinateur, et aller au pub semblait un moyen comme un autre de faire fonctionner mon imprimante. Quand je suis arrivé, Kate, la meilleure amie de Monica, était avec eux dans le jardin du pub, et je me suis retrouvé en train de discuter avec elle. Kate était mignonne, mince, pétillante, décontractée, tout ce qu'il est facile d'être quand on n'est ni enceinte ni mère de deux enfants en bas âge. Elle avait un chignon châtain foncé, qu'elle rejetait en arrière lorsqu'elle riait à mes plaisanteries, et une chemisette blanche à manches courtes qui mettait en valeur son bronzage. C'est vraiment agréable, pensais-je, d'être en compagnie de femmes jeunes et jolies. Bien entendu, je n'allais pas lui faire des avances, mais j'éprouvais beaucoup de plaisir à bavarder et à la faire rire. Même si plus jamais je ne coucherais avec une autre femme, il y avait une certaine excitation à me mettre dans une situation ou ç'aurait tout au moins été possible. Et elle s'était prise de sympathie pour moi. Elle semblait sincèrement impressionnée que j'aie composé la musique d'une pub pour embrayage et qu'ils la passent à la radio.

Jim avait une voiture de sport décapotable, que ses parents avaient dû lui offrir quand il avait su nouer ses lacets, ou un truc comme ça, et, avec la capote baissée et la stéréo qui hurlait du Supergrass, on a été jusqu'à Chelsea, Jim et sa petite amie devant, Kate et moi derrière. Les pneus ont crissé quand Jim a doublé une BMW à un rond-point. Kate a couiné en riant, et, un instant, m'a agrippé le bras. La chanson qu'on entendait parlait d'être jeune, libre, et de se sentir bien, et je me disais, yeah ! c'est agréable de faire semblant d'être cool.

Et tant pis s'il faisait presque nuit. Les lunettes de soleil n'étaient pas faites pour que je voie ce qu'il y avait autour de moi, elles étaient faites pour que les autres me voient. Je me suis senti soudain aussi jeune que la fille magnifique et classe qui était à mes côtés.

J'ai éprouvé un léger malaise quand on a passé le fleuve. La Tamise coulait, partageant ma vie en deux. Au nord du fleuve, j'étais un mari et un père ; au sud du fleuve, j'étais un jeune célibataire insouciant. Il m'était arrivé de faire un tour en bateau sur le fleuve juste parce que je ne savais lequel de mes deux « moi » le ferait. Pour l'instant, le jeune Michael, le rebelle, déployait ses ailes – Londres tout entier était une aire de jeu pour célibataire. On allait à une fête, la fête d'un homme très riche pour qui travaillaient Monica et Kate, dans le monde fou et insouciant de la Bourse et des traders. C'était la fête la plus prodigue, la plus glamour, à laquelle j'aie jamais été. Je n'arrêtais pas de tourner le dos à tous les photographes pour éviter que Catherine ne m'aperçoive la semaine suivante dans *Hello !* C'est un Japonais, interprétant Chopin sur un immense piano, qui s'occupait de la musique. Je ne suis pas sûr que n'importe qui d'autre dans la pièce ait apprécié, ou même remarqué, à quel point il était bon.

La maison était d'un luxe ostentatoire et je devais être le seul hôte qui avait eu l'audace de venir sans avoir un trait d'union dans son nom de famille. J'ai essayé de me mêler aux autres, mais aucun des cercles ne s'ouvrait tandis que je restais à leur périphérie, alors pendant un moment j'ai contemplé l'énorme aquarium plein de poissons tropicaux, mais même les poissons arc-en-ciel semblaient se détourner de moi. Tous les hommes étaient semblables – des capitaines d'équipes de rugby, confiants et sûrs d'eux, dans leurs tenues désinvoltes. Comment se fait-il que les hommes qui ont de la classe ne perdent pas leurs cheveux ? me demandais-je. Est-ce à cause de leur éducation, ou est-ce qu'ils mettent quelque chose dans les repas des grandes écoles ? Ils avaient tous des mèches épaisses et souples à la Hugh Grant, des joues éclatantes, des mocassins de cuir et des chemises Pringle. Ils parlaient de gens qu'ils connaissaient, qui étaient des types vraiment super. J'avais plus de chances d'entamer la conversation avec les Philippines qui passaient le champagne, et pourtant elles ne parlaient même pas anglais. Alors j'ai fini par passer la plus grande partie de la soirée à discuter avec Kate. Elle n'arrêtait pas de me demander quelle « chanson » jouait le pianiste, je lui disais le nom de chaque nouveau morceau et lui donnais quelques explications à ce sujet. Elle venait de s'acheter une guitare. Elle prenait des leçons, et je lui ai cité quelques bons morceaux qu'elle pourrait essayer d'apprendre. Elle était sincèrement intéressée et c'était un vrai plaisir de pouvoir parler de musique à quelqu'un. Le fait qu'elle était superbe, bien entendu, était un plus, mais je n'essayais pas de la baratiner ou de lui plaire. Et pour une fille aussi belle, je crois qu'elle a trouvé ça plutôt reposant. Je crois que c'est la raison pour laquelle je lui plaisais.

Quelques verres de vin plus tard, Jim et Monica nous ont proposé de descendre au sous-sol pour voir la piscine. J'ai cru qu'ils plaisantaient, mais je les ai suivis dans l'ascenseur – parce qu'il faut prendre un ascenseur pour aller dans une piscine souterraine – et quand les portes se sont rouvertes, je me suis trouvé transporté dans un paradis souterrain plein d'échos. Ça ne ressemblait à aucune des piscines que je connaissais. C'était la chapelle Sixtine des piscines. Ce n'était pas comme la piscine municipale où j'allais avec Millie. Personne n'avait pris la peine d'y faire pousser des algues vertes entre les carreaux, ou de laisser des sparadraps tachés de sang mariner dans des flaques d'eau jaunâtres. Il n'y avait pas, sur les murs, de méchants panneaux pour me dire ce que je pouvais faire ou ne pas faire. Ici, je pouvais fumer le cigare si ça me chantait.

Jim nous a expliqué que la piscine était régulièrement louée pour des films ou des photos de mode, et évidemment on comprenait pourquoi. Il suffisait d'entrer dans la pièce pour se sentir comme un acteur ; pour se sentir quelqu'un d'autre, glamour et sexy.

Il n'y avait personne d'autre en bas et l'éclairage était faible et doux. Les seules lumières vives étaient au fond de l'oasis de turquoise, et elles vous attiraient. La surface du bassin était parfaitement calme et plate, comme le miroir qu'offre une tasse de café, qui attend qu'on le brise.

– Venez, on va nager un peu, nous tenta Kate.

– Mais on n'a pas de maillots de bain, remarquai-je. Quoiqu'ils ont peut-être... quelques maillots de rechange... en haut...

Je n'eus pas le temps de finir ma phrase. Jim, Monica et Kate s'étaient mis complètement nus.

– Hum... il n'y a pas de panneau stipulant que les maillots sont obligatoires.

Les filles étaient déjà en train de nager la brasse, les seins en liberté.

Tout au fond de moi, j'avais le sentiment que faire des galipettes avec de jeunes femmes nues n'était pas la meilleure façon de rester fidèle à sa femme, mais je ne pouvais vraiment pas garder mon slip et me contenter de patauger dans le petit bain. Alors, en rougissant, j'ai fait comme eux, je me suis mis à poil. J'ai plongé rapidement et l'eau a enveloppé tout mon corps. C'était sensuel et libérateur. J'ai hardiment nagé toute une longueur sous l'eau, en partie pour montrer que j'étais un athlète, mais surtout pour retarder le moment où je devrais parler de choses et d'autres avec une magnifique fille nue de vingt-quatre ans. J'ai fini par faire surface et déclarer, à bout de souffle, que l'eau était belle, ce qui, je pense, fait partie du protocole à respecter dans une piscine. On a fait chacun quelques largeurs, puis Jim a trouvé un ballon, qu'on s'est renvoyé. L'idée m'a traversé l'esprit qu'il y avait peut-être quelque part une caméra cachée, et que Simon, à l'étage, était en train de regarder la scène sur Internet. On s'éclaboussait en essayant d'être le premier à atteindre le ballon, et à écarter les autres. Puis Jim s'est glissé sous Monica et l'a soulevée sur ses épaules. Sa peau était brune, sauf trois petits triangles blancs aux endroits où son corps était généralement recouvert par son bikini. Ça ne faisait qu'insister sur ce qu'il y avait d'illégal à voir. Elle riait tandis que Jim essayait de garder son équilibre.

– On fait une bagarre ! cria Monica.

– Viens, dit Kate.

Et elle m'a regardé pour que je la soulève sur mes épaules, ce que j'ai fait obligeamment.

J'ai supposé que ma femme s'intéressait à moi la première fois qu'elle s'est penchée pour ôter délicatement un cheveu de ma veste. Ce moment ténu et électrique de contact physique, cette intrusion hésitante dans mon espace personnel avaient suffi à m'informer que nous n'étions plus de simples relations. Maintenant, tandis que j'entourais de mes bras les cuisses nues et humides de Kate, et que je sentais ses poils pubiens picoter ma nuque, je me suis dit que nous avions sans doute, à ce moment critique, franchi les frontières de cet espace personnel.

Il ne faut pas que je laisse la situation devenir trop intime, pensais-je tandis qu'elle tombait en avant, appuyant ses seins sur le sommet de ma tête. J'avais, littéralement, une femme nue sur moi, mais je continuais à me dire que je n'avais pas franchi les bornes de la véritable infidélité conjugale. De toute façon, c'était agréable. On s'amusait bien. À vrai dire, c'était même fantastique. Je suis en train de batifoler avec deux femmes magnifiques et nues dans une piscine luxueuse, à minuit. On ne me croira jamais quand je leur raconterai ça, à l'hospice. Jim a fait tomber Kate de mon dos, on a plongé tous les deux, et son bras tentateur a frôlé mon aine. J'ai essayé de me relever, mais j'étais à cet endroit de la piscine où on perd dramatiquement pied tout d'un coup, et je n'avais rien sur quoi me dresser. J'étais en eau profonde. J'ai nagé vers le petit bain, et il se trouva que c'était dans la direction de Kate, alors je l'ai éclaboussée, et elle m'a éclaboussé aussi. Puis j'ai vu Jim et Monica debout dans l'eau, en train de s'embrasser, d'abord avec douceur, puis de façon de plus en plus passionnée. Et j'étais juste à côté de Kate. L'eau était chaude, les lumières douces, et l'univers semblait se résumer à cette grotte secrète. On a regardé les deux autres, qui s'entortillaient comme deux anguilles surexcitées ; Kate m'a souri, je suis resté embarrassé une demi-seconde, puis je lui ai rendu son sourire. Ses nichons pointaient vers moi. J'ai ressenti un élan de fougue impétueuse. J'avais du soleil sur mon corps, du vin dans mon estomac, on était jeunes, bronzés et nus. Je n'avais pas prévu de voler si près de la flamme. Le moment était lourd d'attente. Il fallait que je fasse quelque chose.

– Alors, raconte-moi, dis-je. Hem... comment tu connais Monica ?

– Eh bien, on bosse dans la même boîte, tu te souviens ?

– Ah ouais, c'est vrai, tu me l'a dit. Ouais... Alors, euh, tu l'as connue au boulot ?

– Oui.

Jim et Monica se contorsionnaient à quelques pas de nous, et avaient commencé à grogner doucement.

– Je crois qu'il y a beaucoup de gens, euh, qui rencontrent d'autres gens par leur boulot, observai-je.

– Oui, je crois que c'est exact.

Un autre silence pénible.

– J'aime tes, euh, tes...

J'essayais de trouver le mot « pendentifs », alors je les lui ai montrés dans l'espoir qu'elle pourrait m'aider.

– Mes seins ? dit-elle, plutôt surprise, en les regardant.

– Non, non, non. Mon Dieu, non. Je veux dire, ils sont très jolis aussi – non pas que je les aie particulièrement regardés –, mais maintenant que tu en parles, euh...

Pourquoi n'y a-t-il jamais un grand requin blanc pour vous tirer sous l'eau et vous avaler quand c'est nécessaire ?

– Non, je veux dire le machin à ton collier.

– Le pendentif ?

– Voilà le mot que je cherchais. Le pendentif. J'aime ton pendentif.

– Merci.

– Euh, je crois que maintenant je vais faire encore quelques longueurs, dis-je.

Elle a esquissé un sourire tandis que je la plantais là brutalement et que je me dirigeais aussi vite que possible vers l'autre extrémité de la piscine. Et tandis que je m'éloignais d'elle à la nage, je me demandais ce que Catherine faisait à cet instant. Il était aux alentours de minuit, elle devait donc être en train de donner à manger à Alfie. J'espérais que Millie ne s'était pas levée aussi. J'avais eu l'intention de bloquer le volet, au-dessus de son lit, qui s'agitait avec le vent, et qui était peut-être ce qui la réveillait. Catherine m'avait demandé deux fois de le faire, mais je ne m'y étais pas encore attelé.

Je n'ai délibérément pas levé les yeux pendant les cinq premières longueurs, mais quand je l'ai fait, j'ai vu que Kate était sortie de l'eau et s'était rhabillée. J'avais été si près de l'embrasser, j'avais eu envie de serrer son corps mouillé contre le mien et de l'embrasser sur les lèvres. Cette piscine souterraine m'avait fait l'effet d'un autre monde, avec ses propres règles, sa propre morale. Je m'étais aventuré loin dans les collines de mon célibat – presque trop loin pour en revenir.

Je ne pouvais prendre le risque de m'approcher d'elle de nouveau.

Je n'étais pas sûr de résister la prochaine fois, surtout si je continuais à boire. J'ai donc décidé de retourner à l'appartement.

– D'accord, on y va, fit Kate quand j'annonçai unilatéralement mon désir de partir.

Oh non, pensai-je, écoute, j'essaie de faire preuve de volonté. Ne me rends pas les choses plus difficiles. Mais tandis que Jim descendait King's Road, elle a passé son bras autour de moi, et je ne me suis pas senti capable de lui demander de l'ôter, alors il est resté comme ça, posé autour de mes épaules raides, durant tout le trajet du retour à Balham. Les rôles étaient curieusement inversés. J'étais la jeune fille effarouchée et elle était le prédateur mâle plus âgé. Elle m'attirait, mais je savais que je devais lutter. Quand j'ai entr'aperçu la courbe de sa poitrine, mon œil a été attiré par la trouée en haut de sa chemise. Bizarrement, c'était encore excitant, même si je venais de voir ses seins se balancer nus dans la piscine. Pendant une seconde, j'ai cru voir Catherine promener la poussette sous les lampadaires, mais quand on s'est rapprochés j'ai vu qu'en réalité il s'agissait d'un clochard poussant un chariot de supermarché rempli de vieux sacs, et qu'il ne pouvait pas y avoir deux personnes ayant moins de ressemblance.

De retour à l'appartement, il a fallu jouer serré. On a passé un moment à boire et partager un joint, mais dès que j'ai jugé la chose décente, j'ai annoncé que j'allais me coucher.

– C'est laquelle ta chambre, Michael ? a demandé Kate avec enthousiasme.

Et j'ai répondu automatiquement : « Après la salle de bains, la première porte à gauche », comme si l'agencement de l'appartement pouvait l'intéresser. Puis je me suis rendu compte des implications contenues dans ma réponse et j'ai ajouté lourdement « Bonne nuit, Kate. »

– Bonne nuit, répondit-elle.

Et j'ai pensé « Ouf ! ».

Et elle m'a fait un clin d'œil coquin.

Cinq minutes plus tard, j'étais dans mon lit, nerveux, guettant la poignée de la porte, m'attendant à ce qu'elle tourne. Je réfléchissais à ce que je lui dirais. Qu'elle était vraiment belle, que je la trouvais très attirante, et que j'espérais qu'elle comprendrait, mais que j'aimais quelqu'un d'autre, quelqu'un que je ne voulais pas trahir. J'ai répété mentalement ces excuses, jusqu'à ce que je me rende compte qu'elle ne viendrait pas. Je me suis aussitôt endormi.

Et j'ai rêvé que Kate était allongée à côté de moi, qu'elle m'embrassait sur les lèvres et passait ses mains dans mes cheveux. C'était un rêve agréable, et j'aurais voulu qu'il dure. Je lui rendais ses baisers et je caressais ses fesses nues, et c'était comme un rêve qu'on pouvait diriger, parce qu'à ce moment-là elle a caressé mes fesses. J'ai remué légèrement, mais le rêve a continué. A vrai dire, il semblait encore plus réel. Elle a mordillé ma lèvre supérieure, j'ai ouvert les yeux, et Kate m'a souri et m'a encore embrassé. Elle était vraiment dans mon lit, toute fraîche et propre et sentant le chlore. Son corps était différent de celui de Catherine, mais c'était bon et maintenant il n'y avait plus de barrières. Toutes mes défenses furent balayées. Personne ne le saurait. Kate m'a donné un baiser long et fort, a passé ses mains entre mes jambes, et j'ai grogné faiblement : « Oh, mon Dieu ! Tu ne le diras à personne, hein ? »

6

Coquin mais gentil

Alors que Kate et moi faisions l'amour pour la troisième fois cette nuit-là, elle a découvert que dans ce domaine il y avait peu de choses que je ne sache pas. On a fait toutes les positions que j'avais vues dans la vidéo Faire l'amour *de Simon, puis on a fait l'amour dans chaque position qu'ils montraient dans les extraits censurés. On l'a fait debout, couchés, assis, on l'a fait sous la douche, sur le lit, sur le sol et contre un mur. Alors que nous étions encore encastrés, je l'ai virilement soulevée et l'ai portée à travers la pièce. Comme mes deux mains étaient serrées autour de ses fesses nues, elle a versé elle-même le champagne dans ma bouche. La plus grande partie a débordé, et on a ri, décadents, tandis que le liquide coulait le long de mon menton et pétillait entre ses seins et ma poitrine. La portant toujours, j'ai appuyé sa fesse gauche sur le bouton « play » de ma stéréo, et ça a mis en marche mon CD de l'*Ouverture 1812. *Avec sa fesse droite j'ai monté le son. Alors Tchaïkovski nous a* *accompagnés dans nos ébats. Tandis que l'hymne national russe luttait symboliquement avec* La Marseillaise, *on a roulé sur le tapis, chacun luttant pour avoir le dessus, nous griffant et nous mordillant durant toute la bataille de Borodino. Je me suis dressé avec la section des violons, et elle a gémi avec les cuivres. L'ouverture a fini par atteindre son crescendo, et on a joui tous les deux sur le sol. Elle hurlait « Oui, oui, oui » tandis que les cymbales claquaient, que l'artillerie faisait feu et que l'armée de Napoléon était arrêtée aux portes de Moscou. Alors on est restés allongés pendant la coda, pantelants sur le tapis tandis que les cloches, à toute volée, résonnaient à travers la Russie.*

Enfin, c'est comme ça que j'imaginais que ça se serait passé si j'étais allé jusqu'au bout. Mais je n'avais pas été capable de le faire. Je n'avais pu, allongé là, trahir ma femme. Je crois que c'est devenu clair pour moi quand j'ai serré Kate contre moi et que j'ai dit « Oh, Catherine ». Je n'avais pas été capable de me l'ôter de l'esprit. Pas complètement. Les compartiments de mon cerveau avaient manifestement besoin de cloisons plus étanches.

La réaction de Kate ne fut pas celle à laquelle je m'attendais.

– Mon Dieu. Personne ne m'a appelée comme ça depuis des années.

– Pardon ?

– Catherine. Tu viens de m'appeler Catherine. Comment tu as deviné que je m'appelais Catherine, et pas Kate ?

– Eh bien, euh, Kate est bicn un diminutif de Catherine, non ? J'ai lu ça dans un livre sur les noms de bébés. Un livre sur les noms de bébés qui n'est pas à moi ; il est à un ami. Le type qui allait avoir un bébé.

– J'ai arrêté de m'appeler comme ça quand j'ai quitté la pension. Je déteste ça, Catherine, pas toi ?

– Euh, non. En fait, non, vraiment, je ne déteste pas.

– Qu'est-ce que tu préfères, Kate ou Catherine ?

– Eh bien euh, ils sont jolis tous les deux. Mais je dois avouer que je préfère Catherine. Désolé.

Le moment de passion était terminé, et je me suis vite repris. C'était mieux comme ça. La réalité n'aurait jamais été érotiquement aussi parfaite. La jouissance sexuelle aurait été rapidement suivie par un énorme regret, de la culpabilité, le dégoût de soi-même, la peur, la dépression. Ce qui est un prix très élevé à payer pour cinq minutes passées à suer à l'aveuglette dans le noir. Je me suis donc inventé des souvenirs de ce qui avait presque eu lieu, des souvenirs que je pourrais conserver à jamais. Pour ça, Kate a été vraiment gentille. Elle a trouvé que c'était très bien de ma part de rester fidèle à cette autre femme dont je ne voulais pas parler. En fait, elle a été si gentille à ce sujet que ça m'a donné envie de l'embrasser, mais je ne pense pas que ça aurait contribué à clarifier la situation.

– En tout cas, elle a beaucoup de chance, dit Kate.

– Je n'en suis pas si sûr, répondis-je.

On a parlé pendant une heure ou deux, et je me suis senti moins coupable quand elle m'a dit qu'elle en pinçait un peu pour Jim, mais qu'elle résistait parce qu'il sortait avec sa meilleure amie. C'était aussi bien qu'on n'aille pas plus loin, pensai-je, parce que j'aurais continué à appeler « Catherine, Catherine » et elle « Jim, Jim ». Pour finir je lui ai laissé mon lit tandis que je m'endormais sur le sol et qu'un morceau de Tchaïkovski tournait dans ma tête tandis que j'imaginais ce qui aurait pu avoir lieu...

– Tu recommences avec ça ? me demanda ma Catherine le lendemain.

– Quoi ?

– A fredonner l'*Ouverture 1812*.

– Je fredonnais ? Désolé.

On était assis l'un à côté de l'autre dans un couloir d'hôpital. On attendait depuis si longtemps que son échographie de la douzième semaine devait s'être transformée en échographie de la quatorzième semaine.

– Tu es bien calme. A quoi tu penses ?

– Oh, à rien.

Je mentais.

– Je me demande juste combien de temps on va encore attendre.

– Ça n'a pas d'importance, non ? dit-elle en me serrant le bras. Ça fait du bien d'avoir un peu de temps à nous, sans les enfants.

– Mmmm, répondis-je, peu convaincu.

Je croyais qu'elle plaisantait. Si c'est comme ça qu'elle imaginait les moments agréables ! Rester assis une heure dans un hôpital qui sent la stérilisation, à regarder passer devant nous, sur des chariots, des vieillards d'une pâleur mortelle avec des tuyaux qui leur sortent de partout. Pour Catherine, c'était le top !

– Si tu aimes vraiment ça, dis-je, je vais m'arranger pour qu'on reste coincés deux heures dans un embouteillage sur le chemin du retour.

– Oh oui, s'il te plaît. Il y aura sans doute une pièce sur Radio 4, je pourrai incliner mon siège, fermer les yeux et me détendre. Ça sera le paradis.

– Eh bien, pourquoi pas ? dis-je, sautant sur l'occasion. Pourquoi est-ce qu'on n'irait pas s'asseoir dans un parc, qu'on ne prendrait pas un livre, un peu de vin, et qu'on ne passerait pas deux heures à ne rien faire ?

– Hmmm. Ça serait bon, non ?

– Oui, ça serait bon. Alors pourquoi on ne le fait pas ?

– Imagine ça. La béatitude.

– Faisons-le, alors.

– Ça serait tout simplement le paradis.

Elle concevait cette vision comme un rêve impossible, une fantaisie qu'elle ne connaîtrait jamais.

– Mais ça ne serait pas gentil pour maman.

– Tu sais bien qu'elle adore garder les enfants.

– Ça ne serait pas gentil pour les enfants.

– Mais ils adorent que ta mère les garde.

Elle se tut un instant, à court d'excuses.

– Non, je ne peux pas faire ça. Désolée.

C'était ça le hic ! Elle avait envie de passer chaque heure du jour avec les enfants, et moi non, ce qui signifiait que je ne pouvais la voir sans les enfants, sauf dans des occasions comme ça, quand on attendait pour voir une image du prochain.

Ses jambes étaient serrées, et elle se balançait d'avant en arrière dans son fauteuil en plastique moulé.

– Tu n'aurais pas envie d'aller aux toilettes, par hasard, non ?

– Comment tu l'as deviné ? demanda-t-elle avec un petit cri de douleur tandis qu'elle avalait un autre demi-litre d'eau minérale.

Elle avait entendu dire, par quelqu'un qui s'y connaissait, qu'on a une meilleure image de l'embryon si la vessie de la mère est pleine. A en juger par le nombre de litres qu'elle contenait, elle devait espérer obtenir un cliché en 3 D. « Et est-ce qu'on peut voir l'embryon de profil, qui nous regarde et sourit ? C'est super ! Et maintenant passe tes bras autour du placenta et lève le pouce. Fantastique ! Maintenant, une dernière. Je veux que d'une main tu montres la matrice, et que de l'autre tu croises les doigts. Ha ha ha ! Comme c'est mignon ! »

– Je ne peux pas tenir plus longtemps, dit-elle. Au moment où il va appuyer ça sur ma vessie, je vais mouiller ma culotte, j'en suis sûre.

– Va faire pipi maintenant, alors.

– Non, je veux que la première image du bébé soit bonne.

– Alors essaie de ne pas y penser. Fais tes exercices pelviens, ou un truc comme ça.

– Je suis déjà en train de les faire.

Je savais qu'elle se retiendrait, bien sûr, à moins que le docteur n'annonce soudain qu'il voyait des jumeaux. C'était arrivé à Nick et Debbie, un couple de voisins. Ils avaient été à l'échographie, et on leur avait annoncé sans ménagement qu'ils attendaient deux enfants. Et ils avaient trouvé qu'il s'agissait d'une *bonne* nouvelle, Dieu les bénisse. La dernière fois que je suis passé devant chez eux, j'ai cru voir les grands-parents franchir leur seuil, mais quand j'ai mieux regardé, je me suis rendu compte que c'était Nick et Debbie en personne – six mois après la naissance des jumeaux.

Notre tour a fini par arriver, et le docteur a demandé à Catherine de s'allonger. Pour montrer qu'il avait on ne peut plus confiance dans l'hygiène personnelle de ma femme, il a déchiré une immense bande de papier qu'il a installée sur toute la longueur du lit avant qu'elle entre en contact avec son matelas de similicuir. Pour une raison inconnue, il ne me soupçonna pas d'être atteint d'une grave maladie de peau, et j'ai donc pu rester assis comme je l'étais. Ensuite, il a roulé son énorme appareil de sorcellerie, qui semblait très cher, et dont il prétendit qu'il s'agissait d'une machine à ultrasons. Bien entendu, les échographies ne sont qu'une vaste escroquerie. Ce n'est pas du tout votre bébé qu'elles vous montrent. Quand ils ont commencé à régner sur le budget de la Santé, un des comptables s'est soudain rendu compte à quel point les ultrasons étaient de l'argent perdu : tous les bébés, dans les matrices, avaient exactement la même apparence. Désormais, ils se contentent donc de vous passer une vidéo montrant un fœtus, qu'un des médecins a tournée dans les années soixante. C'est pour ça que c'est en noir et blanc. On nous a tous demandé de regarder le moniteur, et on nous a passé exactement le même film concernant le même fœtus, et on a tous saisi la main de notre partenaire et mordu nos lèvres devant la miraculeuse beauté de notre bébé encore à naître, alors qu'en réalité ce qu'on regarde, c'est un fœtus né des années plus tôt. Maintenant il a grandi. Il est géomètre-arpenteur à Droitwich. Il touche toujours les droits de diffusion.

Evidemment, pour sauver les apparences, il leur faut encore barbouiller de gel froid comme de la glace la protubérance de votre femme, désigner une tache grise sur l'écran, et dire : « Là, c'est la tête, vous voyez ? », alors que ça ressemble aux bulles d'un mauvais dessin animé underground des années soixante. Mais pourtant on part satisfait avec une pauvre petite photo en croyant qu'elle représente votre prochain bébé, et quand un ami vous dit : « J'en ai une de Jocaste, presque identique à celle-là », vous ne la ramenez pas.

Je me suis approché du scanner comme un vieux cynique, affichant l'air blasé de quelqu'un qui a déjà deux images à ultrasons encadrées et placées artistement au milieu de la galerie de photos en noir et blanc des enfants le long des escaliers de la maison. Le docteur a allumé l'écran. J'ai dit : « Sur l'autre chaîne, il y a un tournoi de billard », et Catherine a remarqué que j'avais déjà sorti cette plaisanterie pour les échographies de Millie et d'Alfie. Alors je n'ai plus rien dit, et j'ai furtivement regardé le moniteur, tandis que la sonde fouillait les profondeurs ténébreuses à la recherche du moindre signe de vie. Mais ensuite, quand j'ai vu émerger soudain la forme de notre troisième enfant, tout mon scepticisme et mon esprit facétieux se sont évanouis. C'était un miracle. Il y avait vraiment un bébé là-dedans. C'est tout simplement au-delà de la compréhension humaine ordinaire : comment une telle chose a-t-elle pu se produire ? Comment nos deux corps ont-ils pu se combiner pour créer une personne complètement nouvelle et indépendante ?

Comment le corps de Catherine a-t-il pu générer un cordon ombilical, une poche fœtale, du placenta, et créer un être humain en miniature qui a exactement la forme et la taille qu'il faut ? Comment est-il possible qu'une information biologique d'une telle complexité puisse être entièrement, de façon naturelle, programmée quelque part à l'intérieur d'elle alors que la Catherine consciente ne sait toujours pas programmer le magnétoscope ? Comment un de mes spermatozoïdes a-t-il pu transmettre tant de millions d'informations alors que je ne suis même pas foutu de rappeler à Catherine que sa mère a appelé ? Des millions et des millions d'années d'évolution pour en arriver à ce point. Des espèces qui disparaissent et d'autres qui émergent pour que puisse naître ce petit bébé parfait. Il n'y avait qu'*un seul* bébé, Dieu merci. Pas comme les petits secrets que je sentais trépigner en moi ; c'étaient des quintuplés, des sextuplés, des octuplés. Il n'y avait, Dieu merci, pas d'appareil capable de voir au fond de moi. Ça serait quelque chose. Un appareil qui nous montrerait ce qui se passe vraiment à l'intérieur de nous. Maintenant que j'y pensais, j'aurais bien aimé le savoir. Le docteur aurait désigné les différentes taches sur l'écran et dit « Oh, regardez, là, c'est votre anxiété – elle grandit de façon inquiétante. Y a-t-il un passé de problèmes d'anxiété dans votre famille ? ». Ou : « Hum, votre ego a l'air d'avoir subi des dommages, par là. On va demander à l'infirmière de vous le masser. »

J'ai regardé Catherine allongée sur le lit et je me suis dit que tous les deux on n'aurait pas pu être plus différents. Moi assis là, calmement, l'homme corseté avec tous ses secrets à l'intérieur, et Catherine, la femme expansive au cœur ouvert, avec son tee-shirt remonté, la fermeture Éclair de son pantalon défaite, et le scanner qui rampe sur son ventre afin que l'intérieur de son corps soit diffusé à la télé et qu'on puisse tous le regarder bêtement.

On a regardé attentivement tandis que le docteur mesurait la longueur entre le sommet du crâne et le postérieur, et finissait par en conclure que Catherine était enceinte de douze semaines. Cela semblait un diagnostic plutôt incontestable, si l'on considère que nous étions venus faire l'échographie de la douzième semaine. Puis il a parlé longuement du stade où en était la grossesse et de ce que Catherine devait s'attendre à ressentir dans les mois à venir. Elle écoutait et opinait aussi poliment que possible, si l'on considère qu'elle était déjà passée deux fois par là, et que tout ce qu'elle voulait faire, maintenant que l'échographie était terminée, c'était foncer aux toilettes pour faire pipi.

Puis nous avons repris la voiture, et Catherine, assise à mes côtés, a examiné la photo du fœtus de trois mois.

– Ça serait peut-être mieux que ce soit moi qui conduise, dis-je nerveusement.

Elle s'est arrêtée à un arrêt de bus et m'a montré encore une fois la photo. Elle aimait déjà le bébé. Je lui ai donné un baiser timide. Je me sentais si fier d'elle, elle était si positive et pleine d'optimisme. J'ai défait ma ceinture de sécurité pour pouvoir l'embrasser convenablement, et je me suis retrouvé à l'enlacer et l'embrasser comme un enfant rescapé. J'avais été si près de larguer les amarres, et j'étais si heureux d'être de nouveau avec elle que je continuais à lui donner des baisers reconnaissants, silencieux, coupables, et à l'enlacer de façon légèrement excessive.

– Tu te sens bien ? demanda-t-elle.

– Je suis si heureux que ce nouveau bébé arrive.

Et elle a été si soulagée de m'entendre dire ça qu'elle m'a rendu mes baisers passionnés. On n'avait pas d'enfants pour nous tirer sur les jambes ou pour pleurer en arrière-fond. Il n'y avait que Catherine et moi, et tous les gens qui faisaient la queue pour le bus 31.

A cet instant, nous étions au zénith de notre cycle passionnel, cycle doté de la régularité biologique d'un cycle menstruel ou d'un biorythme. A peu près tous les sept jours, on passait des disputes amères à une adoration mutuelle. Chaque semaine, tandis que nous nous regardions avec dévotion, je pensais que nous étions définitivement sortis d'affaire. Mais un jour ou deux plus tard, Catherine semblait inexplicablement irritée contre moi, et je devenais silencieux et sur la défensive, ce qui, à son tour, la rendait susceptible et hypersensible. La tension allait croissant jusqu'à cc que nous atteignions le nadir de notre cycle, le moment où nous explosions en disputes, nous disant des choses détestables, blessantes, stupides, nous méprisant brièvement aussi passionnément que nous nous adorions quelques jours plus tôt. Alors je disparaissais pour un moment. J'étais encore en orbite autour d'elle, mais nous avions installé entre nous la plus grande distance. Puis je réapparaissais, je brillais pendant un moment dans sa vie, et tout paraissait de nouveau parfait entre nous.

Si je n'étais pas certain du point où nous nous trouvions sur cette boucle, il me suffisait de vérifier le tas de linge à repasser. Au début, les vêtements froissés n'étaient qu'en petit nombre, puis au fur et à mesure de la semaine, on en rajoutait jusqu'à ce que la tour soit sur le point de s'écrouler quand nous finissions par nous disputer, et que Catherine se lançait, pleine de colère, dans le repassage, écrasant le métal chuintant sur les visages de Barbie et de Ken qui lui souriaient sur les tee-shirts de Millie.

On a fait le reste du chemin dans un halo de béatitude, et Catherine, ô miracle, a été d'accord pour dire qu'on devrait sortir ce soir, si ça ne dérangeait pas sa mère de jouer la baby-sitter. Sa mère a accepté avec enthousiasme. Elle ne perdait jamais une occasion de mettre les enfants au lit et de leur lire un nouvel épisode palpitant tiré de l'exemplaire négligé des *Histoires de la Bible racontées aux enfants*, qu'elle avait offert à Millie pour Noël.

La mère de Catherine était une fondamentaliste de l'Église d'Angleterre, menant sa propre djihad contre tous ceux qui n'acceptaient pas Jésus dans leur sein et, bien sûr, contre quiconque ne l'aidait pas à la vente de charité de Noël de St Botolph.

J'avais envie de mettre une chemise particulière, mais je me suis rendu compte qu'elle était au repassage. Il m'est venu à l'esprit que je pouvais provoquer une dispute et, ainsi, ne pas avoir à attendre encore quelques jours. Mais, en y réfléchissant, je me suis dit qu'il serait sans doute injuste à l'encontre de l'ordre naturel des choses de déclencher une dispute avant qu'elle ne se soit organiquement développée, et donc j'ai repassé la chemise moi-même. Catherine fut surprise et ravie de me voir faire le repassage, puis elle se rendit compte que je repassais uniquement ma propre chemise, rien qui appartienne à elle ou aux enfants. Une énorme dispute a alors éclaté. Très vite, Catherine s'est mise à tout repasser, y compris la chemise qui avait provoqué ce gâchis.

– Mon Dieu, quel salaud égoïste tu es parfois, Michael, dit Catherine.

– Je t'en prie, n'invoque pas ainsi le nom du Seigneur, ma chérie, dit sa mère.

Je crois que c'est la seule fois où le cycle de notre passion a pris deux heures au lieu de huit jours. Nous n'eûmes jamais droit à cette soirée ensemble, et au lieu de ça je me suis retrouvé sur la Northern Line en direction de Balham. « Attention à la marche », disait un panneau sur le quai. Quelques heures plus tard, j'étais de retour dans mon appartement, et, une fois que je fus certain qu'elle était endormie, je laissai un message sec sur le répondeur, disant qu'une commande venait de m'arriver et que je ne pourrais sans doute pas quitter le studio avant quelques jours. Les mensonges sont comme les cigarettes – à la première on se sent malade, mais bientôt on en devient accro, et on ne s'en rend même pas compte.

Le lendemain a été le jour le plus chaud de l'été. La météo avait annoncé trente degrés, mais à Londres il y aurait sans doute quelques degrés de plus à cause de tout l'équipement électrique de mon studio. Ça ne faisait pas plus d'une demi-heure que je m'étais mis au travail quand Jim a passé sa tête à la porte et m'a proposé de me rendre à un barbecue à Clapham Common. Le petit démon me disait à l'oreille droite : « Vas-y, c'est une journée magnifique. Amuse-toi. Tout ce travail peut attendre. » Et le petit ange à mon oreille gauche disait : « Oh, merde, à quoi bon même essayer ? »

Le barbecue était déjà commencé. Il devait y avoir plus de vingt personnes à notre pique-nique, toutes à peu près de mon âge – ce qui veut dire que j'avais sans doute sept ou huit ans de plus que chacune d'elles. Des filles au nombril percé avaient posé la tête sur la poitrine de leurs petits amis en pantalon de treillis, de la musique flottait sur l'herbe, quelques barbecues portables fumaient, et l'odeur du charbon de bois se mêlait aux effluves de cannabis. Ils étaient si libres qu'ils ne s'en rendaient pas compte. Une part de moi était inquiète à l'idée de m'imposer dans leur fête de gens de vingt ans, comme si l'un d'eux allait se lever brusquement, me montrer du doigt, et dire : « Attends une minute, tu n'es pas *jeune* ! » Un bon nombre des types avaient des barbiches si ridicules qu'elles ne valaient sûrement pas les soins qu'elles nécessitaient. Mais pas moi – j'étais beaucoup trop vieux pour avoir une barbe. Je me dissimulai derrière mes lunettes noires et m'assis dans un espace libre au milieu des jambes étendues, certaines arborant des pantalons pattes d'éléphant comme ceux que je me souvenais avoir portés autrefois. Si on m'avait posé la question, j'aurais fait semblant de ne pas me rappeler quand Elvis était mort. Elvis qui ? Les Falklands ? Qu'est-ce que c'est ? Les machines à écrire ? Jamais entendu parler. Microsoft Windows '95 – aaah, oui, je crois que de ça, je m'en souviens.

Ce qu'il y avait de tragique, c'est que je me rappelais parfaitement tout ce qui avait trait à ma jeunesse, alors que les dernières années restaient dans le noir complet. Tous ceux qui étaient là devaient connaître les chansons qui avaient été numéro un. Quand l'avais-je su pour la dernière fois, quand est-ce que je m'y étais intéressé pour la dernière fois ? Je pouvais encore faire la liste des succès de Noël des années soixante-dix et quatre-vingt – je pourrais citer chaque morceau de chaque album acheté alors –, mais demandez à mon cerveau d'emmagasiner n'importe quelle information maintenant, et il refusera. Le disque dur est plein. Ça devrait être possible d'effacer quelques documents pour faire de la place. Par exemple, grâce à trois heures passées à me presser la cervelle après un petit déjeuner avec Simon, je savais que St John's Wood était la seule station de métro qui ne contienne pas une lettre du mot « maquereau ». Je serais ravi d'effacer de mon esprit ce fragment de savoir pour pouvoir me souvenir de la date de l'anniversaire de mon père. Mais chaque année j'oubliais de lui envoyer une carte, et à chaque fois que la rame entrait à St John's Wood, je me rappelais cette histoire de maquereau.

J'ai accepté une petite bouteille de bière française, me suis allongé, ai fermé les yeux et laissé le soleil et l'alcool m'emporter. Quelques convives se sont relevés difficilement pour faire une partie de frisbee endiablée. D'autres se sont mis à rouler des joints ou à fourrer pour tout le monde des saucisses trop cuites dans du pain. Le cannabis passait dans un sens, et les hot-dogs dans l'autre. Il doit y avoir une règle chez les jeunes qui stipule ça. Ce pique-nique, par son efficacité, me prouva que ces gamins n'étaient pas vraiment les nihilistes paresseux qu'ils affectaient d'être ; leur glandage était beaucoup trop bien organisé. N'importe qui, dans une agence de pub, aurait pu me dire le nom de cette tribu. Les nombrils percés ? Les noctambules ? La bande d'Ibiza ? Je crois qu'on s'attendait à ce qu'ils boivent du Pepsi Max et achètent des snowboards, ou se préoccupent de la planète, mais ils le faisaient de la façon la plus hédoniste possible. Les filles écartaient du dos de leur poignet leurs longs cheveux brillants, elles rayonnaient de cet éclat sain propre aux familles bien élevées. Comme Jim, c'étaient des hippies chic. Ils étaient en marge, mais ils avaient des billets de retour pour quand ils seraient plus vieux. Leurs parents avaient passé l'été à Ascot, à Henley, à Wimbledon, et ces gosses auraient le leur à Fleadh, au Festival de Reading ou à Glastonbury.

Alors si je n'étais pas l'un d'entre eux, à quelle tribu recensée par la pub appartenais-je ? Quand Hugo m'avait demandé d'écrire le jingle musical de « La berline familiale qui se prend pour une voiture de sport », il m'avait dit qu'ils visaient les « jeunes papas ». Un frisson m'avait parcouru la colonne alors que je me sentais caractérisé par ces trois syllabes. « Ah, je vois le genre », lui avais-je répondu d'un air dédaigneux, jetant en même temps dans la corbeille à papier un magazine pour hommes.

Le soleil de midi tapait fort et je me suis installé à l'ombre pour éviter un coup de soleil à mon tendre front. J'aurais du mal à expliquer comment j'avais attrapé un coup de soleil en passant ma journée devant mon clavier. Brusquement, j'ai entendu sonner mon portable au fond de mon sac. Je m'attendais à susciter des grognements de la part des environnementalistes alternatifs percés, mais ils se sont tous précipités, en même temps que moi, sur leurs poches et sur leurs sacs.

– Salut. C'est moi, dit Catherine.

Son ton exprimait la froideur convenant à la dispute que nous avions eue, mais au moins c'était elle qui reprenait contact la première.

– Tu es dans ton studio ?

J'ai pensé que je pouvais répondre à cette question sans mentir inutilement.

– Non.

– Où es-tu, alors ?

J'ai eu la sensation qu'elle essayait de m'appâter afin que je rentre à la maison pour l'heure du bain. J'ai regardé autour de moi et j'ai trouvé que ce ne serait pas très malin de lui dire que j'étais allongé sur les pelouses de Clapham Common. A côté de moi, un petit mec portait un tee-shirt Manchester United.

– Je suis à... Manchester.

Les personnes assises près de moi parurent intriguées, alors je leur ai souri et j'ai mimé un long geste d'impatience, pour signifier que la personne à laquelle je parlais ne parvenait pas à saisir ce fait à la fois simple et évident.

– A Manchester ? Vraiment ? Dans quel coin ?

– Oh ! A United.

– Quoi ?

– Je veux dire, euh, à Piccadilly.

J'avais fait un mauvais choix. Catherine avait été à la fac à Manchester.

– Pourquoi as-tu dit United ?

– Pardon, c'est juste que j'associe Manchester avec United. Par opposition avec Manchester City, qui porte des maillots bleu ciel, bien sûr.

– Qu'est-ce que tu racontes ?

– Désolé. Ils m'ont dit de me dépêcher parce que cette salle de montage leur coûte cinq cents livres l'heure.

– Oh. Alors tu ne verras pas les enfants avant qu'ils aillent au lit ?

– J'ai peur que non. C'est mortel, ici. Il faut que je réécrive quelque chose sur-le-champ. Tu parles d'une pression !

– Oh.

Elle paraissait déçue.

– Eh bien nous, on se prépare à aller voir la nouvelle maison de Susan et de Piers. Je te rappellerai demain.

– Oh, ne va pas parler à Piers de l'Astra. Tu ne t'en sortiras jamais.

Elle était encore trop distante avec moi pour rire, alors je lui ai demandé d'embrasser les enfants pour moi, on s'est dit au revoir et on a raccroché. Ni l'un ni l'autre n'avons évoqué les choses horribles que nous nous étions jetées à la tête la veille, mais la glace était brisée, et nous reparlerions avec plus de chaleur le lendemain. C'était bien mieux comme ça : on ne passerait pas deux jours à faire claquer les portes et à gâcher le week-end de l'autre. J'ai ouvert une autre bière et observé paresseusement la forme des nuages pendant une heure. Moi, je trouvais toujours qu'ils avaient la forme de nuages.

Le portable a sonné une nouvelle fois, et ce coup-ci c'était Hugo Harrison. Quand j'avais terminé mon dernier boulot pour lui, j'avais enregistré le morceau trois fois de suite sur la cassette, sachant qu'il lui faudrait l'écouter plusieurs fois, lui évitant ainsi d'avoir à revenir en arrière.

– Salut, Michael, Hugo à l'appareil. J'ai écouté tes morceaux.

– Mes morceaux ? dis-je, étonné qu'il utilisât le pluriel.

– Ouais, en fait j'aime le début de la première version, le milieu de la deuxième et la meilleure fin des trois est sans conteste celle de la dernière version.

Que pouvais-je répondre ? Ils sont parfaitement identiques, espèce de connard ?

– Eh bien, euh, c'est intéressant, balbutiai-je.

– Est-ce que tu pourrais jeter encore un œil dessus, en mixant les meilleurs passages des trois versions ?

– Hem, enfin, je pourrais essayer, laisse-moi noter ça, dis-je tandis que les gens qui me regardaient se demandaient pourquoi je n'écrivais rien. Le début de la première, le milieu de la deuxième et la fin de la troisième. Bon, je ferai de mon mieux, mais ça me prendra un jour ou deux.

– C'est OK. Allez, Michael, il faut t'y mettre.

Et je me suis réallongé, notant mentalement qu'il faudrait que je lui renvoie une cassette avec une seule version du mixage qu'il avait déjà, sachant qu'il en serait enchanté.

D'autres personnes arrivèrent au barbecue au fur et à mesure que le jour passait, et parmi elles Kate et Monica. Kate avait apporté sa guitare acoustique, qu'elle posa avec précaution sur un tapis pendant qu'elle sortait un nombre infini de sandwichs qu'elle avait préparés pour tout le monde. A côté de moi, il y avait un type qui se faisait appeler Dirk, et pour lequel j'éprouvais déjà une antipathie irrationnelle en raison du fait que, chaque fois qu'il tirait sur sa cigarette, il tenait le mégot entre le pouce et le petit doigt, comme s'il était James Dean ou Marlon Brando. Je savais qu'il y avait des crimes contre l'humanité plus graves, mais à cet instant, tenir sa cigarette entre son pouce et son petit doigt arrivait en tête de liste. Quoi qu'il en soit, la première impression que j'avais eue de lui a bientôt été justifiée.

Enfournant un sandwich dans sa bouche sans rendre hommage au travail de Kate, Dirk a pris la guitare et a commencé à plaquer quelques notes. Kate a eu l'air légèrement surprise par son sans-gêne, mais elle n'a rien dit. Il a légèrement accordé l'instrument, et a hoché la tête.

– T'as payé combien pour ça ?

– Pas plus de cinquante livres, répondit fièrement Kate. Je l'ai eue d'occasion.

– Cinquante billets ? J'en donnerais pas plus de vingt.

Il arrive qu'on rencontre des gens si désagréables qu'on ne peut que présumer qu'ils suivent des cours du soir de grossièreté.

– Eh bien, je n'ai pas l'intention de la vendre, dit Kate, bien trop poliment.

– Dommage. Maintenant, je descends à quinze. Tu viens de rater ta chance.

Et il coinça sa cigarette sous les cordes, près des clefs. « Cinquante billets ! Pour une guitare de merde comme ça ! » marmonna-t-il alors qu'il commençait à gratter. Kate me regarda comme si elle n'en croyait pas ses yeux, et une partie de moi avait envie d'arracher la guitare au type et de la lui écraser sur la tête. Mais je ne l'ai pas fait parce que je suis non violent, que ça aurait gâché le pique-nique et que, mis à part tout le reste, la guitare serait partie en éclats, car il avait raison, c'était une guitare de merde.

J'ai fait de mon mieux pour l'ignorer, mais il est rapidement devenu le centre de l'attention générale lorsque quelques filles ont commencé à chantonner sur son interprétation plutôt mollassonne de *Wonderwall*. On aurait plutôt dit les enfants von Trapp que Liam Gallagher, mais elles n'étaient pas aidées par ce poseur qui jouait faux un accord sur deux. Je ne pus pas me contenir plus longtemps.

– Hum, je crois qu'ici il faudrait un *si* mineur en septième, plutôt.

C'est la première fois qu'il me remarquait. Il prit avec affectation une autre bouffée de sa cigarette et sourcilla, fermant à moitié les yeux en aspirant, comme si sa Silk Cut était coupée avec le shit le plus fort de la Jamaïque.

– J'crois pas, mon pote, répondit-il.

– Si, c'est Em7, G, Dsuss4, A7 sus4.

Il se rendit compte soudain que je savais ce dont je parlais, mais il ne pouvait reculer devant toutes ces femelles admiratives. Il y avait un nouveau mâle dans le troupeau, qui lui donnait des coups d'andouillers. Il se tut un instant. Alors, au lieu de continuer *Wonderwall*, il a commencé un autre morceau, un morceau que visiblement il avait joué plus d'une fois au fil des ans.

– Oh non, dit une des filles, pas ce putain de *Stairway to Heaven* [1]. Où est passé Oasis ?

1. *Stairway to Heaven*, chanson célébrissime de Led Zeppelin. *(N.d.T.)*

– Je peux essayer, si vous voulez, proposai-je galamment, et l'audience manifesta un accord enthousiaste.

Le type n'avait pas d'autre choix que de me tendre la guitare, et maintenant tous regardaient pour voir si j'étais meilleur.

– Ça ne te dérange pas, Kate, si je joue de ta guitare ?

Elle a fait signe que non et la tension est montée tandis qu'ostensiblement j'accordais lentement l'instrument. Un silence. Puis j'ai plongé, énergiquement, dans les premiers accords de *Wonderwall*, grattant avec une force et une confiance qui tiraient le meilleur son possible des cordes de nylon. Le sang s'est retiré du visage de Dirk tandis que je continuais sur *The Passenger*, *Rock'n'roll Suicide* et sur la partie la plus difficile du *Concerto pour guitare n° 2* de Rodrigo, pour faire bonne mesure. Quand j'ai terminé, il y eut des acclamations, des applaudissements, des « Encore ! » et les filles semblaient prêtes à me demander si je voulais bien être le père de leurs enfants. « Tu as une très bonne guitare, Kate », mentis-je en rendant l'instrument à sa propriétaire. Ça a été un moment fantastique. Si seulement toute la vie pouvait être comme ça. J'ai remarqué alors que Dirk allumait sa cigarette en la tenant normalement. Mission accomplie, pensai-je.

Je pense que si je plaisais à ce point aux filles, c'était grâce à l'émotion que je mettais dans ma musique. Quand j'avais une guitare à la main ou un clavier sous les doigts, je pouvais dire « Je t'aime tant » ou « Je suis tellement malheureux », et traduire véritablement ces sentiments. Alors que je n'aurais jamais pu dire ces mots. A cet instant, il fallait que je fasse de gros efforts pour ne pas montrer ce que je ressentais, et qui relevait de l'autosatisfaction révoltante. Je venais de défendre l'honneur de la guitare de Kate, c'était une magnifique journée ensoleillée, et on avait même ôté la croûte des sandwichs œufs-mayonnaise. Mis à part les problèmes financiers, ma double vie était une machine bien huilée. J'avais une femme, mais j'étais indépendant ; j'avais un boulot qui me permettait de choisir mes propres heures de travail ; je passais exactement le temps qu'il fallait avec mes merveilleux enfants, mais j'avais aussi mon propre espace et tout le temps que je voulais pour moi.

Je me suis levé pour aller pisser plus loin contre un arbre. Le mélange de soleil et de bière me donnait légèrement le tournis, et je titubais un peu en reboutonnant ma braguette. Au même instant, traversant une clairière, dévalant une petite colline, j'ai vu Millie. Millie, ma petite fille, qui n'avait pas encore trois ans, qui errait dans les fourrés à trente mètres de moi. A Clapham Common. Toute seule.

Elle semblait parfaitement heureuse, je me suis donc retenu de l'appeler. J'avais beau regarder attentivement, je ne voyais pas sa mère. Avec une incompréhension grandissante, je la regardais, flânant, ramassant des feuilles et chantonnant joyeusement une petite chanson. C'était comme si elle était une enfant que je ne connaissais pas. Elle était complètement séparée de moi, comme si je l'observais à travers un miroir sans tain ou sur une vieille vidéo familiale. Je ne l'avais jamais entendue chanter cette chanson auparavant. C'était une petite fille comme une autre, dans le parc, sauf que c'était ma fille à moi. J'éprouvais la même sensation que lorsque j'avais vu mon troisième bébé à l'échographie – je pouvais voir mon enfant, mais je n'étais pas capable de faire le lien entre lui et moi. Elle semblait distante et irréelle.

Pourquoi Catherine n'est-elle pas avec elle ? me demandais-je avec inquiétude. Je me suis dissimulé derrière un buisson de façon à pouvoir regarder Millie sans me trahir. Une partie de moi avait envie de courir vers elle et de l'enlacer, mais c'était trop risqué. Elle devait être perdue. Je me contenterais de la regarder de loin, jusqu'à ce que sa mère la retrouve, puis je m'éclipserais en silence. Je ne pouvais pas me permettre de révéler ma présence : c'était le seul choix logique. Et pourtant, alors qu'elle s'approchait j'ai, malgré moi murmuré son nom sans bien savoir pourquoi.

– Papa ! a-t-elle répondu.

Elle n'avait pas l'air particulièrement surprise de me voir caché là, ce qui m'a un peu étonné, mais, mêlée à ma panique et à mon incompréhension, il y avait la joie de voir ma magnifique petite fille de façon si inattendue. Elle a couru vers moi et je l'ai soulevée ; elle s'est serrée fort contre moi, ce qui était merveilleux, même si je n'ai pas su quoi faire ensuite.

– Où est maman ?

– Euh... elle est, elle est, elle est, elle est... Maman, euh, maman...

– Allez, Millie, crache-le.

– Elle est... elle est par là.

Et elle a montré, à travers les arbres, un kiosque à musique à une centaine de mètres. A cet instant j'ai entendu Catherine appeler Millie, avec de la terreur et de l'angoisse dans la voix. Catherine avait perdu Millie ; je l'avais retrouvée. Juste une heure avant, j'avais dit à Catherine que je travaillais à Manchester. Mon cœur battait *allegro forte*, et je dis :

– Oh, Millie, ma chérie, qu'est-ce que je vais faire ?

– L'oiseau vert, répondit-elle en montrant l'arbre.

Et elle avait raison. Escaladant le tronc de l'arbre derrière moi, il y avait un pic-vert. Quelle surprise ! En plein cœur de Londres ! Je n'avais jamais vu de pic-vert.

– Millie ! Où es-tu ? criait sa mère désespérée.

Je l'ai reposée par terre et je lui ai montré sa mère.

– Regarde, Millie, voilà maman. Cours vers maman. Dis-lui que tu as vu un monsieur qui ressemblait à papa.

Je l'ai laissée filer, et elle a couru vers sa mère, à l'autre bout de la pelouse. Tandis que je m'éloignais, je l'ai entendue crier : « Maman ! papa a dit que j'avais vu un monsieur qui ressemblait à papa ! »

J'ai vu l'instant où Catherine l'a aperçue. En une fraction de seconde, son expression est passée de la terreur à un immense soulagement, puis a exprimé la colère devant l'épreuve terrible qu'elle venait de traverser. Elle était furieuse contre Millie, même si je savais que, au fond d'elle-même, elle était en colère contre elle-même pour l'avoir perdue. Elle tenait Alfie sous un bras, mais elle a couru à Millie avec l'autre bras tendu, l'a empoignée et a fondu en larmes. Elle a grondé Millie pour être partie comme ça, et le message que Millie tentait de transmettre a été perdu dans la colère, les baisers et les larmes. Donc, pour l'instant, j'étais tranquille.

Encore caché au milieu des arbres, j'ai regardé Catherine se préparer à quitter le parc. Mais d'ailleurs qu'est-ce qu'elle faisait là ? Elle était à des kilomètres de la maison ; elle ne venait jamais sur la rive gauche du fleuve. Je savais que préparer les enfants était une opération compliquée. Elle a posé la bandoulière pour bébé sur le sol près du kiosque et a mis Alfie dessus, puis elle l'a harnaché et a fixé le bébé sur son ventre, entortillant les courroies autour d'elle. Millie était contrariée de s'être fait disputer, et elle pleurait toujours. Sa mère a sorti un sac de la poussette et a installé Millie à la place. Tandis qu'elle fixait le sac aux poignées de la poussette, Millie a commencé à devenir hystérique, à hurler, à tendre les bras pour qu'on la prenne, jalouse que son petit frère soit porté en bandoulière.

Catherine a soulevé Millie de la poussette. Quand elle a fait ça le poids du sac a fait basculer la poussette et heurté le sol. J'ai entendu un bruit de verre qui se brise. « Ça doit être la bouteille d'Aqua Libre », je me suis dit. Cette boisson au goût de melon qu'elle achète, avec ce nom qui veut dire « eau libre » et qui coûte une fortune. La boisson branchée s'égouttait sur le sol. J'ai vu Catherine s'accroupir, avec les deux enfants dans les bras, et, de la main libre qui lui restait, essayer d'empêcher le liquide de gâcher tout ce qu'il y avait dans le sac. Puis je l'ai entendue jurer quand elle s'est coupé la main. Sa main saignait alors qu'elle essayait de poser Millie mais, comme elle n'avait pas encore trois ans, Millie ne voyait pas la situation du même point de vue que Catherine et ne voulait pas lâcher. Catherine en colère parvint à décrocher Millie, qui se mit à hurler. A chaque étape j'avais eu le sentiment que je savais ce qui allait se passer, mais je n'avais pas le pouvoir de l'empêcher, comme quand on regarde une file de voitures qui se rentrent dedans dans l'une de ces compilations vidéo des accidents de la route. J'aurais vraiment aimé pouvoir l'aider, mais comment faire ? Comment pouvais-je soudain apparaître au milieu de Clapham Common une heure après avoir dit que j'étais à Manchester ?

– On mate les gouvernantes du coin ? ricana une voix derrière moi.

C'était Dirk, à qui il en cuisait encore d'avoir été surclassé avec une petite guitare bon marché.

– Euh, non, je regardais juste cette femme qui se bagarre avec ces deux petits enfants. En fait, c'est leur mère. Enfin, je suppose...

– Mon Dieu, comment peut-on avoir envie d'avoir des enfants ? dit-il tandis que Millie sur le sol ruait et sanglotait.

Je me suis surpris à acquiescer d'un signe de tête, et me suis senti coupable de trahir mes propres enfants avec une telle désinvolture.

– Regarde cette mioche qui hurle. Je crois que les gens ne devraient pas être autorisés à avoir des enfants s'ils ne savent pas comment les contrôler.

Soudain, la moutarde m'est montée au nez. Qu'est-ce qu'il en savait ? Je me suis hérissé.

– Ce n'est pas de sa faute. C'est difficile quand on est tout seul. Et la plupart des enfants de deux ans sont comme ça.

– On dirait qu'elle est en train d'engueuler la pauvre petite. Pas étonnant qu'elle hurle.

– Elle doit perdre son sang-froid. Le manque de sommeil et tout ça.

– Ouais, sans doute une mère célibataire, dit Dirk en retournant vers le barbecue.

Catherine était maintenant assise sur le sol, elle pleurait. Elle semblait complètement à bout. Je ne l'avais jamais vue craquer de cette façon. Sa main saignait, et ses deux enfants pleuraient, eux aussi. Et comme c'est le cas à Londres, tout le monde passait près d'elle sans s'arrêter comme si elle avait été une droguée ou une alcoolique à moitié dingo. Est-ce que personne n'allait s'arrêter pour l'aider ?

– Ça va, Catherine ? demandai-je.

Elle a levé les yeux, et elle a été si interloquée de me voir là qu'elle a immédiatement arrêté de pleurer.

– Comment diable es-tu venu ici ?

Comme je n'avais pas de réponse à cette question, j'ai pensé que la meilleure solution était de l'ignorer.

– Qu'est-ce que tu t'es fait à la main ?

– Oh, je me suis coupée, dit-elle.

– Ah, ça expliquerait tout ce sang sur le sol.

J'ai entortillé mon mouchoir autour de ses doigts, et elle est restée là à me contempler comme si j'avais été sa marraine la fée et un chevalier à l'armure scintillante, les deux en un.

– Je vois bien que tu t'es coupée, idiote chérie. Mais comment as-tu fait ça ?

– Eh bien, j'essayais de récupérer tous les morceaux de verre cassé qui étaient au fond du sac.

– Et tu dis que c'est avec ce verre cassé que tu t'es coupé la main ? Tu parles d'un accident !

Elle a souri, et j'ai espéré qu'elle ne me demanderait plus ce que je faisais là.

– Moi et papa on a vu un oiseau vert, dit Millie, secourable.

– Mon Dieu, elle parle encore de ça. On a vu un pic-vert il y a deux mois.

J'ai fait un nœud au mouchoir.

– Allons prendre un café et j'achèterai à Millie des chips ou un truc comme ça.

Catherine a essuyé son maquillage qui avait coulé.

– Oh, mon Dieu, Michael, je suis si heureuse de te voir. C'était horrible.

Elle s'est éloignée du kiosque pendant que je changeais Alfie, et j'ai été voir derrière le café, mais elle avait dû prendre une autre direction parce que je l'ai perdue de vue pendant un bon moment. C'était terrible. Puis la poussette a basculé, les bouteilles se sont cassées, je me suis coupé la main, les enfants hurlaient et je ne m'en sortais pas...

– OK, oublie le café. Si on prenait un gin tonic ? Un grand.

– Oui, s'il te plaît. Mais pas trop de tonic.

J'ai hissé Millie sur mes épaules, et on s'est dirigés vers l'Auberge du Moulin, dans la direction opposée au pique-nique. Si le siège vide de la poussette double avait été un peu plus grand, j'aurais installé Catherine à côté d'Alfie et l'aurais poussée jusque là-bas. On s'est assis devant le pub, Alfie a tété son biberon, j'ai bu ma pinte et Catherine s'est envoyé son double gin d'un seul coup. Tout semblait redevenu normal, pour un moment, au moins.

– Alors pourquoi tu m'as dit que tu étais à Manchester ? demanda-t-elle brutalement.

Je n'avais qu'un chips dans la bouche, mais elle était apparemment si pleine qu'il m'était impossible de répondre. J'ai fini par dire :

– Manchester ? Qu'est-ce que tu racontes ?

– Tu as dit que tu étais à Manchester.

Il y eut un silence pendant lequel j'ai essayé de la regarder comme si elle perdait complètement les pédales, puis j'ai fait évoluer mon visage perplexe vers un air exagéré de compréhension, alors qu'un moyen de m'en sortir me passait par la tête.

– Non, non, non. Manchester *Street.* J'ai dit que j'étais à Manchester *Street.* Dans le West End.

Elle a eu l'air troublée.

– Mais tu as dit que c'était à Piccadilly.

– A Piccadilly Circus, oui.

Elle a ri de sa bêtise.

– Oh, je m'étais mis dans la tête que tu étais encore parti dans le Nord pour travailler.

On a partagé un bon fou rire à l'idée de cette confusion, et j'ai poussé un silencieux soupir de soulagement à l'idée que Catherine avait oublié, ou ne savait pas, que Manchester Street était à plus de trois kilomètres de Piccadilly Circus. Avant qu'elle ait eu le temps de réfléchir à ça, j'ai changé de sujet.

– Alors qu'est-ce que tu fais de ce côté du fleuve ? Tu n'avais pas peur que les gardes-frontière t'arrêtent sur le pont ?

– J'étais censée aller voir la nouvelle maison de Susan et Piers à Stockwell, mais quand on est arrivés il n'y avait personne. Alors on s'est dit qu'on allait se balader dans Clapham Common, hein, Millie ?

– Moi et papa on a vu un oiseau vert.

– Oui, ça va, Millie, tu l'as déjà dit, l'interrompis-je. Tiens, prends un autre paquet de chips.

– Et toi ? me demanda Catherine.

– Eh bien, après en avoir fini dans *Manchester Street*, j'ai pris le métro jusqu'à *Piccadilly Circus* pour aller à mon studio, et j'ai pensé traverser le parc quand je vous ai vues. Sacrée coïncidence, hein ?

– Ouais, mais il ne faudra pas en parler à ma sœur. Elle mettrait ça sur le compte des astres, de l'énergie psychique ou un truc comme ça.

– Oh, c'est une bonne idée. Je lui dirai que j'ai fait un détour par le parc parce que je sentais que tu émettais des vibrations négatives. Elle en parlera pendant des mois.

Catherine riait à nouveau, mais il y avait quelque chose de légèrement hystérique dans ce rire. Je lui ai commandé un autre grand gin, et à Millie son troisième paquet de chips. Catherine se mit à redevenir davantage la femme que je connaissais. La crise près du kiosque était loin derrière elle. Puis, soudain, alors que le second double gin pénétrait en elle, elle a semblé trop épuisée pour continuer de rire. J'ai proposé de changer Millie, et ça lui a tiré un bref sourire. J'ai couché Millie sur son matelas et me suis préparé à déboutonner son ample salopette rose.

– Michael ? dit Catherine d'un ton menaçant.

– Quoi ?

– Je ne suis pas heureuse.

– Pardon ?

– Je ne suis pas heureuse.

– C'est du tonic de régime ? Je lui ai pourtant dit de mettre du tonic normal.

– De ma vie. Je ne suis pas heureuse.

– Qu'est-ce que tu veux dire, tu n'es pas heureuse ? Bien sûr que si, tu es heureuse.

– Non. Je me sentais coupable de me sentir comme ça, alors je le gardais pour moi, mais c'est trop stressant. C'est comme s'il me manquait une chose sur laquelle je ne parviens pas à mettre le doigt.

– C'est juste ce que tu as bu, Catherine. Tu te sens fatiguée et un peu ivre, et d'un seul coup tu crois que tu n'es pas heureuse, mais crois-moi, tu es une des personnes les plus heureuses que je connaisse. Bientôt tu vas finir par dire que tu te débrouilles mal avec les enfants.

– Je me débrouille mal avec les enfants.

– Arrête, Catherine, ce n'est pas drôle. Millie, cesse de gigoter, s'il te plaît.

– Je ne plaisante pas.

– Tu te débrouilles très bien avec les enfants. Tu te débrouilles super bien. Millie, ne bouge pas.

Catherine a haussé les épaules et s'est tue. J'étais agenouillé sur le sol, courbé sur le matelas, et j'ai levé les yeux sur elle.

– OK, il t'arrive d'avoir l'impression que tu te débrouilles mal avec eux, mais je suis certain que c'est normal. D'une façon générale, tu aimes bien être seule avec les enfants.

– Non, je n'aime pas ça.

– Si, tu aimes ça.

– Non, je n'aime pas ça.

– Si, tu aimes ça.

– Non, je n'aime pas ça.

– Arrête ça, vilaine petite fille.

– Tu me parles à moi, ou à Millie ?

Millie gigotait et me rendait impossible la tâche de lui mettre sa couche bien droite.

– Pourquoi te sens-tu obligée de rendre les choses si foutrement difficiles ?

Et j'ajoutai « Millie ! » juste pour que ça soit clair.

– Je veux que ce soit maman qui le fasse.

– Non, maman ne peut pas tout faire.

– Si, elle peut tout faire, dit Catherine. Une maman astucieuse peut tout faire, et garder toute la journée un sourire heureux aux lèvres, tra-la-la.

– Écoute, je comprends que tu aies eu une journée pénible, et que les enfants puissent être difficiles, mais tu as toujours dit combien tu aimais être à la maison avec eux.

– C'était pour te protéger, dit-elle. Comme ton travail est stressant, la dernière chose dont tu aies besoin, c'est de m'entendre me plaindre de rester à la maison.

– Tu dis ça comme ça.

– C'est la vérité.

– C'est faux.

– C'est vrai. C'est terrible d'être toute seule la moitié de la semaine. J'ai parfois l'impression d'avoir déjà fait une journée de travail, et alors je regarde la pendule de la cuisine, je vois qu'il n'est que dix heures du matin, et je me dis « Plus que neuf heures avant de les coucher ».

– Tu dis ça juste parce que tu te sens mal pour l'instant. Je sais que tu te débrouilles très bien quand je ne suis pas là.

– Je ne me débrouille pas bien.

– Je te dis que tu te débrouilles bien. Je sais que tu te débrouilles bien.

– Comment tu le sais ? Comment sais-tu mieux que moi comment je me débrouille quand tu n'es pas là ?

– Eh bien, euh, je te connais, c'est tout. Tu es une très bonne mère.

– Tu disais aussi que j'étais une très bonne actrice.

– Tu es toujours une très bonne actrice.

– Ça doit être vrai, puisque tu crois à tout ce cirque famille-heureuse que je fais dès que tu franchis le seuil.

Je n'avais pas de réponse à ça. A cet instant Millie a recommencé à gigoter pour se libérer et j'ai perdu patience avec elle.

– ARRÊTE MAINTENANT, MILLIE, NOM DE DIEU ! TU ES UNE TRÈS VILAINE PETITE FILLE ! TU ES TRÈS, TRÈS VILAINE, ET J'EN AI VRAIMENT MARRE, À LA FIN !

Catherine a fini par décider qu'il était temps de rentrer et elle m'a dit que je ferais mieux de retourner à mon studio pour continuer mon travail. Mais cette fois-ci je n'ai pas sauté sur cette proposition. Quelque chose avait pénétré ma peau dure comme celle d'un rhinocéros, et j'ai senti qu'elle avait envie que je modifie mes projets et que je rentre à la maison. Elle avait juste besoin que je sois là. Elle avait besoin que je la soutienne. Et elle avait besoin que je prenne le volant, car elle était à côté de ses pompes.

On s'est dirigés vers l'autre rive. J'ai dit à Millie qu'Albert Bridge était fait en sucre glace rose, et dans le soleil de cette fin mai ça semblait bien possible. Quand on est arrivés à Chelsea, les gens dans les rues semblaient soudain très différents de ceux qui étaient à cent mètres de là, de l'autre côté du fleuve. Avec leurs sacs à main Moschino et leurs chemises Ralph Lauren, ils étaient vêtus de façon si coûteuse qu'il leur fallait porter leurs étiquettes à l'extérieur. Il fallait qu'on traverse les quartiers les plus riches de Londres avant de nous retrouver encore une fois au milieu des classes moyennes les plus appauvries.

Quarante minutes plus tard, nous étions de retour dans notre *bijou* de boîte à chaussures de Kentish Town. J'ai proposé du thé à Millie, mais, après trois paquets de chips, elle l'a complètement ignoré. Pourquoi ne l'avais-je pas mis directement à la poubelle après l'avoir préparé, je l'ignore. Puis je me suis assis à côté d'elle et, avec Alfie sur mes genoux, on a regardé une nouvelle fois *Le Roi Lion*, jusqu'au moment où Simba s'enfuit pour grandir, puis finit par tomber, dans la forêt, sur Nala, perdue depuis longtemps. Catherine s'est servi un autre verre. J'étais content qu'elle ne donne plus le sein. Si ç'avait été le cas, Alfie serait sans doute mort d'empoisonnement par l'alcool. On n'a plus reparlé de ce qu'elle avait dit, quoique je me sois surpris à émettre des bruits style Comme-ils-sont-mignons chaque fois que les enfants jetaient par terre un gros morceau de nourriture.

J'ai préparé le thé des enfants puis j'ai tout rangé, j'ai préparé notre dîner puis j'ai tout rangé, j'ai baigné les enfants et les ai mis au lit, j'ai rangé les jouets et j'ai même mis pas mal de linge à laver, mais rien de tout ça ne paraissait pouvoir extorquer le moindre signe d'approbation à Catherine, qui se contentait de rester allongée sur le canapé, à regarder le plafond. A sa décharge, il faut dire qu'elle avait su quand s'arrêter de boire, c'est-à-dire au moment où la bouteille de gin s'était trouvée vide. Elle a fini par dire qu'elle allait se coucher tôt, et elle m'a embrassé. « Ce n'est pas de ta faute, c'est de la mienne », dit-elle d'un air entendu, et elle m'a serré si fort qu'elle m'a presque cassé deux côtes.

Je suis resté un moment en bas et j'ai écouté tout seul quelques-uns de mes morceaux favoris. J'ai mis trois fois de suite *For No One* des Beatles, ce qui m'a donné l'impression que quelqu'un décadenassait toute une série de portes secrètes à l'intérieur de ma tête. Quand je n'ai plus eu aucune raison de rester debout, je me suis préparé à rejoindre Catherine au lit. J'ai préparé le biberon de nuit pour Alfie, je l'ai posé à côté du micro-ondes, et je suis allé voir si les enfants allaient bien. Millie avait déjà déserté son lit et pris ma place à côté de Catherine, alors j'ai été dans sa chambre, j'ai grimpé sur son lit, et me suis remonté sa couette « Barbie » sur la tête. J'ai fait tomber quelques peluches qui étaient au fond du lit et je suis resté allongé à écouter Alfie renifler dans son berceau à côté de moi.

Au bout d'une heure j'étais toujours éveillé. J'ai tapoté l'oreiller et remonté la couette, mais ce n'est pas la façon dont le lit était fait qui me dérangeait. La vision de Catherine assise par terre en train de pleurer commençait à me revenir. C'était si différent de l'image de la Catherine que je gardais dans ma tête quand nous étions séparés. Sans savoir que je l'observais, elle avait baissé les bras et s'était rendue. Et maintenant que sa carapace était tombée, elle ne faisait plus semblant.

« Il me manque une chose sur laquelle je ne parviens pas à mettre le doigt », avait-elle dit. J'ai essayé de me persuader que ce n'était qu'une dépression hormonale due à la grossesse, mais je savais que si ç'avait été aussi simple, je n'aurais pas été là, éveillé, à deux heures du matin. Une heure plus tard, j'ai entendu Alfie commencer à s'agiter. Maintenant qu'il avait neuf mois, il ne se réveillait en général qu'une seule fois par nuit, et même s'il y avait peu de risque pour que Catherine soit tirée de son coma imbibé de gin, je suis descendu et j'ai fait réchauffer son lait avant qu'il ne commence à pleurer. J'en ai pris une gorgée pour vérifier la température, puis j'ai craché dans l'évier ce liquide crayeux et dégoûtant, mais ça m'a laissé un mauvais goût dans la bouche. Le truc, maintenant, c'était d'en donner suffisamment à Alfie mais sans qu'il s'éveille complètement. Alors que nous étions assis tous deux dans la pénombre de la nursery et qu'il tétait avidement le biberon, il a soudain ouvert les yeux comme s'il venait de comprendre quelque chose de très important. Il m'a fixé en mangeant, j'ai risqué un gentil « Salut, Alfie Adams », et il a continué à boire et à me regarder. Il paraissait si confiant et si innocent, si dépendant de mes soins, que j'ai eu le sentiment de l'avoir, d'une certaine façon, abandonné. Alors que je regardais ses grands yeux bleus, j'ai imaginé un instant qu'il savait tout à mon sujet, qu'il comprenait pourquoi sa mère se sentait seule et abandonnée, et qu'il me regardait sérieusement, comme pour dire : « Est-ce que tu te rends compte de ce que tu es en train de faire, papa ? »

– Je suis désolé, Alfie, dis-je. Je suis vraiment désolé.

Et c'était vrai.

7

Le propre de l'homme

– Il n'est pas possible de conserver notre dignité dans une fosse remplie de balles multicolores. Quand on est allongé sur le dos au beau milieu de balles en plastique, on doit se résigner à avoir l'allure d'un bouffon pesant et sans grâce, d'un phoque adulte en sueur qui, par sa seule présence, appelle une grêle de boulets aux couleurs primaires. On doit arborer un sourire particulier exprimant la joie, même quand le petit garçon bouclé qu'on ne connaît pas vous atteint en pleine figure avec une balle qu'il a écrasée juste pour faire plus mal. Et ce n'est qu'un aspect de la perte de dignité qui fait partie du contrat moderne de paternité. On n'a pas le droit de paraître distant et indifférent quand son bébé de deux ans vomit sa glace au chocolat sur le sol de la boutique de luxe pour hommes. Il n'y a pas de façon sophistiquée, distinguée, de torcher les fesses de son bébé. Ne croyez jamais à ces pubs qui vous disent que le fait d'avoir un bébé vous donnera l'air cool, parce que ce n'est pas vrai. Il n'existe pas de poussette « Action Man » avec matelas amovible pour changer les couches. Le propre de l'homme n'est plus de se parfumer légèrement à l'Old Spice ni de surfer sur les chœurs de *Carmina Burana*, c'est de ravaler sa fierté, de ramper et de rouler dans des parcs à balles. C'est humiliant, mais ça fait partie du marché.

L'assemblée des futurs pères m'écoutait dans un silence choqué. Bien que cette grossesse fût la troisième de Catherine, je me suis vu à nouveau traîné à des cours prénataux et, ce soir-là, on avait mis tous les hommes dans une pièce à part pour discuter des changements qu'on s'attendait à ce que notre vie subisse après la naissance de nos bébés.

– Une autre chose contre laquelle on ne vous met pas en garde, continuai-je, tel un auditeur en colère qui appelle lors d'une émission de radio tard dans la nuit, ce sont les conséquences sur votre mariage. Soudain, on se chipote pour des vétilles, on compte les points et on essaie de prouver qu'on a passé une journée pire que celle de son partenaire. Catherine me demandera : « As-tu stérilisé les biberons ? » alors qu'elle verra les biberons sales entassés dans l'évier. Elle connaît la réponse à sa question, mais en la posant elle sait qu'elle me forcera à admettre ma culpabilité et mon échec. Mais le résultat qu'elle obtiendra, c'est de me faire exagérer les difficultés que j'ai eues avec Alfie pendant qu'elle était sortie. Non, ça ne me fera même pas exagérer, ça me fera mentir ! Je proclamerai que je n'ai pas eu une minutc, et alors Catherine sera forcée de prétendre qu'elle a passé un moment bien pire avec Millie au supermarché. C'est le poker du martyr – « Mets sur la table le problème que tu as eu quand tu es arrivée à la caisse, et on fera les comptes avec mon problème de diarrhée en plein changement de couches. »

Ils étaient aussi avides d'entendre mes histoires que je l'étais de les raconter. Aucun autre homme dans la pièce n'était encore père et ils me regardaient comme un vétéran couvert de cicatrices, survivant à la bataille, plein d'histoires horribles glanées sur la ligne de front de la paternité.

– Mais la chose qui disparaît véritablement en une seule nuit, c'est votre jeunesse. Soudain, votre jeunesse est terminée. J'ai essayé de recréer la mienne artificiellement, dis-je mystérieusement, mais ça n'a pas vraiment marché. Dès qu'on devient responsable de quelqu'un de très très jeune, on se sent d'un seul coup très très vieux. D'abord parce qu'on est épuisé, à la fois physiquement et émotionnellement, et s'il vous reste un peu de temps pour continuer à faire certaines des choses que vous faisiez jeune homme, vous vous retrouvez en train de les aborder avec la lassitude résignée d'un retraité surmené. Le temps que les enfants commencent à être moins exigeants physiquement, vous avez pris dix ans en deux ou trois ans, et de toute façon il est trop tard pour revenir en arrière. Vous regarderez dans la glace vos cheveux grisonnants et votre visage qui s'affaisse, et vous vous direz « Mais d'où sort *ce type*, bon sang ? ». Et non seulement vous paraissez vieux, et vous le sentez dans votre carcasse, mais vous *pensez* vieux. Vous vous tracassez, vous vous faites du souci à propos des enfants sans vous rendre compte que vous descendez la rue avec des chaussettes dépareillées et les cheveux ébouriffés. Vous devenez irritable, susceptible, organisé. Et s'il vous arrive de faire ensemble quelque chose d'insouciant et de spontané, c'est parce que deux semaines plus tôt vous avez prévu une heure pour faire ensemble quelque chose d'insouciant et de spontané. Le jour où le bébé naît, tout ça est terminé. Votre indépendance, votre jeunesse, votre fierté – tout ce qui faisait que vous étiez vous-même. Il faut tout reprendre au départ.

La femme professeur, avenante, est entrée dans la pièce, et a applaudi, enthousiaste, avant de savoir ce que j'avais dit.

– Eh bien, comment ça se passe ici ? demanda-t-elle.

Et aucun des hommes à la bouche ouverte n'a levé les yeux du sol.

Pour tout dire, je trouvais ces cours prénataux gênants. C'était comme si j'étais un enfant attardé forcé de redoubler une année à l'école. Il y a un moment où nos compagnes devaient se mettre à quatre pattes, et nous devions nous mettre à genoux à côté d'elles pour leur caresser le bas du dos, et alors la maîtresse venait faire un tour pour voir si nous les massions correctement. On suit des cours pour nous aider au moment de la naissance de l'enfant. Je suppose que nous devrions être contents qu'il n'y ait pas de petite femme collet monté qui nous montre la meilleure manière de les concevoir. « Bien, si maintenant toutes les femmes voulaient bien s'allonger par terre, les hommes pourraient s'entraîner à stimuler le clitoris. Non, Michael, ce n'est pas du tout comme ça... »

Et pourquoi n'y a-t-il pas de cours pour nous aider une fois que les enfants sont nés ? C'est le moment où les adultes se trompent, c'est le moment où on a vraiment besoin d'aide. « Bien, vous avez donné la vie, voilà votre bébé. Maintenant, débrouillez-vous. » Je me suis autorisé un petit rire face à l'enthousiasme naïf de ceux qui allaient être parents pour la première fois. Un des hommes a même demandé ce qu'il devait mettre dans les sandwichs, le malheureux. Ils étaient tous entièrement consumés par leur enfant avant même qu'il soit né. J'aurais voulu leur dire : « Arrêtez de venir à ces cours pour futurs parents, allez plutôt au cinéma ensemble, sortez au restaurant, faites des choses pour vous tant que vous le pouvez encore. » Mais ils étaient là à comparer des protubérances et des chaussures d'enfants, et nous demandaient si c'était mieux de mettre le bébé directement dans un berceau, ou s'ils devaient d'abord le mettre dans le lit des parents. Catherine a haussé les épaules et a dit qu'elle ne le savait toujours pas.

Catherine et moi n'avons pas reparlé de ce qu'elle avait dit quand elle était assise devant l'Auberge du Moulin, mais il était clair qu'elle avait arrêté de faire comme si tout dans sa vie était aussi parfait que je l'avais toujours imaginé. Sa frustration a été allégée par le fait de redécorer la maison. Elle était sortie des mois fatigants de la grossesse et elle abordait la phase de décoration maniaque du nid. J'ai tenté d'apaiser ma culpabilité en lui suggérant de se reposer et de me laisser tout faire, mais elle voulait vraiment faire quelque chose pour ce nouveau bébé, et donc elle montait et descendait héroïquement l'escabeau, peignant avec amour les murs de la nursery tandis que la peinture éclaboussait son ventre qui grossissait. Il y avait visiblement des choses qu'elle ne pouvait pas faire elle-même, des choses qui nécessitaient la force et l'expérience d'un homme habile, et c'est alors qu'elle me disait : « Michael, va voir chez Mrs Conroy et demande-lui si Klaus et Hans peuvent nous donner un coup de main. » En général c'est à peu près tout ce que je pouvais faire.

Klaus et Hans étaient deux étudiants allemands qui logeaient à côté et que Catherine faisait venir régulièrement pour que je me sente inutile. Ce jour-là, je n'avais pas réussi à monter une commode. Les instructions étaient en anglais, en allemand, en italien, en espagnol, en français et en arabe. Ça partait d'une bonne intention de la part du fabricant de les avoir mises en anglais, mais ça ne faisait vraiment aucune différence. Pour moi, elles avaient exactement le même sens dans n'importe quelle langue. Quand je lisais une phrase comme « Fixer la patte à la barrette sans lâcher le pivot " f " », une couverture de brume recouvrait mon cerveau, et je n'étais plus en train de lire des instructions, j'étais juste en train de regarder une série de mots. Klaus et Hans ont monté le meuble avec la rapidité et l'efficacité d'une équipe de mécanos de Formule 1.

– Tu as un jeu de clefs Allen, non, Michael ?

– Je ne crois pas.

– Si, tu en as. Dans ta boîte à outils.

– Des clefs Allen ? Tu es sûr ?

– Oui. Elles sont dans le petit casier avec le vastringue.

– C'est quoi, ça, un vastringue ?

Klaus connaissait le mot vastringue. Je ne sais toujours pas ce qu'est un vastringue, ni comment j'en suis venu à en posséder un. Klaus et Hans venaient souvent m'emprunter mes outils, ce qui impliquait ouvrir les emballages dans lesquels ils étaient restés dissimulés depuis un lointain Noël.

– Est-ce que Michael se sert de sa perceuse ? demandait Klaus à Catherine sur le pas de la porte.

Puis je l'entendais dire : « Je ne comprends pas. Qu'est-ce qu'il y a de drôle ? »

Mais aussi charmants et dévoués que fussent Klaus et Hans, je ne pouvais m'empêcher de me sentir vaguement émasculé par la façon dont Catherine en venait à dépendre d'eux. Ils réparaient la tondeuse, débouchaient l'évier, empêchaient le radio-réveil que j'avais réparé de vous donner un choc électrique à chaque fois qu'on pressait le bouton « arrêt ». S'il m'arrivait de rentrer à la maison et de trouver l'un d'eux en train de changer un joint du robinet, ou quoi que ce soit, je pénétrais dans la pièce et je disais : « Merci, Klaus, mais je peux finir ça moi-même. » Et puis, une heure plus tard, je frappais à sa porte et demandais : « Comment est-ce qu'on met la rondelle, exactement ? »

Catherine voulait toujours modifier des choses dans notre maison. C'était pour ainsi dire une révolution permanente. Aussitôt qu'elle avait mené à bien la campagne de changement de moquette dans la chambre, une nouvelle campagne commençait pour avoir de nouveaux meubles de cuisine. J'ai suggéré, optimiste, que le papier peint de la nursery pouvait bien encore durer un an, mais elle m'a assuré que ce ne serait pas juste si on ne la rendait pas aussi jolie pour les deux prochains enfants qu'elle l'avait été pour les deux premiers.

– Les *deux* prochains enfants ?

– Ouais, même si, tôt ou tard, nous serons obligés d'emménager dans une maison plus grande, non ?

– UNE MAISON PLUS GRANDE !

Puis je me suis rendu compte que ma réaction trahissait trop une panique aveugle, alors j'ai répété la phrase avec une expression de recueillement.

– Une maison plus grande. Hmm, c'est une idée intéressante...

Ça n'a pas écarté les soupçons.

– Pourquoi ? Nous ne sommes pas endettés ni rien, non ? demanda Catherine en appliquant sur le plafond une onéreuse couche de peinture.

Je répondis par un « Non ! » emphatique avec regard baissé à la clef, que je réserve en général aux types qui veulent nettoyer mon pare-brise au feu rouge. Catherine s'intéressait peu à notre équilibre financier. Une fois, elle avait essayé de combler un découvert en faisant un chèque tiré sur le même compte, mais en général son seul souci d'ordre financier était dû au soleil, quand on ne pouvait pas lire ce qu'il y avait sur l'écran du distributeur automatique.

Je voulais lui parler de la double vie que j'avais menée et lui expliquer comment j'en étais arrivé à m'endetter à ce point, mais maintenant qu'elle avait avoué qu'elle n'était pas heureuse, je n'avais pas le cœur à rendre les choses encore pires. Elle m'a dit que je paraissais très calme, et avec un sourire affectueux elle m'a demandé si ça allait. Je lui ai dit que j'allais bien, c'est le mot que j'utilisais toujours pour détourner les questions émotionnellement gênantes. J'aurais pu dire que j'allais très bien, mais ça faisait une syllabe de plus et je ne voulais pas commencer à m'étendre sur mes sentiments. D'une certaine façon, ça ne semblait jamais être le bon moment pour annoncer : « Au fait, chérie, cette décoration qu'on fait, c'est une complète perte de temps, tu sais pourquoi ? Je n'ai pas payé l'hypothèque ! » On dit que l'honnêteté est la meilleure politique. Eh bien, c'est parfait quand la vérité est agréable et jolie. Mais si vous êtes le mystérieux second tireur impliqué dans l'assassinat de Kennedy ? Dans ce cas, l'honnêteté n'est pas, c'est clair, la meilleure politique.

« Alors, Frank, est-ce que tu es déjà allé à Dallas ?

– Oui, j'y suis venu pour tirer sur John F. Kennedy, j'étais caché derrière ce monticule recouvert d'herbe. »

Au moment où Catherine émergeait de sa phase de fatigue, j'entrais dans la mienne. D'un seul coup, je me suis mis à travailler à n'importe quelle heure pour tenter de payer les arriérés de l'hypothèque. Je voulais me précipiter à la maison et être avec elle le plus souvent possible, mais la situation financière faisait que j'étais prisonnier de mon studio, à vivre la vie qu'elle croyait que je vivais depuis le début. Catherine a fait remarquer que j'étais moins patient avec les enfants ; que, lorsque je revenais à la maison, au lieu de les lancer en l'air et de les chatouiller, je m'effondrais sur le canapé, épuisé, et que je refusais qu'ils me sautent à tour de rôle sur les testicules. Comment pouvais-je expliquer l'apparent changement de mon attitude envers les enfants ? « C'était plus facile avant. Je faisais seulement semblant de travailler toute la journée. »

Même si, peu à peu, j'étais parvenu à mettre plus d'argent de côté, les paiements d'hypothèque en retard gonflaient les agios. Je téléphonais aux agences, essayant de trouver du travail supplémentaire. On me disait de ne pas quitter et on me faisait attendre pour parler à des gens que, bien souvent dans le passé, je n'avais pas rappelés. Chaque jour je travaillais inlassablement dans mon studio, convertissant des mélodies que j'aimais et que j'avais mises de côté pour mon premier album imaginaire en jingles pour la promotion de pizzas congelées basses calories.

A la fatigue résultant de ce surcroît de travail s'ajoutait le poids des secrets que je portais avec moi. Au début, la tromperie avait été infime, personne n'aurait pu la remarquer. Je me rappelais à peine le moment où elle avait été imaginée, le moment où j'avais introduit dans notre relation une minuscule graine de malhonnêteté. Mais je ne sais comment elle avait pris racine, puis elle avait poussé jusqu'à devenir aussi visible que le renflement sous le tee-shirt de Catherine. Quand un bébé atteint une certaine taille, il faut qu'il sorte. La même chose est vraie pour un mensonge. Maintenant, sa gestation avait atteint un point tel que je commençais à sentir des contractions. Je savais que je ne pouvais garder ça pour moi plus longtemps, mais je ne savais pas comment il me serait possible de l'avouer. Si j'avais été catholique, je suppose que j'aurais tout dit à un prêtre en confession. Si j'avais été une vieille dame, j'aurais trouvé un prétexte pour aller voir un médecin, et je l'aurais bassiné avec ça pendant des heures. De nos jours, à qui les gens confient-ils leurs secrets ? Je ne pouvais pas me rendre à une émission de télévision et fondre en larmes en public tandis qu'une sous-Oprah Winfrey mettrait sa main sur mon épaule, marquant à peine une pause avant d'introduire le sujet suivant. « Les femmes qui ont couché avec le petit ami de leur fille – juste après la pause. »

J'étais assis dans mon studio, me demandant quel était mon copain le plus proche, avec qui j'étais censé partager mes problèmes. Mon portable a sonné, et ça m'a fait du bien d'entendre la voix rassurante de Catherine.

– Ça va ? demanda-t-elle, sentant que je paraissais soucieux.

– Bien...

Et alors, soudain, tout a débordé.

– Ecoute, Catherine, euh, eh bien, je n'ai pas été franc avec toi. On a pas mal de dettes, et je t'ai raconté des bobards à propos de la masse de travail que j'avais. Pour tout dire, je me suis contenté de glander ici durant les deux dernières années pendant que tu t'échinais avec les enfants.

Il y a eu un terrible silence. J'attendais qu'elle dise quelque chose, mais elle ne disait rien, et alors j'ai bredouillé pour combler le vide.

– Je sais, mais, bon, j'ai changé. Maintenant je travaille vraiment dur, et je vais y arriver, je te le promets.

Elle ne répondait toujours rien. J'aurais aimé pouvoir lui dire ça en face, pour voir comment elle réagissait. Le silence était oppressant. Il était si intense que je n'entendais même pas les grésillements du téléphone – j'avais perdu le signal. Le portable était éteint. Je ne savais pas si elle avait raccroché dans un accès de colère écœurée, ou si elle n'avait pas entendu un seul mot de ce que je lui avais dit. Mon portable a sonné de nouveau.

– Désolée, dit-elle gaiement. Millie a appuyé sur le bouton du téléphone. Alors ça va, hein ?

– Ouais, euh, ouais, je vais bien, dis-je avec un soupir de soulagement, épuisé. Ce soir, je serai revenu à temps pour voir les enfants.

– Super. C'est juste que ta voix semblait un peu déprimée.

– Ouais, enfin, c'est juste que j'aimerais être déjà rentré.

Ça, au moins, ce n'était pas un mensonge. Mais aujourd'hui je ne pouvais pas rentrer avant d'avoir fini d'arranger un indispensable morceau de musique de huit secondes, qu'on m'avait commandé en urgence pour convaincre les gens de visiter le Monde des salles de bains. Il le fallait à la première heure demain matin, et j'estimais que le boulot allait me prendre deux heures, peut-être une heure et demie si tout se passait bien. J'ai allumé mon ordinateur et j'ai chargé le programme approprié. Un soudain éclat de rire m'est parvenu depuis le salon. Mes compagnons d'appartement, visiblement, trouvaient une chose très drôle, mais j'ai décidé de l'ignorer et de continuer à travailler. Ce que j'avais à faire en premier, c'était la tâche terre à terre de transférer d'anciens fichiers PC en Cubase en les faisant défiler manuellement d'un bout à l'autre avec le curseur. C'est encore moins intéressant que ça en a l'air. Il y a eu une autre explosion de rires, plus sonore cette fois. J'ai jeté un œil vers la porte, me demandant ce qui pouvait bien être aussi hilarant. Je reconnaissais dans ce rire cette sorte de caquètement moqueur façon hyène – un amusement aux dépens de quelqu'un d'autre – qui le rendait encore plus intriguant. Il y a quelque chose de magnétique dans un rire inexpliqué. Ce n'est pas la simple envie de profiter d'une explosion de joie, mais la curiosité dévorante qu'elle déclenche. Quand un tueur se fait descendre dans un immeuble assiégé, la police essaie toujours de le menacer, de négocier, ou de faire appel à sa mère pour qu'il se rende. Ça serait beaucoup plus rapide si, à trois, ils éclataient tous d'un rire hystérique ; le tueur serait dehors en un éclair, et demanderait : « Qu'est-ce qu'il y a ? Pourquoi vous riez ? »

Je déplaçais la souris sur le tapis crasseux. Elle m'a paru soudain lourde et difficile à manipuler. Le réveil indiquait 4 h 44, et j'étais sûr que ça faisait trois minutes et demie qu'il marquait la même heure. « Ha ha ha ha ha », hurlèrent les voix de sirènes de mes compagnons d'appartement, mais ce n'est pas eux qui allaient m'empêcher de travailler. Me tenter. Mais voilà que j'ai eu besoin d'un nuage de lait supplémentaire dans mon thé.

– Qu'est-ce qu'il y a ? Pourquoi vous riez ? demandai-je en entrant dans le salon.

– On joue à Joue l'Intro, répondit Jim.

C'était un des jeux préférés de la maisonnée : un des convives passait les premières mesures d'un vieux tube ou d'un morceau d'un album, et les autres entraient dans des spasmes d'agonie pour retrouver le nom de la chanson. Dans cet appartement, j'avais occupé plus d'une soirée à brailler *Honky Tonk Woman* en entendant la clochette solitaire d'une vache, ou *Ballroom Blitz* au son d'une sirène.

C'était difficile d'imaginer comment Joue l'Intro pouvait susciter une telle hilarité, mais Jim m'a donné de plus amples explications.

– Paul reste coincé sur un disque. Jusque-là il croit que c'est *Shadapp You Face* par Joe Dolce, ou la musique de *Steptoe and Son*.

– Il est évident que c'est un disque récent, dit Paul.

– Voyons voir si tu le reconnais, Michael.

Jim, une lueur suspecte dans les yeux, mit le morceau, et j'ai immédiatement reconnu la meilleure chanson que j'aie jamais écrite, enregistrée sur un disque souple et passée trois fois sur Thames Valley FM.

– N'est-ce pas *There's No-one Quite Like Grandma* [1] ? demanda Paul, plein d'espoir, et Simon et Jim se roulèrent par terre en poussant des hurlements hystériques.

– Pas aussi classieux que ça, dit Jim.

– Ce ne serait pas les Minipops, par hasard ? demanda-t-il.

– Non, ce ne sont pas eux, dis-je, indigné. C'est *Hot City Metal*, par Micky A. C'est passé trois fois sur Thames Valley FM. A l'époque, ça innovait vachement, insistai-je.

Essayant de ne pas paraître trop blessé, j'ai remis mon précieux disque souple dans

1. « Personne ne vaut Grand-Mère. »

sa pochette et je suis allé me chercher du lait tandis que Jim continuait le jeu avec des morceaux plus conventionnels.

Comme je retraversais le salon en direction de mon studio, Jim passa une autre chanson. Il y a eu quelques secondes de silence avant que la musique commence. Légèrement curieux de voir si je pourrais l'identifier, mon pas s'est ralenti. Un grattement de guitare assez doux a commencé ; la première mesure était en do, la seconde en mi mineur, et elles se répétaient indéfiniment. J'ai aussitôt reconnu la chanson. C'était une intro si évidente et si connue que chacun aurait dû la trouver immédiatement. Et c'est pour ça que j'étais furieux : pendant un moment, je n'ai pas réussi à dire à quel morceau elle appartenait.

– Oh, oh, oh, c'est, hum. Mon Dieu, c'est tellement connu. Hum, un mégatube des années soixante-dix. C'est les Stones ou un truc comme ça, non ?

– Peut-être que oui, peut-être que non, dit Jim, sadique.

– Remets-le, psalmodiai-je, un pied dans l'autre pièce, comme si je me prouvais à moi-même que je ne restais pas vraiment.

Il dirigea la télécommande sur la chaîne, la guitare s'évanouit de nouveau à travers l'intro familière, tandis que la tête chercheuse de mon cerveau tournait pour essayer de trouver l'endroit où j'avais stocké le reste de la chanson. Mais quel bazar là-dedans ! Je n'y trouvais jamais rien.

– Oh, c'est tellement évident, dit Simon, sans m'apporter aucun secours.

– Allez, dit Paul.

Tous les deux avaient déjà trouvé le morceau. Ce passage était uniquement à mon intention.

Ça recommençait, *do/do/do/do/mi/mi/mi/mi*, et alors, juste au moment où la réponse, tel un supplice de Tantale, était à ma portée, Jim arrêta à nouveau le morceau. Je plaidai devant mes interrogateurs.

– Je le sais, je le sais. C'est, on dirait, Neil Young ou quelqu'un comme ça, non ? suggérai-je.

Ça a provoqué un rire délicieusement moqueur de la part des trois autres. Expert en psychologie humaine comme je l'étais, j'en ai déduit que ce n'était pas Neil Young, ni même Crosby, Stills et Nash.

– Donnez-moi un indice.

Ils se sont regardés, ils ont hoché la tête et Simon a pris la parole.

– C'est la première chanson à être jamais devenue numéro un lors d'une seconde sortie.

C'était un indice tellement gros qu'il ne pouvait que faire empirer les choses. Des informations comme celle-là sont conservées dans un bureau qui n'est pas dans le même secteur que celui où sont stockées les mélodies. En fait, c'est juste à l'autre bout de la ville. C'est à deux bus d'ici. Maintenant j'étais plus loin que jamais de reconnaître la chanson parce que j'avais fait un grand détour, essayant de me rappeler un détail particulier des petites histoires de la pop. J'avais été très près de compléter l'intro dans ma tête, mais maintenant les seules paroles que je parvenais à mettre sur la mélodie étaient le couplet obsessionnel suivant :

« Ceci est la première chanson
A sortir une deuxième fois et à devenir
numéro un. »

Ça ne faisait pas tilt.

– Oh, mon Dieu, quelle torture. J'y crois pas. Cette chanson, je connais que ça.

Je gémissais maintenant, assis sur une chaise dans le salon, la tête dans les mains, ayant renoncé à travailler. « Tum-te-tum-te-tum-te-tum tum tum tum-te tum-te-tum-te-tum », ne cessais-je de psalmodier. Mais j'avais beau remonter cet escalier musical, je retombais à chaque fois, toujours au même endroit, comme si je n'avais plus rien sous les pieds.

– C'était une suite de la chanson enregistrée onze ans après l'original qui a aussi été numéro un, dit Simon.

– Chhhuut, chhuutt, chhuut. J'y étais presque. C'était en train de venir, et maintenant, je l'ai à nouveau perdu. Zut !

Puis j'ai réfléchi à ce que Simon venait de dire.

– Une suite ? A une chanson ? Mon Dieu, qu'est-ce que ça veut dire ?

– Et c'est tiré d'un album qui porte le même titre.

– Un premier album, persifla Paul.

J'ai senti la réponse m'échapper de nouveau.

Tel un saumon qui a avalé la mouche, j'étais ballotté au bout de la ligne, jusqu'à l'épuisement. Ils m'avaient ferré, et maintenant ils en profitaient au maximum. Quand j'ai compris ça, j'ai décidé de me libérer et, réunissant toutes les forces de ma volonté, je me suis levé et j'ai déclaré : « Oh, c'est ridicule, de toute façon je m'en fous. » Et je suis parti brusquement dans le couloir en direction de mon studio pour oublier tout ça. Trois secondes et demie plus tard je suis revenu dans le salon.

– OK. Juste encore une fois, dis-je.

« Je m'appelle Michael Adams, et je suis un trivialcoolique. Dans certaines situations sociales, je ne peux résister à l'envie de donner la bonne réponse. »

Dans mon groupe de soutien imaginaire, les autres trivialcooliques sont assis en rond, approuvant de la tête et souriant en signe de sympathie tandis que je raconte mes expériences.

« Il n'y a rien de plus excitant. C'est comme une jouissance mentale en miniature, un petit orgasme cérébral. Mais je sais qu'un seul n'est jamais suffisant, qu'il m'en faudra un autre et encore un autre, et avant que je m'en rende compte, tout mon argent sera passé dans des livres-tests sur le rock, et j'aurai perdu tous mes amis après une énorme dispute suite à l'imprécision d'une de leurs questions. J'essaie d'arrêter, j'essaie vraiment, mais c'est difficile, parce que dans n'importe quelle rue il y a un pub, et je me dis que je vais y entrer pour un petit test de pub rapide, et je finis par y passer la nuit. Maintenant, je me force à rester à la maison et à regarder la télévision, mais sur chaque chaîne il y a *University Challenge*, ou *Qui veut devenir millionnaire* ? et je n'arrive pas à croire que le concurrent ne sache pas quelle ligne est en rose sur le plan du métro de Londres. »

« Hammersmith-City. » La réponse échappe à l'un des trivialcooliques, incapable de se retenir, et sa thérapie est prolongée de six mois.

La partie de Joue l'Intro s'est changée en match nocturne très difficile. J'ai fini par trouver le morceau que je cherchais quand, après avoir essayé mille clefs différentes, la musique a fini par ouvrir la serrure du casier mémoire où j'avais stocké les premières mesures. « *Space Oddity*, par David Bowie », déclarai-je, épuisé, sous les applaudissements condescendants de mes compagnons. Mais l'attente avait été si grande que je ne ressentais qu'une vague impression de vide et de déception. Le seul remède possible, c'était de trouver plus rapidement la chanson suivante.

Je ne suis revenu dans mon studio que plusieurs heures plus tard, et je n'ai pas terminé mon morceau avant une heure du matin. J'ai éteint mon ordinateur, regardé ma montre et constaté que j'avais raté le dernier métro. Si j'avais eu un peu de liquide, j'aurais pris un taxi, mais j'en étais déjà réduit à piquer les pourboires qui traînaient sur les tables pour payer le livreur de pizzas. J'ai laissé sur le portable de Catherine un message qui consistait en un petit visage triste composé des signes de ponctuation appropriés. Puis, craignant que le premier ne soit considéré comme ironique, je lui ai laissé un autre message, disant que d'habitude je ne faisais rien d'aussi nunuche que de laisser des visages tristes ou heureux sur les écrans des portables des gens. Et le temps de finir tout ça, j'aurais pu aussi bien faire à pied les dix kilomètres séparant Londres de Kentish Town.

La nuit de Catherine n'aurait pas été très différente de bien d'autres, mais pour moi la routine avait changé. Maintenant, je me sentais déçu et idiot, comme si j'avais passé la soirée à mettre des pièces dans une machine à sous et m'étais éloigné les poches vides, me demandant pourquoi je me sentais aussi insatisfait. Je me suis couché et, après un dernier regard à la photo de Catherine et des enfants que j'avais récemment installée sur ma table de nuit, j'ai éteint la lumière. Puis je suis resté allongé à essayer de comprendre comment la promesse de rentrer à temps pour les voir avait pu se transformer en un message d'excuses.

Mes compagnons étaient comme les jeux sur mon ordinateur : tant qu'ils seraient là, je serais incapable de résister à la tentation. Suitc à ma décision de cesser de perdre mon temps, j'avais récemment viré de mon ordinateur le Démineur, Tetris, le Solitaire, et tous les autres jeux. Maintenant, à chaque fois que j'avais un blocage, je passais deux fois plus de temps à recharger les jeux sur mon disque dur avant de jouer et à les en ôter de nouveau jusqu'à la prochaine fois. Pourquoi étais-je si faible ? Pourquoi étais-je incapable de résister à la tentation de diversions insouciantes ? Pourquoi, quand j'arrivais à la fin d'un Démineur, arrêtais-je de me concentrer et me faisais-je exploser ?

Je me sentais comme un homme qui a une liaison, sauf que ce n'était pas une liaison avec une femme plus jeune, mais une liaison avec une version plus jeune de moi-même. Exactement de la même façon que certains hommes, après leur mariage, reprennent contact avec d'anciennes petites amies, j'avais rencontré de nouveau le Michael Adams de vingt ans et des poussières. Il me faisait me sentir de nouveau jeune ; il comprenait tous mes problèmes. Et on avait encore tellement en commun : on aimait faire les mêmes choses. Il n'y a que lorsque je mentionnais ma femme et mes enfants qu'il se mettait sur la défensive. Il ne voulait pas en entendre parler, il avait toujours secrètement espéré passer en premier dans ma vie, incarner mon futur. Comme toute liaison, celle-ci était rapidement devenue trop compliquée. Maintenant j'essayais de rompre, mais c'était allé trop loin. J'essayais de dire à la version irresponsable, insouciante, de moi-même : « Je veux te garder comme ami », ou : « Est-ce qu'on ne pourrait pas juste se voir de temps en temps », mais il ne lâchait pas si facilement. Je lui disais que j'avais apprécié tout le temps qu'on avait passé ensemble, que lorsque Michael-le-jeune et moi nous étions amusés, j'avais été aussi détendu et insouciant qu'il était possible de l'être, mais que je ne pouvais plus supporter cette culpabilité. Je ne pouvais plus supporter les secrets et les mensonges, je ne pouvais dissimuler plus longtemps.

Je me suis levé et j'ai allumé. J'ai commencé à écrire tout ça : comment je mentais à Catherine, et ce depuis des années ; comment je m'étais senti mis à l'écart quand les bébés étaient arrivés ; comment j'avais eu soudain l'impression de tenir la chandelle dans une histoire d'amour entre Catherine et ses enfants. Au début, ces notes n'étaient destinées qu'à moi-même, mais plus j'écrivais, plus j'avais envie de les partager avec quelqu'un, et pour finir ma confession s'est terminée en lettre ouverte à mon père. Je n'avais jamais abordé avec papa de sujets personnels : je n'avais jamais eu avec lui ce genre de relation. Mais je n'avais ce genre de relation avec personne d'autre non plus, alors c'était peut-être une tentative pour en créer une. Au moins, je pouvais être sûr que, quoi qu'il arrive, il serait à mes côtés. Quand on a une liaison, quel meilleur confident que celui qui en a eu une lui aussi ?

J'ai repensé à l'époque où maman et papa s'étaient séparés. J'étais si jeune, et je crois qu'une grande partie de mes souvenirs avait été créée après coup dans mon esprit. Ces souvenirs étaient maintenant remasterisés en digital. Mais j'avais une image très nette de maman et papa se disputant, et une autre de papa sautant dans sa voiture et éraflant dans sa précipitation le montant de la barrière. Et je savais que ce n'était pas la manière normale de sortir de chez soi. J'avais des souvenirs plus précis des années qui avaient suivi le divorce, quand je passais tendu d'une main froide à l'autre, tel un espion échangé à un poste frontière de l'Allemagne de l'Est. Pendant des années, j'avais passé la semaine avec ma mère et les week-ends avec mon père, faisant de la musique et tuant le temps dans l'antre sans âme d'un célibataire. Je me suis aperçu qu'il s'agissait d'une double vie que j'étais parfaitement parvenu à reproduire en tant qu'adulte.

Maman disait que tout ce qu'elle voulait, c'est que je sois heureux, puis elle éclatait en sanglots devant moi, ce qui n'était pas le meilleur moyen pour parvenir à son but. Au bout de quelques années elle a eu un petit ami régulier, un dénommé Keith, qui restait dormir. Maman et Keith avaient mis au point un petit manège : en fin d'après-midi, tous deux faisaient le tour du jardin, et ils feignaient de s'intéresser aux fleurs qu'elle avait plantées. Puis elle lui préparait à dîner, et Keith restait pour la nuit. Je me demande s'il portait cette cravate stupide aussi sous son pyjama. Ils allaient se coucher en même temps, puis ils se levaient au bout d'à peu près vingt minutes et passaient pas mal de temps aux toilettes. J'étais allongé dans mon lit, les entendant traverser le palier et tirer la chasse plusieurs fois de suite. Je me demandais si, par hasard, Keith n'avait pas de toilettes chez lui, car à chaque fois qu'il était chez nous, il semblait passer un temps considérable dans les nôtres.

Ce n'est que plus tard que j'ai compris qu'ils venaient de faire l'amour, et que j'ai été complètement horrifié à l'idée que ma mère faisait l'amour. Lorsqu'on m'a expliqué que mes parents avaient dû avoir des rapports sexuels pour me concevoir, je me souviens d'avoir été dégoûté et d'avoir souhaité que ce n'eût pas été nécessaire.

– Mais alors, tu n'existerais pas, m'avait répondu mon copain.

– Parfait. Je préfère cette option.

Au bout d'un an, la chasse d'eau a moins résonné, mais son bruit a été remplacé par celui de maman et Keith se crêpant le chignon. On me mettait toujours tôt au lit, parce que maman et Keith avaient hâte de se retrouver seuls pour se disputer un peu.

Comme je n'avais que huit ans, je ne me rendais pas vraiment compte que j'étais perturbé par une nouvelle série de cris et de pleurs dans ma maison, mais je suppose que ce n'était pas une conduite normale que de me mettre debout chaque nuit au pied de mon lit et de faire pipi contre le mur. Chaque nuit au même endroit. Je ne sais pas ce qui me poussait à faire ça. Ce n'est pas comme si les toilettes avaient encore été constamment occupées. Maman fit venir des maçons, des plombiers, des plâtriers – aucun d'eux ne parvint jamais à comprendre pourquoi le papier se décollait, pourquoi le plâtre s'effritait, pourquoi le tapis moisissait. Je me souviens d'avoir eu peur que l'un d'eux comprenne. J'imaginais le maçon aspirer l'air à travers ses dents, et secouer la tête : « Ooh, mon Dieu. Non, ce n'est pas moisi à cause de l'humidité ou à cause d'une fêlure dans la soupape d'alimentation de la chaudière. Non, c'est le classique appel au secours d'un enfant de huit ans traumatisé par le divorce de ses parents. Je pourrais aller chercher ma nana pour y jeter un œil, mais vous avez besoin d'un vrai psychologue pour enfants, et ma nana a autre chose à faire. »

J'ai décidé de ne pas raconter ça dans ma lettre à papa parce que je ne voulais pas qu'il pense que j'essayais de le rendre responsable, même si j'aurais vraiment aimé qu'il se sente un peu coupable d'être parti quand j'avais cinq ans. Un temps, je lui en avais voulu d'avoir quitté maman, mais maintenant je ne réglais plus ma vision des gens sur ce que pensait ma mère.

Keith a fini par trouver quelqu'un d'autre chez qui tirer la chasse d'eau. Après ça, maman n'a plus eu de liaison avec qui que ce soit. Après ça, j'ai été son homme. C'est moi qui faisais le plein quand on s'arrêtait à la station d'essence. Et le week-end, je jouais obligeamment le rôle d'un mari de substitution, faisant avec elle les boutiques de prêt-à-porter, haussant les épaules avec indifférence quand elle émergeait des cabines d'essayage dans des robes avec lesquelles elle était toujours aussi mal fagotée. J'avais dû grandir rapidement. C'est peut-être pour cette raison que je m'étais organisé une deuxième jeunesse alors que j'avais la trentaine. J'ai fini par quitter la maison et aller à la fac, et soudain maman a rencontré et épousé un homme venu d'Irlande du Nord. Je crois que pendant la dernière année de sa vie elle a été heureuse. Elle m'a invité au mariage parce que, dit-elle, ça me ferait peut-être plaisir de le rencontrer, ce qui était attentionné de sa part. Je ne peux pas dire que je l'appréciais énormément. Ses poignées de main étaient trop fortes, il me regardait trop dans les yeux, il prononçait trop souvent mon nom lorsqu'il s'adressait à moi. Mais ça n'a pas empêché maman de s'installer à Belfast avec lui. J'aimerais avoir fait l'effort d'aller la voir là-bas, mais je n'y suis jamais allé. Et six mois plus tard, alors qu'elle se promenait dans le centre-ville, elle a été renversée et tuée par une voiture folle. Et ce fut terminé. Maintenant, à la place où elle devrait être, il y a un grand espace vide. Dans un magasin, assise dans un fauteuil, debout dans une queue d'autobus. Il y a un espace vide qui a la forme d'une personne, à l'endroit où elle devrait se trouver maintenant si elle ne s'était pas mise sur le passage de cette voiture.

Le fait de parler de la mort d'une personne aimée est censé être une thérapie importante au cours du processus de deuil. Pas dans mon cas. Quand je disais à mes copains de fac que ma mère avait été tuée à Belfast, ils disaient tous : « Par une bombe ? »

Je continuais à fixer solennellement le sol, et j'expliquais : « Non. Par une voiture. »

– Ah, je vois.

Il y avait un nouveau silence.

– Une voiture piégée ?

– Non. Juste une voiture.

– Pardon. C'est horrible. Elle n'avait pas donné de renseignements sur l'IRA, ou une chose comme ça ?

– Non, bien sûr que non. C'était un accident. C'est juste qu'il conduisait trop vite.

– Ah. Un terroriste en fuite, c'est ça ?

– Non, c'était juste un accident de voiture normal. Ni une voiture piégée, ni un terroriste en fuite, ni une exécution par l'IRA. C'était juste un banal accident de la route. Ça arrive aussi à Belfast.

Chaque personne à qui j'en parlais y allait de sa petite phrase compatissante, et je disais « Merci beaucoup », puis il y avait une pause embarrassée, jusqu'à ce que la personne sente qu'il lui fallait dire quelque chose pour meubler le silence. « Tu as dû redouter un truc comme ça, quand elle est partie vivre en Irlande du Nord. »

« Non », disais-je sèchement. Visiblement, tout le monde pensait que maman l'avait bien cherché. Je veux dire, s'installer à Belfast, c'est vraiment chercher à se faire écraser par un vieillard de soixante-quinze ans, non ? A l'enterrement, une de ses cousines a dit à haute voix : « Je lui avais bien dit qu'elle se ferait tuer si elle s'installait à Belfast ! » J'ai fini par la rembarrer en hurlant : « Nom de Dieu ! Elle s'est fait écraser. Par un vieillard en voiture. Ça arrive à Belfast. Ça arrive à Londres. Ça arrive même à Reykjavik ! » Et quelqu'un dit : « D'accord, Michael. Ça peut arriver n'importe où ! » Et quelqu'un d'autre a passé un bras autour de la cousine de maman, en disant : « Bien sûr, Belfast, c'est une ville dangereuse ! »

Rien de tel qu'un enterrement pour faire resurgir ce qu'il y a de pire dans une famille.

Peut-être que si elle vivait encore, c'est à elle que j'aurais raconté mes problèmes, parce qu'il est certain que, quand j'ai posté cette lettre, je n'avais aucune idée de la façon dont mon père y réagirait. Je lui racontais tout ce qui s'était passé depuis que les enfants étaient arrivés. Comment j'avais passé des jours et des jours à enregistrer des compilations dans ma chambre pendant que Catherine affrontait seule les années les plus dures de la vie de parent. Comment Catherine avait pensé que je travaillais seize heures par jour alors qu'en réalité j'avais fait des batailles navales à poil avec de magnifiques jeunes filles, et des barbecues arrosés à Clapham Common. Comment j'avais essayé de tout avoir – l'amour d'une famille et la liberté d'un célibataire, la responsabilité des enfants et la libre prodigalité de la jeunesse. Quand j'ai eu terminé, j'en avais rempli des pages – un déversement franc et émouvant que mon père trouverait probablement aussi intéressant que je trouvais, moi, les nouvelles qu'il me donnait de la voiture de Brian. Quoi qu'il en soit, le lendemain matin, j'ai posté la lettre.

Ça m'a soulagé de m'être vidé le cœur. Au moment de poster la lettre, j'ai eu le sentiment que je faisais vraiment ce qu'il fallait faire. Je n'avais d'autre choix que de m'en convaincre – le facteur a refusé de me rendre la lettre quand il est venu relever le courrier une heure et demie plus tard.

Maintenant que j'avais partagé mon secret avec quelqu'un, j'avais l'impression qu'un énorme poids avait été ôté de mes épaules. Soudain, tout se trouvait cristallisé. On ne peut pas mettre fin à une liaison et continuer à voir sa vieille maîtresse. Papa avait essayé de le faire avec Janet la laborantine et avait fini par s'installer avec elle. J'avais promis à Catherine que je serais à la maison le soir précédent, mais j'avais fini par glander une fois de plus. Le seul chemin pour m'en sortir m'apparaissait maintenant évident : il fallait que je quitte l'appartement. Ma double vie était terminée. J'installerais mon matériel d'enregistrement dans le grenier, ou dans le hangar, ou dans notre chambre : peu importait, mais je ne pouvais pas continuer comme ça.

Les choses se passèrent différemment, et je n'ai jamais vraiment discuté avec papa de la révélation énorme que je lui avais faite. Je suppose que l'acte thérapeutique de l'écrire et de la poster avait suffi et, en ce sens, la lettre avait déjà rempli son office. Le temps que je parle de nouveau à papa, ce qu'il pensait de tout ça ne me semblait plus très important. Parce que lorsque Catherine lut la lettre, sa réaction éclipsa tout le reste.

8

N'écoute que toi

– Michael, ça te dirait d'avoir ton disque dans le hit-parade ?

Je construisais une tour en cubes pour Millie quand Hugo m'a appelé sur mon portable. La sonnerie du téléphone me fit sortir de ma catalepsie, et je me rendis compte que ça faisait déjà un moment que Millie était partie et que, depuis quelques minutes, je jouais tout seul avec des petits cubes.

– Mon disque à moi ? demandai-je en me levant.

– Ouais. Avec ton nom dessus, et tout ça. Au sommet des hit-parades. Ça te dirait ?

Il s'agissait visiblement d'une ruse destinée à me convaincre de faire pour lui un boulot merdique et mal payé. Une voix prudente, au fond de ma tête, me conseilla de répondre que ça ne m'intéressait pas particulièrement.

– Eh bien, ça m'intéresserait beaucoup, répondis-je. Mais, heum, en quel sens s'agirait-il de mon disque ?

Hugo se mit à m'expliquer les choses et il eut beau feindre l'enthousiasme, il ne parvint pas à me convaincre que ce projet serait mon *Sergeant Pepper* personnel. Grâce à l'un des contacts divers qu'il avait à Soho, Hugo faisait un CD de compilation intitulé *Les Classiques de la pub*. Les morceaux de musique classique favoris de chacun – c'est-à-dire ceux qui avaient été entendus dans des publicités télévisées – maintenant disponibles sur un seul album.

– Et j'ai tout de suite pensé à toi, Michael. Tu adores tous ces machins classiques, non ?

– Je suis quasiment sûr que ça a déjà été fait, Hugo.

– En tout cas, pas au cours des dix-huit derniers mois. Et maintenant qu'il y a la technologie pour recréer tous ces foutus orchestres, avec tes équipements sophistiqués, on n'a pas à casquer une fortune pour se payer une bande de violonistes ridicules en queue-de-pie.

– Eh bien, si c'est comme ça que tu vois les choses, je suis vraiment flatté que tu me veuilles à bord.

J'ai essayé de garder une attitude dédaigneuse, mais Hugo avait décidé que j'étais l'homme de la situation.

– Il faut que ce soit toi, Michael. Tu es l'homme qui as collé la mélodie tum-te-tum sur la pub pour le thé en poudre instantané.

C'était vrai. C'était bien moi l'homme qui avait fait que la *Marche des esclaves hébreux* de Verdi devienne synonyme de « Thé instantané, c'est tous les jours l'été ». Lorsque Classique FM avait demandé à ses auditeurs de choisir leurs cent morceaux préférés de tous les temps, j'avais été plutôt choqué de voir que la *Marche des esclaves hébreux* de Verdi faisait pour la première fois son entrée dans le hit-parade, à la neuvième place. S'il n'y avait pas eu le thé en poudre instantané, je doute qu'elle ait jamais atteint une des cent premières places.

Ce serait donc ça, mon succès d'enregistrement comme musicien. On ne trouverait pas mes propres compositions sur le CD. Mais ce seraient mes arrangements pour synthé de Beethoven, de Brahms, de Berlioz. La table des matières comprendrait le nom du compositeur, le titre du morceau, et la marque de petites culottes pour lesquelles il avait servi de pub. Je ne pouvais m'empêcher d'avoir la vague impression que mes rêves s'étaient trouvés compromis depuis que j'avais quitté la fac de musique.

– Pourquoi tu ne fais pas une compilation de toutes les ouvertures classiques jouées par des téléphones portables ?

– Ce n'est pas une mauvaise idée. On pourrait faire ça ensuite.

On a discuté des morceaux auxquels ils songeaient, et j'ai essayé d'expliquer à Hugo qu'aucune technologie ne pouvait recréer de façon juste le son d'un orchestre. Ça ne l'ébranla pas.

– Ajoutes-y juste un peu d'écho, un truc comme ça.

– On peut faire ça, mais ça sonnera comme de la merde.

– Ouais, mais les gens qui achèteront ça ne sont pas capables de se rendre compte que ça sonne comme de la merde.

J'ai dit à Hugo qu'il était l'être le plus cynique que j'aie jamais rencontré, et il s'est montré sincèrement flatté. En ne refusant pas d'effectuer ce boulot, je me suis rendu compte que, en un certain sens, je semblais en avoir approuvé le projet. *Les Classiques de la pub* serait un CD de compil remixé, une série de petits morceaux de musique orchestrale produits au rabais, à l'attention des gens qui ne veulent pas se coltiner une symphonie complète. Tout ça me mettait vaguement mal à l'aise, mais je me suis assis pour essayer de trouver quels vieux refrains constitueraient la liste. Il y aurait, extrait de *Une nuit sur le Mont-Chauve*, le fameux « Vol du Pistolet à Peinture Black et Decker », de Rimski-Korsakov. Il y aurait le « Jupiter » de la suite *Planètes* de Holst – plus connu comme étant le thème de la pub pour le Parapluie Dulux. Il y avait la pub de Hovis, connue parfois sous l'appellation de *Symphonie du Nouveau Monde*. Anton Dvorak avait écrit cette pièce en hommage aux États-Unis. Je pense que le fait d'en mettre dix secondes dans une pub télévisée en dit plus sur les procédés américains que la symphonie aurait jamais pu le faire. Il y avait la « Danse des jeunes cygnes », extraite du *Lac des cygnes*, dans laquelle Tchaïkovski avait façonné ses émotions pour tenter d'exprimer la commodité, le parfum délicieux et la complète absence de calories de la Soupe Mince pour Célibataires. Et il y avait, bien entendu, la *Symphonie pour la Margarine Blue Band*, de Beethoven.

En un quart d'heure, j'avais griffonné une liste de vingt ou trente morceaux rendus célèbres par leurs passages répétés lors de pubs télévisées. Catherine avait entendu le coup de téléphone et, bien qu'elle fût allongée sur le sol comme une baleine échouée, dans une tentative désespérée pour trouver une position confortable, elle essaya de voir ce que j'écrivais. Ça me gênait de lui parler de ce projet, mais elle comprit mes hésitations.

– Ne le fais pas, alors, si tu trouves ça écœurant.

– En fait, j'ai promis de le faire.

– Eh bien rappelle-le et dis-lui que tu as changé d'avis.

– On voit bien que tu ne connais pas Hugo. Je viens de raccrocher après qu'on s'est mis d'accord pour un double CD.

Ma faiblesse face à des gens comme Hugo irritait Catherine. Elle me dit que je devrais savoir me défendre. N'ayant pas le courage de discuter avec elle, je lui dis humblement que c'était ce que je ferais la prochaine fois.

– J'ai une idée pour gagner de l'argent, annonça-t-elle soudain. Un roman compilation.

– Quoi ?

– Eh bien, si on peut acheter des CD avec tous les morceaux les plus connus de la musique classique, quelqu'un devrait publier un roman compilation.

Catherine était plus littéraire que moi. Tous les mois elle participait à un groupe de lecture, où une demi-douzaine de femmes se réunissaient pour parler cinq minutes de *La Mandoline du capitaine Corelli* et passer les trois heures restantes à débiner leurs maris.

– Je ne comprends pas, dis-je. Comment peut-on faire un roman compilation ?

Elle s'éclaircit la voix pour me lire ce à quoi elle travaillait.

– L'action commence à Casterbridge, dans le Wessex. Un matin, le maire se réveille et se rend compte qu'il s'est transformé en scarabée. Alors Mrs Bennett décide qu'il n'est plus un mari convenable pour sa fille Molly Bloom, donc elle s'échappe du grenier où Rochester la tenait prisonnière et met le feu à Manderley. « Horreur, horreur ! » s'exclame Heathcliff tandis que la baleine blanche attire la Petite Nell au milieu des vagues, vers une mort tragique, et que Tom Jones reste assis tout seul dans le jardin des Tours de Barchester, sachant qu'il a remporté une victoire sur lui-même. Il aimait Big Brother.

J'ai pouffé de rire à l'idée grotesque qu'avait eue Catherine et j'ai fait semblant de comprendre toutes les allusions. Quelque chose en moi, cependant, me disait que, vu mon absence totale de culture littéraire, ça ne me gênerait pas de lire ça.

– Vite, vite ! dit-elle en me posant la main sur sa protubérance. Là. Tu as senti ?

– Non, dis-je. Tu n'es pas vraiment enceinte, c'est ça ?

– Oh, tu m'as démasquée ! Non, c'est juste que j'ai mangé des tonnes et des tonnes de gâteaux à la crème.

On a ri tous les deux et j'ai dit : « Waou ! C'en était un gros ! » Parfois, quand Catherine riait, le bébé donnait de petits coups de pied approbateurs pour montrer que lui aussi ça le faisait rire. Je regardais le talon ou le coude du bébé faire onduler son ventre tendu, comme Moby Dick juste sous la surface de la mer. Catherine en était maintenant à la moitié de sa grossesse. Un nouvel être prenait forme. Dans quelques mois, je serais père biologique pour la troisième fois, mais d'une certaine façon je ne me sentais pas encore un père complètement formé. La naissance de notre enfant serait longue et douloureuse. Je ne voyais pas pourquoi ma propre mutation se ferait plus facilement.

Le bébé donna alors une petite secousse visible à l'avant du ventre de Catherine. La sagesse populaire dit qu'il y a alors plus de probabilités pour que le bébé soit un garçon. Les traditions populaires et les marchandes de poisson ont trouvé des tas de trucs pour déterminer le sexe d'un enfant à naître : la forme de la bosse, les envies de la mère en matière culinaire et, bien entendu, le test de l'alliance. La mère s'allonge sur le dos, et on agite son alliance, accrochée à un fil de coton, au-dessus de sa matrice. Si elle oscille doucement, c'est une fille ; si elle virevolte, c'est un garçon. L'alliance de Catherine virevoltait et oscillait tour à tour, et j'ai passé une semaine à m'inquiéter à l'idée que notre nouveau bébé puisse ressembler, en grandissant, à la femme de l'ordinateur de Simon.

Le ventre d'une femme enceinte doit être beaucoup plus gros que celui de Catherine si elle veut être assurée de se voir proposer une place assise dans le métro, mais jusqu'à maintenant aucune femme n'a été enceinte de vingt-deux mois. Catherine deviendrait vraiment énorme aux alentours de Noël, et alors les hommes assis dans le métro n'auraient pas d'autre solution que de tenir leurs journaux tout contre leur visage pour qu'elle ne puisse pas croiser leur regard. C'est du moins ce qu'ils s'imaginaient. Mais Catherine étant Catherine, elle risquerait un œil par-dessus le haut de leur journal, et dirait : « Vous êtes bien, assis comme ça ? Vous ne seriez pas mieux avec vos pieds sur mon ventre ? »

Je pense que c'est par gêne que certains hommes renoncent à proposer leur siège – l'idée de parler dans le métro à quelqu'un de parfaitement inconnu, à une personne du sexe opposé, qui plus est, à qui on s'adresse spécialement en raison de son état gynécologique : c'est assez pour faire se ratatiner et disparaître sous terre l'Anglais moyen. J'ai exposé cette thèse à Catherine, elle l'a écoutée avec attention, a hoché la tête, puis a proposé sa propre analyse, mûrement réfléchie : « Tu ne crois pas que ça pourrait plutôt venir de ce que les mâles sont tous des salauds égoïstes ? » Catherine ne comprenait pas vraiment le concept de gêne, mais j'imagine qu'une fois qu'on s'est retrouvée nue, les jambes dans des étriers, avec un groupe d'étudiants en médecine qui vous regardent depuis l'extrémité du lit, il en faut beaucoup pour vous faire rougir.

Elle passa encore une heure assise par terre devant la télé, et je lui frottai le bas du dos, qui était douloureux depuis quelques semaines. Alfie se réveilla, et quoiqu'il fût trop tôt pour son repas, je l'ai descendu et lui ai quand même donné son biberon. A chaque succion, Alfie semblait étonné, comme si, après la goulée précédente de lait chaud, la dernière chose à laquelle il se fût attendu était une autre goulée de lait chaud. Il commençait à s'endormir, alors je lui ai tapoté la plante des pieds et il a recommencé à téter avec plus de ferveur. Catherine a souri, dit que j'avais fini par apprendre le truc, et le bébé à l'intérieur d'elle a donné un autre petit coup de pied.

Millie avait dû s'éveiller, remarquer que le berceau de son frère était vide, et décider qu'il lui manquait quelque chose, car elle est soudain apparue sur le seuil, déclarant qu'elle avait mal aux cheveux. Contre tout bon sens, on l'a gardée au salon avec nous. On s'est pelotonnés tous les quatre sur le canapé, et on a regardé la première séquence du *Roi Lion*. Quand Rafiki a soulevé le bébé lion nouveau-né devant les animaux, et qu'ils se sont réjouis, qu'ils se sont inclinés, qu'ils ont souri, j'ai eu du mal à ne pas fondre en larmes, et j'ai déguisé ça en un rire hystérique, serrant Millie tellement fort qu'elle a dit « Aïe ! ».

J'ai remis les enfants au lit et j'ai remonté le mobile qui jouait une version grêle de la *Berceuse* de Brahms, la chanson officielle de toutes les nurseries du pays, choisie pour sa popularité universelle, sa douce mélodie mais surtout parce que ses droits de reproduction ont expiré il y deux siècles. J'ai caressé la tête de Millie, qui s'endormait. C'était pour des instants comme celui-ci que j'étais revenu à la maison. J'ai songé à tous ces hommes, aux cours prénataux si enthousiastes et pleins de bonnes intentions. Combien d'entre eux accepteraient-ils de devenir des étrangers dans leur propre famille ? Combien rechercheraient le respect dans leur travail pour compenser la soudaine baisse de leur statut à la maison ? On était à moitié sortis des temps obscurs, et maintenant les hommes assistaient à la naissance de leurs enfants, mais combien de ces hommes seraient là pour assister à la *vie* de leurs enfants ? Maintenant que j'avais décidé de changer de mode d'existence, je me sentais soudain comme un père de famille militant, semblable à l'un de ces croisés antitabac d'autant plus virulents qu'ils fumaient soixante cigarettes par jour avant d'arrêter. Comment se fait-il que tant d'hommes se préoccupent à ce point de leur travail, ou s'intéressent tous au sport, mais attachent moins d'importance à l'idée d'être de bons pères ?

Les yeux de Millie ont fini par se fermer, et le mobile a bredouillé avant de s'arrêter. Je savais que ça serait dur pour moi de parvenir à passer plus de temps à la maison, mais l'autre choix n'était pas supportable. Il n'était pas possible que je profite de la compagnie de mes enfants tout en ayant un emploi du temps différent du leur. Je ne pouvais pas surveiller un bébé et un nourrisson, et essayer en même temps d'accorder ma guitare acoustique. S'asseoir, se faire un sandwich, aller aux toilettes – ce sont des luxes dont il faut s'abstenir. Il faut renoncer à son temps à soi et s'immerger dans tout ce qu'ils font. Il faut y aller tête baissée. On ne peut pas emmener nager de petits enfants et ne pas nager soi-même. Cette analogie s'applique à votre vie entière une fois que les enfants sont arrivés. L'eau peut être froide, et on n'en a peut-être pas envie, mais il faut sauter quand même.

– Ils dorment, dis-je en revenant dans le salon.

Catherine ne répondit pas et je m'aperçus qu'elle aussi dormait. Ce soir, je m'étais senti plus à l'aise avec elle, maintenant que je ne me censurais plus. Je n'avais plus qu'à régler le côté pratique de mon départ de l'appartement, et mes jours de duplicité seraient derrière moi. Je ne lui avais pas dit que j'allais arriver brutalement à la maison avec une camionnette remplie d'un équipement et l'entasser dans notre intérieur déjà surchargé : si je l'avais fait, elle serait parvenue à m'en dissuader. De toute façon, on pourrait en mettre une grande partie dans le grenier. Les cassettes de démos de mes chansons pourraient prendre la poussière à côté du carton qui contenait mes dessins d'enfant : ce n'était que des souvenirs de ma jeunesse. Je dirais à Catherine que j'en avais marre d'être loin d'elle et des enfants, et que j'avais décidé de renoncer à mon studio et de travailler à la maison. Ce qui était plutôt bizarre, parce que c'était presque vrai.

Deux matins plus tard, je conduisais nerveusement une grosse camionnette de location dans les rues encombrées de Londres et, après un créneau exécuté de main de maître, je l'ai garée devant l'appartement. Je laisserais la chaîne jusqu'au dernier moment, de façon à pouvoir écouter de la musique en travaillant. J'ai choisi *21st. Century Schizoid Man* de King Krimson et *La Force du destin* de Verdi. Je fredonnais en fourrant mes vêtements dans des cartons.

C'était marrant de voir à quel point les jeans usés et les bombers de ma garde-robe de célibataire contrastaient avec les cardigans et les pantoufles que je portais à la maison. Une chose dont je ne me serais jamais douté avant, c'était la façon complètement différente dont le monde extérieur me percevait dans mes deux rôles. Quand je promenais une double poussette sur les trottoirs, les vieilles dames me souriaient et je leur rendais gentiment leur sourire, mais quand je descendais la rue, tout seul, j'oubliais que je n'exhibais plus mon passeport pour l'intégration sociale, et si je souriais inconsciemment à une dame qui passait, elle détournait les yeux comme pour dire : « Comment osez-vous me sourire, espèce de satyre. »

Il y avait au-dessus de mon armoire une énorme pile de revues musicales. J'ai jeté un dernier regard à vingt ans de vieux numéros soigneusement conservés du *New Musical Express*, puis je les ai entassés dans des sacs-poubelle. J'ai feuilleté quelques interviews des héros de mon enfance – des punks hargneux qui crachaient des idées nihilistes de No Future et d'anarchie, attitudes que moi-même j'avais, un temps, adoptées. Je ferais mieux de jeter tous ces journaux au dépôt de recyclage du papier, pensai-je.

Maintenant j'étais un papa, j'avais des enfants. Ils faisaient assez de désordre sans que j'introduise dans la maison tout ce passé sans valeur. J'avais tenté de me reprojeter dans mes vingt ans, mais je savais maintenant qu'il n'y avait pas moyen d'y retourner véritablement. Quelques semaines plus tôt, on jouait au foot sur la pelouse quand une nounou du tonnerre était passée près de nous avec un enfant en bas âge. Tous les gars s'étaient arrêtés de jouer et l'avaient regardée.

– Mignonne, dit Jim.

– Je crois que c'est un garçon, avais-je précisé, remarquant les jeans Baby Gap du petit garçon.

Je n'étais plus un jeune homme. C'était comme si j'avais essayé de paraître cool en conduisant une Lotus Elan avec un autocollant « Bébé à bord » sur la vitre arrière.

J'ai emballé les affaires et les gadgets qui s'entassaient sur l'étagère : un vieil agenda électronique (sans piles), un couteau suisse tout rouillé, un chargeur compatible uniquement avec une console de jeux que j'avais remplacée il y a des siècles – tous les jouets d'enfant et les détritus en plastique noir que, en bon adolescent de plus de trente ans, j'avais accumulés au fil des ans. Ça ne m'a pris qu'une heure pour emballer tous mes CD et mes livres, ce qui m'a laissé le reste de l'après-midi pour démêler les dix kilomètres de spaghettis en plastique que vomissait l'arrière de mon clavier, de ma table de mixage et de ma chaîne. J'ai fini par charger mon matériel musical. Ça m'a rappelé le temps où je jouais dans des orchestres, et où je pensais que tous ces amplis et ces claviers péniblement hissés dans des camionnettes accoucheraient un jour d'un disquc qui serait numéro un au hit-parade. Je me suis consolé en me disant que le jour où *Les Classiques de la pub* serait disque de platine, je pourrais l'encadrer et l'accrocher au-dessus de la cheminée. A moins que la place d'honneur sur le mur des toilettes ne soit plus appropriée.

J'ai fini de nettoyer ma chambre, j'ai remis aussi bruyamment que possible le seau plein de produits d'entretien sous l'évier et replacé l'aspirateur à sa place, en bas du placard, avec fracas, mais aucun de mes compagnons n'a levé les yeux. Il n'y avait plus rien à faire. C'était fini. Le moment était venu de dire adieu à mes années de jeunesse.

Jim était assis à la table, incapable d'entrer des numéros dans son portable, tandis que Paul trépignait, mourant d'envie de suggérer à Jim de lire le mode d'emploi. Simon était avachi devant la télé à regarder non stop une cassette montrant des buts. Ce n'était pas la cassette d'un grand match de foot, durant lequel un but est une chose précieuse et importante, mais une compilation d'un tas de buts différents, tous sortis de leur contexte et privés de la moindre signification. C'était l'équivalent sportif des *Classiques de la pub*.

– Eh bien, ça y est, dis-je avec une gravité ostensiblement railleuse, seule façon de dissimuler le fait que je ressentais véritablement la gravité de l'instant.

Bon, d'accord, ces types n'étaient pas mes frères de sang, mais ils auraient pu faire un petit effort au moment de se dire au revoir. Les hommes n'ont jamais été très forts pour les adieux pleins d'effusions.

– Ouais, salut, ont dit Simon et Paul.

Je suis resté là, mal à l'aise, pendant quelques secondes. Quand je repensais à quelques-uns des bons moments que j'avais passés ici, je me sentais triste, presque au bord des larmes, mais les autres semblaient indifférents, pas émus pour deux sous. Bien entendu, pour l'instant, ils n'avaient pas d'enfants. Leurs émotions étaient encore sous emballage.

– Oh, un dernier truc, dit Simon.

– Oui ? dis-je, plein d'espoir.

– Quel est le seul club de foot qui ne contienne pas de lettre qui puisse être coloriée ?

– Quoi ?

– Quand tu colories des lettres – quand tu remplis les « o » et les « a », par exemple – dans les journaux. Eh bien, quel est le seul club de la Ligue, anglais ou écossais, dont le nom ne contienne aucune lettre qu'on puisse colorier ?

– Simon, c'est la question la plus dépourvue d'intérêt que j'aie jamais entendue.

J'ai marqué une pause, et me suis entendu dire :

– C'est quel club ?

– Cherche.

– Non, c'est idiot. Je ne vais pas perdre mon temps et mon énergie à réfléchir à ça.

– OK. Bon, eh ben, à plus.

Et il s'est à nouveau concentré sur sa cassette.

– Mais, juste pour information, c'est quelle équipe ?

– Je croyais que tu avais dit que tu t'en fichais.

– C'est vrai, je m'en fiche. C'est un point sans intérêt. Et tellement typique du niveau des conversations dans cet appartement. Des heures et des heures perdues à parler de choses totalement dénuées d'importance. Alors, Simon, je t'en prie, dis-nous quelle équipe a un nom dont aucune des lettres ne puisse être coloriée ?

– Tu finiras par le trouver.

– Je pensais juste que tu pourrais me le dire.

Simon leva les yeux avec un sourire blasé.

– Non.

Il y eut un silence.

– Bon, je ferais mieux d'y aller, dis-je en me dirigeant vers la porte.

– Ouais. A plus, grommelèrent-ils.

– Ah, j'ai trouvé, dis-je.

– Super.

– Est-ce que je peux juste vérifier que je pense au même club que toi ?

– Bien sûr. Tu penses à quel club ? demanda Simon, sachant que je n'avais pas la moindre idée de la réponse.

– Oh, allez, lequel c'est ?

– C'est sans importance, dit-il sans lever les yeux de la télé.

– QPR, laissai-je maladroitement échapper, sans réfléchir vraiment.

– Pas mal. Sauf que tu peux colorier le Q le P et le R.

– Ah ouais, c'est vrai.

Je me suis assis à la table de la cuisine, et j'ai commencé à épeler les noms de clubs de foot obscurs, pour m'entendre dire qu'on pouvait colorier le « B » de Bury, et le « a » et le « e » de East Fife. Quelques bières plus tard, Monica est arrivée, et quand elle a entendu dire que c'était ma dernière soirée dans l'appartement, elle a passé quelques coups de fil, et tous les potes qui avaient prévu d'aller en boîte ont débarqué chez nous avec des bouteilles de vin et des boîtes de bière. Monica organisa spontanément la fête d'adieu dont j'aurais secrètement aimé que mes compagnons me fissent la surprise.

Vers les neuf heures, il y avait dans l'appartement à peu près quarante personnes, qui buvaient du vin rouge bon marché dans des tasses à café et sautillaient sur des chansons que j'aurais dû reconnaître. Lorsque je parlais à des gens, c'était sympa. Ils disaient : « Oh, c'est toi le mec qui part. Ben, merci pour la fête. » D'une certaine façon, cette fête d'adieu a marqué ma vie d'une pierre blanche. Elle a été la barmitsvah de ma paternité. La soirée a été dominée par une pensée unique. Non par

« Est-ce que ce que je fais est bien ? » ni par « Vais-je être heureux ? » mais, malheureusement, par « Quel est le club de la Ligue de foot, anglais ou écossais, dont le nom ne contient aucune lettre qui peut être coloriée ? » Je n'arrivais pas à me sortir ça de la tête, je voulais l'oublier, mais j'étais piégé. C'était ma soirée, j'étais le centre de l'attention, mais il m'était impossible de m'amuser vraiment parce que, lorsque quelqu'un me parlait, je faisais seulement semblant d'écouter tandis que mon esprit passait au crible des douzaines de clubs de foot de divisions inférieures.

– Alors, tu vas t'installer où ?

– Fulham, dis-je, ravi.

– A Fulham, hein ?

– Oh, non, pas Fulham.

– Pourquoi pas ?

– Eh bien, on peut colorier le « a » non ?

A neuf heures je dansais avec timidité, et deux bières plus tard un peu moins timidement. Puis j'ai trouvé : le truc, c'était de penser en lettres majuscules. C'était un soulagement d'être débarrassé de ça. J'ai sauté sur Simon, tout fier de moi.

– Exeter City, annonçai-je d'un air suffisant.

– On peut colorier les « e ».

– Oui, c'est vrai, mais pas si c'est écrit en majuscules.

– Exact, mais si c'est en majuscules, alors tu peux colorier le « R ».

Je me suis tu un instant, et j'ai réfléchi à ça. « D'accord, Exeter City écrit en majuscules, sauf la lettre “ r ”, écrite en minuscules. Attends, je vais trouver ce... », et je me suis éloigné, marmonnant tout bas des noms de clubs écossais de deuxième division.

La fête continuait, et Kate est arrivée avec son nouveau petit ami, ce qui, de façon inexplicable, m’a rendu jaloux. Tout en sachant que je ne pourrais jamais avoir d’histoire avec elle, je crois que, inconsciemment, j’espérais qu’elle resterait éternellement célibataire, juste au cas où il m’arriverait de changer d’avis. Et je n’aimais pas la façon dont Jim s’occupait d’elle. S’il ne m’était pas permis de lui être infidèle, alors ce n’était permis à personne. J’ai à peine parlé à Simon et à Jim de toute la soirée. Je n’avais toujours pas dit à mes compagnons que j’étais marié. J’avais élaboré une histoire toute faite pour expliquer mon déménagement et pour dire où j’allais, mais aucun d’eux n’avait même pris la peine de me le demander.

Un peu plus tard dans la soirée, Paul m’a vu tout seul dans un coin, et s’est approché de moi avec deux bouteilles de bière fraîche. Il m’en a tendu une.

– Alors, tu restes cette nuit ?

– Ben non, maintenant la camionnette est chargée. Il vaudrait mieux que ce soit ma dernière bière.

– Tu n’as pas l’intention de rester pour nous aider à tout ranger ?

– Paul, je suis désolé, je n’ai pas prévu de rester et de ranger, mais c’est souvent comme ça quand on organise des fêtes-surprise.

– Ce n'est pas ce que je voulais dire. Désolé.

Je voyais bien qu'il avait déjà pas mal bu. Il semblait sur le point de dire quelque chose qui lui pesait.

– Michael, je sais pourquoi tu n'a jamais ramené de nana à l'appartement.

Paul n'était pas au courant de ma nuit avec Kate, mais je n'allais pas commencer à me vanter d'une mythique nuit de passion alors que Kate en personne n'était qu'à quelques mètres.

– Ah bon, je n'en ai jamais ramené ? dis-je, tout en faisant semblant de me creuser la cervelle pour trouver un contre-exemple.

– Allez, ça va. Tu es resté trois ans ici. Tu passais plein de nuits dehors, mais tu n'as jamais ramené une seule nana à l'appartement. Je sais pourquoi.

Ça m'intéressait d'apprendre au dernier moment que mon secret avait pu être révélé. Je voulais en savoir plus.

– Oh, je vois, dis-je. Est-ce que quelqu'un t'en a parlé, ou c'est juste une supposition ?

– C'est une évidence.

– Je vois. Oui, je suppose qu'il n'y a pas moyen de nier que je suis, eh bien, que je suis différent de vous tous.

– Pas si différent que ça, Mike. Pas différent de moi, en tout cas, ajouta-t-il, énigmatique.

– Tu ne veux pas dire que tu as aussi une double vie ?

– Si. Si, j'ai une double vie.

Il semblait enchanté de pouvoir partager ce secret avec moi.

– Sacré nom de Dieu ! Tu es vraiment quelqu'un de mystérieux, Paul !

– Ouais, mais je ne crois pas que je puisse garder le secret plus longtemps.

– Ouais, je vois ce que tu veux dire.

– Je pensais juste te le dire à toi en premier, parce que je savais que tu comprendrais. Moi aussi, je suis homosexuel.

– Quoi ?

– Je suis homosexuel, moi aussi. Et je crois que tu ressens pour moi exactement ce que je ressens pour toi.

– Non, non, non, Paul. Je ne suis pas homosexuel, moi.

– N'essaie pas de te renfermer maintenant, murmura-t-il alors que le brouhaha de la fête continuait autour de nous. Si je peux te dire mon secret, tu peux en faire autant.

– Je ne suis pas homosexuel, répétai-je.

– Tu viens juste de dire que tu ne pouvais pas garder ça secret plus longtemps.

– Il s'agissait d'autre chose.

– Oh, évidemment. De quoi, par exemple ?

– Eh bien, si ça ne te dérange pas, je préférerais ne pas en parler.

– Michael, ce n'est pas grave d'être homosexuel.

– Bien sûr que non. Ce n'est pas grave d'être homosexuel. Je trouve même que c'est super d'être homosexuel.

– Voilà, c'est bien, tu y arrives.

– Mais il se trouve juste que je ne le suis pas.

– Tu es encore dans la dénégation, Michael.

– Je ne suis pas dans la dénégation. Je nie juste le fait que je sois homosexuel.

– Je te dirai tout si tu me dis tout.

– Je ne peux rien te dire, parce que je suis pas un putain de pédé, OK ?

Les certitudes de Paul concernant ma prétendue homosexualité avaient éclipsé le plus important : il m'avait dévoilé le secret de son existence, à savoir que non seulement il était homosexuel, mais qu'en plus il en pinçait pour *moi*. Soudain, tout devenait clair – toutes les fois où il avait espéré que je serais là pour les repas qu'il avait préparés, toutes ses bouderies. Il s'était conduit comme une petite amie plaquée. Persuadé que l'apparente absence de femme dans ma vie était due aux mêmes raisons que pour lui, il avait laissé cette idée saugrenue s'enraciner au plus profond de lui, et refusait que je détruise ses illusions. Je me demandais comment il était possible de se tromper à ce point. Puis je me suis rappelé que j'avais toujours cru que Catherine était heureuse à la maison.

Je lui ai dit que j'étais ravi qu'il ait finalement décidé de tout dire, et me suis excusé s'il était arrivé que l'atmosphère de l'appartement ait pu être homophobe.

– Non. Jim et Simon faisaient des vannes débiles, mais tu les reprenais toujours. C'est à ce moment-là que j'ai commencé à comprendre.

– Ce n'est pas parce que je *ne suis pas* homophobe que je *suis* homosexuel.

– Michael, je t'aime, et je crois que tu m'aimes, si seulement tu arrivais à regarder les choses en face.

– Oublie-moi. Va faire des avances à Simon. Il faut qu'il fasse l'amour avec une créature vivante avant d'arriver à trente ans.

Et j'ai montré Simon qui échouait à séduire une fille en lui décrivant certains de ses sites Internet préférés, espérant contre tout espoir qu'une chose amènerait l'autre. Mais Paul n'était pas découragé.

– Écoute, je connais quelques homosexuels. Ils m'ont donné la force de tout dire. Ils peuvent t'aider eux aussi. Je leur ai tout raconté sur toi.

C'était trop, et j'ai perdu patience.

– QU'EST-CE QUI TE DONNE LE DROIT DE RACONTER À TOUT LE MONDE QUE JE SUIS HOMOSEXUEL ?

Le silence s'est aussitôt fait dans la pièce à cette annonce, et toutes les têtes se sont tournées vers moi, en quête d'une explication. Ils étaient tous bouche bée. Le livreur de pizzas a posé sa bière et déclaré qu'il ferait mieux de rentrer au magasin.

– Tout s'explique, dit Kate à voix haute.

– Je ne suis pas homosexuel. Je disais juste, euh, à Paul, ici, qu'il ne devrait pas raconter aux gens que je suis homosexuel. Même si, euh, c'est ce qu'il croit.

Personne n'avait l'air très convaincu.

– C'est bon, Michael. Il n'y a rien de mal à être homosexuel, dit une voix encourageante venue du fond de la pièce.

– Je sais qu'il n'y a rien de mal à ça.

– C'est déjà ça ! cria quelqu'un d'autre.

– Alors c'est une double fête ! hurla Monica. Il s'en va et déballe tout !

Tout le monde a applaudi, et un petit plaisantin a mis *YMCA* sur la chaîne. Mes protestations solitaires ont été noyées lorsque tout le monde s'est mis à danser et à chanter sur Village People. Ils avaient mis le disque spécialement pour moi et trouvaient que ce n'était vraiment pas fair-play de ma part de ne pas danser, si bien que, pour finir, j'ai dansé, et chacun a pris ça comme une confirmation définitive de mon homosexualité. On m'a fait de la place sur la piste et on m'a encouragé et applaudi comme si je m'étais soudain déchargé d'un pesant secret. J'ai regardé Paul, debout dans le coin. Il fredonnait les paroles de la chanson mais n'était pas encore suffisamment libéré pour danser sur un vieux classique homosexuel. Un peu plus tard, j'ai vu Simon, l'air plutôt surpris, offensé par une proposition que lui faisait un Paul complètement bourré.

Kate s'est approchée de moi et m'a dit qu'il ne lui était jamais venu à l'esprit que « l'autre personne » pour laquelle je me réservais était un homme. Elle comprenait maintenant pourquoi je ne voulais pas coucher avec elle. Je crois que ça la rassurait. Je ne me sentais pas la force de réitérer mes dénégations, aussi je me suis contenté de la remercier d'être si compréhensive et j'ai souri. Je ne reverrais sans doute jamais aucune de ces personnes, alors s'ils avaient décidé que j'étais homosexuel, pourquoi pas ?

Après deux heures d'une sobriété volontaire, j'en ai eu assez de les voir s'enfoncer dans l'ivresse. J'ai dit au revoir à quelques-uns, mais maintenant chacun avait oublié la raison première de la fête, et je ne me suis donc pas senti trop goujat de m'éclipser discrètement. J'ai traversé Londres dans ma camionnette de location et me suis rapidement retrouvé sur Waterloo Bridge, cette vieille frontière qui séparait mes deux existences. J'ai regardé le fleuve, et contemplé les scintillements de Canary Wharf et de la City à l'est, du Parlement et du London Eye à l'ouest. Puis je me suis dirigé vers Aldwych, passant devant des corps recroquevillés dans des embrasures de porte ou recouverts de carton. Londres était exactement comme ma vie. De loin, ça paraissait super. Ce n'est qu'en s'approchant qu'on se rendait compte du merdier que c'était.

J'ai fini par me retrouver devant ma maison. Il était trop tard pour décharger maintenant. La camionnette avait une alarme et deux cadenas à l'arrière, si bien que je me sentais assez rassuré pour laisser tout en l'état jusqu'au matin. Je me suis glissé doucement dans le corridor et j'ai fermé silencieusement la porte derrière moi. La maison était sombre et calme. Depuis l'arrivée des enfants, Catherine avait le sommeil si léger que je me suis surpris à marcher sur la pointe des pieds en essayant de ne pas respirer trop bruyamment.

Il y avait une cassette vidéo placée en évidence sur la table de la cuisine, ce qui voulait dire que Catherine avait pensé à enregistrer mon émission favorite. Je préfère que ça ne se sache pas, mais rien ne m'amuse plus que des vidéos amateurs de labradors glissant en skate-board dans des piscines, ou des nourrissons coincés dans la cuvette des toilettes. Notre propre caméra était installée sur son trépied ; visiblement ça avait inspiré Catherine et elle avait filmé nos propres enfants. J'ai sorti une bière du frigidaire et me suis installé dans le salon, devant la télévision, avec le son réglé de façon presque inaudible, pour rire un bon coup en voyant les mésaventures des autres. Le premier clip montrait des scènes bidonnées de façon assez évidente, où des gens faisaient semblant de ne pas regarder où ils mettaient les pieds, avançant tout habillés vers une rivière, mais leurs efforts leur rapporteraient cinquante mille balles, ce qui suffisait pour s'acheter une nouvelle caméra, alors, bonne chance. Puis il y eut une séquence montrant des enfants à la franchise embarrassante – un petit garçon disant à une monitrice obèse « Tu es une gros cochonne grasse ». Puis, quand on lui faisait la leçon, il montrait la monitrice avec un regard où l'on lisait combien il était injuste de nier une vérité si évidente, et ajoutait : « Mais c'est *vrai*... »

Puis il y eut un somptueux mariage religieux. On demanda au fiancé s'il voulait prendre cette femme comme épouse, et il dit que oui. On demanda ensuite à la fiancée si elle voulait prendre cet homme. Elle paraissait légèrement nerveuse et les mots avaient du mal à sortir. Elle va s'évanouir, pensai-je. C'est couru. Je me trompais. A cet instant, cinq rangs derrière, un homme de l'assemblée a fait un bond avec son walkman et, les bras en l'air, il a hurlé : « BUT ! » J'ai tellement ri que j'ai cru que j'allais réveiller toute la rue, et pas seulement Catherine. J'ai rembobiné la cassette et regardé de nouveau cette séquence. J'ai ri presque autant la seconde fois. Fantastique. J'adorais cette émission. Le présentateur aimait lui aussi beaucoup cette séquence, mais il a promis que la suivante serait encore plus drôle. Eh bien, ça doit être vraiment bon, pensai-je, et j'ai pris une autre bonne gorgée de bière. Puis l'image est devenue noire, et j'ai pensé « Zut, elle a foiré l'enregistrement ».

Mais ce n'était pas le cas. Le visage furieux de Catherine est soudain apparu sur l'écran. « Espèce de fumier ! hurla-t-elle à l'écran. Espèce de salaud, menteur, égoïste, lâche, bon à rien, putain de menteur ! Tu veux vivre éloigné de moi et des enfants ! Tu veux avoir ton “ propre espace ”. Eh bien tu l'as, tête de pine ! Va te faire mettre ! »

J'ai couru à l'étage. Notre lit était vide. La chambre des enfants était vide. Son côté de l'armoire était vide. Quelques jouets et la plus grande partie des vêtements d'enfants avaient également disparu. Il régnait dans notre chambre l'ordre aseptisé d'une chambre d'hôtel. Je suis resté là, à regarder autour de moi, hébété. Mon esprit était en chute libre. Puis, sans prévenir, j'ai trouvé Hull City. La réponse à la question de Simon, c'était Hull City. Et ma femme était partie et avait emmené les enfants avec elle. Mon mariage était en ruine. Hull City. Bien sûr.

l'océan. « Espèce de fumier ! m'a-t-elle crié. Espèce de salaud menteur, égoïste, lâche, bon à rien, putain de tricheur ! Tu veux vivre éloigné de moi et des enfants ! Tu veux avoir ton " propre espace ". Eh bien, tu l'as, tête de pute ! Va te faire mettre ! »

J'ai couru à l'étage. Notre lit était vide. La chambre des enfants était vide. Son côté de l'armoire était vide. Quelques jouets et la plus grande partie des vêtements d'enfants avaient également disparu. Il régnait dans notre chambre l'atmosphère désertée d'une chambre d'hôtel. Je suis resté là, à regarder autour de moi, hébété. Mon esprit était en chute libre. Puis, sans prévenir, j'ai trouvé Hull City. La réponse à la question de Simon, c'était Hull City. Et ma femme était partie et avait emmené les enfants avec elle. Mon mariage était en ruine. Hull City. Bien sûr.

9

Où veux-tu aller aujourd'hui ?

– Et voilà la chambre des enfants, dis-je à mon père qui enjambait les peluches laissées par Catherine pour jeter un œil dans la chambre déserte de Millie et d'Alfie.

– Très joli, dit-il. J'aime bien tous ces nuages peints au plafond. C'est toi qui as fait ça ?

– Euh, non, c'est, heu, Catherine.

– Oh.

– Voilà où dormait Millie, et voilà où dormait Alfie.

– Je vois, oui. Et qui est-ce, sur l'édredon ?

– Sur la couette ? Eh bien, c'est Barbie, dis-je, incrédule.

J'avais vécu dans une maison où Barbie était une icône encore plus révérée que la Vierge Marie au Vatican. C'était déconcertant de découvrir des gens qui n'avaient jamais entendu parler d'elle.

– Et, hum, là, c'est Ken.

– Est-ce que Ken est le mari de Barbie ?

– Eh bien, je ne crois pas qu'ils soient mariés. Ken est juste son petit ami. Ou peut-être est-il son fiancé. Je n'en suis pas certain.

Il y eut dans l'air un silence embarrassé.

– En fait, ils sortent ensemble depuis près de trente ans, maintenant. Alors si Ken n'a pas encore soulevé la question, elle devrait commencer à se faire du souci.

Et j'ai émis un petit rire nerveux, mais papa ne semblait pas se rendre compte que c'était une plaisanterie. Peut-être que la question du mariage n'était pas le meilleur sujet de plaisanterie pour l'instant. On est restés là un moment, et papa a fait un effort pour paraître intéressé par la chambre d'enfants.

– Je n'ai touché à rien depuis que Catherine a claqué la porte, dis-je avec une expression d'auto-apitoiement presque affecté.

Papa a réfléchi à ça.

– Je croyais que tu n'étais pas là quand elle est partie.

Rien de tel qu'un parent âgé pour se focaliser sur le détail qui ne cadre pas.

– D'accord. Depuis qu'elle a franchi le seuil de cette maison, alors.

– Et où tu étais, quand elle a franchi le seuil ?

– Je chargeais mes affaires pour revenir ici.

Il y a eu un silence pensif. Quelque chose le gênait, mais ce n'était pas le désastre qui s'était abattu sur le mariage de son fils.

– Alors comment a-t-elle fait, sans voiture ?

– Quoi ?

– Comment a-t-elle fait, si c'est toi qui avais la voiture ?

J'ai soupiré d'un air excédé pour essayer de lui faire comprendre que ce n'était vraiment pas important, et j'ai dit, les dents serrées :

– Je ne me servais pas de la voiture. J'avais loué une camionnette.

– Je vois.

Et il a réfléchi à ça un instant.

– Parce que tu savais qu'elle aurait besoin de la voiture pour emmener les enfants et toutes ses affaires chez sa mère ?

– Non, bien sûr que non, je ne le savais pas. Sinon j'aurais essayé de l'en empêcher.

– Alors, pourquoi est-ce que tu n'a pas pris ta voiture pour enlever tes affaires de l'appartement ? On peut rentrer beaucoup de choses dans une Astra, non ? Surtout dans le coffre.

– Écoute, ça n'a aucune importance. Il y avait pas mal de choses. Il aurait fallu que je fasse deux voyages.

Il s'est tu un moment et on est passés dans l'autre chambre. Je me suis trouvé légèrement gêné quand je me suis rendu compte à quel point la décoration était féminine : la couette fleurie ; le napperon brodé sur la commode. Ça semblait tellement déplacé, maintenant que je dormais là tout seul.

– Et alors, c'est très cher de louer une camionnette ?

– Quoi ?

– C'est cher, de louer une camionnette pour déménager ?

– Oh, je ne sais pas. Oui, ça coûte un million de livres. Papa, ce n'est vraiment pas important, cette histoire de camionnette.

– Tu ne la loues plus, non, pour te balader maintenant que Catherine a pris la voiture ?

– Non, je ne loue plus cette putain de camionnette.

Mais je regrettais de ne plus la louer, j'aurais pu écraser mon père avec. Mon irritation était exacerbée par le fait que je ne pouvais m'empêcher d'en vouloir à papa. Pour tout dire, papa avait récemment quitté son amie pour une femme plus jeune. Jocelyne était très remontée. Ça doit être dur de se faire larguer à cinquante-neuf ans, surtout quand c'est parce qu'on n'en a pas plus de cinquante-quatre. Dans sa colère, elle a fait suivre à Catherine ma lettre-confession détaillée, pour qu'elle sache que les hommes de la famille Adams étaient volages.

C'est peut-être pour ça que papa semblait éviter ce sujet. Quand je lui avais téléphoné pour l'inviter, je lui avais demandé s'il avait lu la lettre.

– Oh oui, bien sûr, répondit-il vivement.

– Et alors, tu en penses quoi ?

Il n'a pas hésité une seconde.

– Ton écriture s'est beaucoup améliorée, n'est-ce pas ?

Mais il fallait que je sache comment Jocelyne avait eu la lettre en main. Est-ce qu'elle avait fouillé dans ses poches, ouvert son secrétaire ? Je m'apprêtais à le lui demander quand il a dit :

– C'est dommage que tu ne m'aies pas invité quelques semaines plus tôt. J'aurais bien aimé voir Catherine et les enfants.

Oui, quel dommage, pensai-je. Quel dommage pour toi que ma femme et mes enfants m'aient quitté. Quel dommage. Pauvre papa, pauvre papa.

– Oui, enfin, c'est dommage que Jocelyne ait lu la lettre que je t'ai écrite, parce que sinon Catherine et les enfants seraient encore là.

– Ah ! C'est vrai ! Bien, vu ! dit-il, comme si je venais de marquer un point sans importance dans un débat à l'école.

– Alors, elle a fouillé dans tes poches, ou quoi ?

– Que veux-tu dire ?

– Jocelyne. Comment est-ce qu'elle a pu lire ma lettre ?

Il y eut un silence pendant lequel papa commença à sentir qu'il avait peut-être fait une chose qu'il n'aurait pas dû faire.

– Non, je, euh, je la lui ai montrée.

– Tu as QUOI ?

– J'ai eu tort ?

– Tu lui as montré une lettre privée et explosive de ton fils, et ensuite tu l'as larguée ?

Il a semblé perplexe, et la rangée fanée de cheveux transplantés au sommet de son crâne a bougé légèrement tandis qu'il fronçait les sourcils.

– Que signifie « larguer » ? demanda-t-il.

– C'est ce que je suis, grâce à toi. Largué, plaqué, jeté.

– Eh bien, je te trouve un peu injuste. Je veux dire, c'est toi qui as menti à ta femme, pas moi.

A ce point de la conversation, toute une rangée de fusibles a sauté à l'intérieur de ma tête.

– Au moins, je n'ai pas quitté mon fils de cinq ans pour me tirer avec une laborantine.

– Ce n'est pas juste, Michael. C'était plus compliqué que ça...

– J'ai cru que j'avais fait quelque chose de terrible pour être abandonné tout d'un coup. J'ai pensé que c'était ma faute.

– Ta mère et moi étions tous les deux fautifs.

– Ah ouais, c'est la faute de maman. Bien sûr que c'est sa faute. C'est à elle qu'il faut faire des reproches. Ce n'est pas comme si elle était là pour se défendre, hein ?

– Je suis juste en train de dire qu'il y a un tas de choses que tu ne sais pas.

– Eh bien, je sais au moins une chose : elle serait toujours en vie si tu ne l'avais pas quittée, parce qu'elle n'aurait jamais déménagé à Belfast pour s'installer avec cette tête de nœud. Donc c'est de ta faute si elle s'est fait écraser.

– Allons, Michael, ce n'est pas moi qui conduisais la voiture, non ?

– Ça aurait aussi bien pu être toi ! hurlai-je.

Au fond de mon cerveau, une petite voix disait « Qu'est-ce que tu racontes, Michael ? Tu dis n'importe quoi ». Mais je n'étais pas d'humeur à retirer ce que je venais de dire.

– Tu nous as quittés, maman et moi, pour une femme qui t'a quitté, et tu as trouvé une autre femme, et puis une autre, et puis une autre. Et maintenant que te reste-t-il de tout ça ? Un fils raté et des implants ridicules qui donnent l'impression qu'on a semé une rangée de graines de moutarde sur ta grosse tête chauve et luisante !

Je savais que je venais d'appuyer sur le bouton nucléaire. On pouvait l'accuser d'être un mauvais père, d'avoir gâché mon enfance, et même d'avoir indirectement causé la mort de maman, mais personne ne parlait jamais de ses implants. On savait qu'il ne fallait pas le faire. Il y eut un bref instant de silence tandis que papa, impassible, me fixait droit dans les yeux, puis il s'est levé, a enfilé son manteau, pris son chapeau, et il est sorti.

Vingt minutes plus tard, je mangeais la tarte surgelée du Bon Berger, achetée au supermarché, et que j'avais mise au four pour tous les deux. Je l'ai partagée en deux et j'ai mangé ma part, puis j'ai mangé aussi ce qui restait. Ensuite je me suis rappelé pourquoi, au départ, j'avais invité papa à venir à Londres. J'avais prévu de lui faire visiter la maison, de lui préparer à manger, de lui expliquer la situation à propos de l'hypothèque, et de lui demander si par hasard il ne pouvait pas me prêter une somme assez importante.

J'étais choqué par ce que je m'étais entendu lui dire, et par le degré d'amertume qui couvait en moi depuis si longtemps. Pourquoi ne pouvais-je pas avoir un père comme ceux qu'on voyait dans les publicités ? Dans le spot Gillette que j'avais fredonné un million de fois, le père et son fils vont pêcher ensemble, quelque part en Amérique, et le père aide le fils à prendre un saumon. Ils ont l'air bien ensemble, à l'aise, il est très bien rasé, et quelqu'un chante : « La perfection au masculin. » Ce père-là ne serait jamais parti avec une laborantine du nom de Janet. Il n'aurait jamais choisi mon père pour la pub de Gillette. Mais à ce moment-là, il me semble qu'il avait une barbe.

Bien sûr, quand il était enfant, mon père n'avait pas eu de père lui non plus. Ni, la plupart du temps, de mère. Le 1er septembre 1939, on l'avait mis dans un train pour le pays de Galles, et il n'avait pas revu son père avant la fin de la guerre. J'ai songé que si papa n'avait pas été évacué, il aurait eu un père pour lui servir de modèle, ce qui peut-être l'aurait incité à rester afin d'être un modèle pour moi, ce qui aurait fait de moi un meilleur père et empêché Catherine de me quitter. Et voilà, on y était, tout était de la faute d'Adolf Hitler. Je doute que tout ça lui ait traversé l'esprit quand il a envahi la Pologne.

Cette nuit-là, je suis resté allongé sur le canapé à regarder la télé, et à un moment donné j'ai eu suffisamment faim pour aller voir si la pizza répugnante que je m'étais fait livrer avait l'air plus comestible une fois froide. Ce n'était pas le cas, mais je l'ai mangée quand même. La télécommande à la main, j'ai zappé sur les chaînes du câble, regardant trois films à la fois. Trevor Howard embrassait Celia Johnson qui montait dans le compartiment, puis le train s'écrasait dans la rivière Kwai. Ensuite Celia a couché ses enfants pendant que Jack Nicholson défonçait la porte à coups de hache.

Voilà encore que j'essaie de regarder plusieurs histoires à la fois, sans prendre plaisir à aucune. Je me sentais en empathie avec le Jack Nicholson de *Shining*; vivant dans cette maison, me gelant parfois, gardant la place jusqu'au retour des autres, perdant de plus en plus la tête tandis que j'essayais de travailler sans y parvenir. Je ne crois pas que j'étais un aussi mauvais mari que lui. Je n'avais jamais essayé de massacrer ma femme et mes enfants à coups de hache, par exemple, mais je ne pense pas que Catherine y aurait vu un point en ma faveur.

Ça faisait maintenant plusieurs semaines que je vivais seul dans une maison polarisée sur les enfants. Le mobile frissonnait toujours mollement sous la brise et le balancier en forme d'oiseau bleu oscillait toujours hystériquement d'avant en arrière sous la pendule arc-en-ciel. Mais ces mouvements isolés ne faisaient que souligner le manque de vie et le silence mystérieux d'une chambre d'enfants sans enfants. Je ne voulais rien changer ; tout était prêt pour eux quand ils auraient envie de revenir. Il fallait encore que j'ouvre la barrière de bébé si je voulais descendre, que j'ôte les sécurités pour enfants si je voulais ouvrir les tiroirs. Le seul changement que j'avais effectué avait été de mélanger les lettres magnétiques de couleur sur la porte du frigidaire, les lettres avec lesquelles, à hauteur d'homme, Catherine avait écrit « fumier ». Je me suis demandé combien de temps elle avait cherché un « F » majuscule, avant de se contenter, à la place, d'un « 7 » à l'envers ? J'étais le gardien d'une maison familiale modèle – avec des meubles tout prêts pour que ma femme et mes enfants s'y installent le jour où ça leur plairait. Il y avait tout ce dont ils pouvaient avoir besoin, toutes les précautions étaient prises pour que nos précieux bouts de chou soient à l'abri du danger, hormis d'un accident secondaire, la séparation de leurs parents, bien sûr. Dire que nous avions traîné les enfants dans tous ces magasins, acheté des prises de sécurité, des obturateurs de magnétoscope, des cadenas pour enfants, des barrières pour bébés et un cadre pour empêcher Millie de rouler hors de son lit, mais qu'on n'avait rien vu, en rayon, pour empêcher le divorce vers lequel nous nous précipitions tête baissée ! OK, les enfants grandiront sans père, et maman finira pauvre et amère, mais au moins les petits ne dégringoleront pas les trois marches qui mènent à la cuisine, et c'est l'essentiel !

Je voulais qu'ils reviennent. Je voulais tellement qu'ils reviennent que je me sentais vidé, engourdi, malade. J'avais été chez ses parents et j'avais supplié Catherine de revenir à la maison, mais elle refusait de me parler, parce que j'étais un sac à merde égoïste, parce que j'avais trahi sa confiance et parce qu'il était trois heures et demie du matin. La seule chose qui ponctuait mes longues semaines solitaires, c'était mes rencontres avec les enfants, rencontres accordées froidement par Catherine. On se retrouvait une fois par semaine aux balançoires de Hyde Park, alors que le vent arrachait aux arbres leurs toutes dernières feuilles. On restait silencieux, à regarder jouer les enfants, et le silence était si oppressant que je criais parfois des trucs du genre : « Non, pas sur le grand toboggan, Millie ! » et alors Catherine disait : « C'est bon, Millie, tu peux aller sur le grand toboggan si tu en as envie ! » Et même si c'était Millie qu'elle regardait, c'était à moi qu'elle s'adressait. Ces quelques heures par semaine étaient censées être des heures agréables passées avec les enfants, mais je n'ai jamais réussi à voir ce qu'il y avait d'agréable là-dedans. Je passais avec eux une heure tendue, embarrassée, et je savais qu'ensuite il me fallait rentrer de nouveau seul à la maison.

Voilà que ma double vie recommençait à nouveau. De longues journées passées tout seul, libre de faire tout ce dont j'avais envie, et ensuite de brefs moments avec ma femme et ma famille.

Catherine était assez maligne pour me le faire remarquer.

– C'est ce que tu voulais, non ? Nous voir de temps en temps, et avoir ton propre espace le reste du temps. Tu peux encore les voir et jouer avec eux, mais tu n'as plus à te forcer pour la partie ingrate du travail. La seule différence, c'est que maintenant tu as un lit plus grand pour y passer toute la journée.

– Ce n'est pas juste, dis-je, et j'essayais de trouver une raison pour laquelle ce n'était pas juste.

Vu de l'extérieur, on aurait pu croire que mon existence était semblable à celle que j'avais avant. La différence était que je pensais m'être organisé une vie parfaite, goûtant le meilleur de chacun de mes deux univers, alors que maintenant j'étais triste à mourir. Je ne contrôlais plus rien, car mes heures de paternité m'étaient chichement mesurées, alors qu'auparavant elles m'étaient généreusement accordées par moi-même. C'est Catherine qui avait le pouvoir. Mon avant-poste secret de résistance à la dictature des enfants avait été trahi par un mouchard. Je me trouvais relégué en Sibérie parentale, condamné à un exil solitaire avec deux heures de visite par semaine.

Bien que ce soit Catherine qui ait proposé ces rencontres, elle m'en voulait tellement qu'elle supportait à peine que nos yeux se croisent. La première fois, j'ai essayé de l'accueillir avec un baiser sur la joue, ce qui s'est révélé une grossière erreur. Tandis que je me penchais, elle s'est reculée et a tourné la tête ; mon baiser a atterri sur son oreille, et il a fallu que je continue, comme s'il était naturel d'embrasser quelqu'un à cet endroit. J'avais essayé de dire pour ma défense que ce n'était pas aussi grave que si j'avais eu une liaison avec une autre femme, mais, à ma grande déception, Catherine déclara qu'elle aurait préféré ça. Au moins, elle aurait pu attribuer ça à quelque appétit masculin insatiable.

Elle semblait fatiguée. Apparemment elle ne parvenait pas si bien que ça à dormir. Moi aussi, j'étais fatigué. Son ventre était maintenant d'une grosseur comique. Soit elle était très, très enceinte, soit elle avait déjà eu le bébé et dissimulait un alien sous son pull. J'aurais aimé pouvoir toucher la bosse, la sentir, lui parler, mais cet enfant-là était encore plus inaccessible. Je voulais lui parler de problèmes d'organisation pour le grand jour, mais j'avais trop peur de lui demander où elle voulait que je sois pendant l'accouchement. « Au Canada », aurait-elle sans doute répondu. Durant les huit mois précédents, tandis que l'enfant était devenu une petite personne, et que s'étaient développés ses yeux, ses oreilles, son cœur, ses poumons, ses veines, ses nerfs, et toutes ces choses incroyables qui se créent toutes seules, l'amour de ses parents s'était apparemment fané, puis était mort. Si seulement les bébés pouvaient surgir à l'instant fougueux de leur conception, et pas neuf mois plus tard, lorsque tout est devenu poussière !

– Alors ? Tu vas jouer avec eux, oui ou non ? demanda-t-elle, puisque c'est pour ça que j'étais là.

– Tout de suite, oui.

Je suis allé vers eux et j'ai essayé d'être un papa aussi spontané et drôle qu'il est possible de l'être quand on est intensivement surveillé par leur mère qui envisage le divorce. Millie était sur la cage à poules.

– Tu veux que je te poursuive dans la cage à poules, Millie ?

– Non.

– Alors tu veux que je te pousse sur la balançoire ?

– Non.

– Je t'ai eue ! dis-je tandis que, pour rire, je l'arrachais à la cage à poules.

Ma nervosité m'avait rendu trop brutal, et je l'ai attrapée trop fort, ou je l'ai fait trébucher, ou quelque chose comme ça parce qu'elle a soudain commencé à pleurer.

– Qu'est-ce que tu fais ? demanda Catherine en colère.

Elle s'est approchée, m'a enlevé Millie, a serré sa fille contre elle et m'a regardé avec haine.

J'espérais avoir plus de succès avec Alfie. Il avait fait ses premiers pas quelques semaines plus tôt – je n'avais pas été là pour les voir – et maintenant il trébuchait avec confiance autour de nous, tombant de temps à autre sur son derrière rembourré de couches. Il se campa près de la balançoire, et lança un petit caillou contre l'armature métallique. Je sentais que Catherine m'observait, alors je me suis accroupi à côté de lui et, avec ma propre pierre, j'ai frappé moi aussi l'armature. Il a aimé le bruit de la pierre frappant la barre de métal. Il ne s'est pas lassé du bruit de la pierre frappant la barre de métal. Quand, au bout de cinq minutes, j'ai eu envie d'arrêter, ça l'a chagriné, alors j'ai continué à frapper la petite pierre contre la barre de métal. J'ai tourné la tête et adressé à Catherine un sourire faussement résigné, mais elle ne me l'a pas retourné. J'étais glacé jusqu'aux os et ma position accroupie devenait de plus en plus inconfortable, mais la surface spongieuse de l'aire de jeu était trop humide pour que je me mette à genoux, alors je suis resté là à osciller, sentant tout le sang se retirer de mes jambes tandis que je continuais à faire tap-tap-tap avec mon gravillon sur la barre d'acier froid qui résonnait.

J'ai fini par m'asseoir sur un banc à côté de Catherine et j'ai tenté de trouver un moyen de parler de ce qui s'était passé. Elle vivait avec ses cinglés de parents, qui étaient encore plus autoritaires que d'habitude, parce que ce n'était plus la saison des cloportes.

– J'imagine que ce doit être plutôt dur, non ? De vivre avec ta mère et ton père, tu sais, et avec les enfants, et tout ça ?

– Oui.

– Et tu as une idée du temps que tu vas rester là-bas ?

– Non.

– Tu peux revenir à la maison, tu sais.

– Et toi, tu irais où ?

J'ai compris que je ne la faisais pas sortir de sa coquille.

– Eh bien, je serais là pour t'aider, avec les enfants. J'ai laissé tomber l'appartement.

– Ouais, tu n'en as plus besoin, maintenant, c'est ça ? Maintenant que tu t'es débarrassé de nous, plus besoin d'un appartement, c'est ça ?

Aussi calme et contrit qu'il m'a été possible de l'être, j'ai essayé de lancer l'idée que, peut-être, je n'avais pas été complètement prêt pour la paternité, et que ce n'était que maintenant que je m'y adaptais. A ce point, son barrage émotionnel a craqué.

– Tu ne crois pas que c'est dur aussi pour moi de m'y adapter ? cracha-t-elle dans un murmure furieux. Renoncer à mon travail, accoucher, et me retrouver soudain coincée, seule toute la journée, dans une maison avec un bébé qui pleure ? Tu ne crois pas que ça a été un gros choc pour *moi*, de me retrouver soudain moche, grosse, fatiguée, tout le temps en train de pleurer ? D'essayer de nourrir au sein un bébé qui hurle avec le sang qui sort de mes mamelons craquelés, et personne à côté pour me dire que tout se passe bien, que je me débrouille comme il faut, même quand le bébé ne voulait pas téter, ni dormir, ni rien faire, à part hurler des jours entiers ? Je suis désolée que ç'ait été si dur pour toi de t'adapter, Michael.

Maintenant elle pleurait, furieuse contre moi et contre elle d'avoir craqué devant moi.

– Mais moi, je ne me suis jamais adaptée, parce que c'est impossible. J'étais dans une situation d'échec total. Je me sentais coupable quand l'idée m'effleurait de reprendre mon travail, et coupable de renoncer au travail, mais il n'y avait personne pour en parler, parce que les seules autres femmes dont les enfants s'amusent à la balançoire ont toutes dix-huit ans, et ne parlent que croate, putain ! Alors, je suis vraiment désolée que tu aies trouvé ça si dur d'habiter dans la même maison que ta femme quand elle vivait un enfer, mais c'est OK, parce que tu pouvais te tirer, tu pouvais baiser quand tu voulais, traîner avec tes potes, faire la fête et regarder des cassettes, et éteindre ton portable au cas où ta femme aurait envie de craquer et de t'appeler.

Vu comme ça, elle marquait un point. Quand je m'étais retrouvé seul, j'avais passé des heures à préparer des arguments soigneusement chantournés, comme les Indiens de l'Amérique du Nord façonnent des arcs magnifiquement décorés avant le combat. Et voilà qu'elle arrivait comme la cavalerie américaine et me tirait dessus à boulets rouges. J'ai quand même exposé ma frêle justification. Je lui ai dit que la seule différence entre ce que j'avais fait et ce que faisaient les autres pères, c'était que j'avais été conscient de le faire.

– Quoi ? Et tu crois que ça t'excuse, le fait d'avoir été *conscient* de me mentir ? Les hommes dont tu parles font encore partie de l'équipe, continua-t-elle. Ils opèrent encore dans la même unité que leurs femmes, l'une à la maison, l'autre au boulot. Ils agissent encore *ensemble*.

– Ils vont sur leur lieu de travail, bien sûr, exactement comme moi. Mais ces hommes-là ne sont quand même pas forcés de faire tous ces trajets, ni d'avoir tous ces dîners à l'extérieur le soir, ni de jouer au golf le week-end avec leurs clients. Ils agissent tous comme ça parce qu'ils pensent que c'est aussi important que d'être avec leur famille.

Tout ce que je disais ne faisait que l'irriter davantage.

– Alors, disons les choses clairement, tu as réfléchi à tout ça et, au lieu de décider de ne pas être ce genre de père, tu as agi de façon dix fois pire, en étant absent *délibérément*.

– Je pensais que ça aiderait notre mariage.

Tandis que je les énonçais, je sentais la plus grande partie de mes excuses mourir au seuil de mes lèvres.

– Eh bien, ça a fonctionné super, non ?

A ce moment-là elle s'est levée et a annoncé qu'elle retournait chez sa mère. Alors, désespéré, pathétique, j'ai dit : « Tu as de la chance d'avoir une mère », et elle m'a regardé avec mépris. Je m'en voulais presque autant d'avoir dit ça qu'elle semblait m'en vouloir de l'avoir dit. Et alors, tandis qu'elle s'éloignait, j'ai pensé : « Eh bien, si on trouve tous les deux que je suis devenu un misérable ver de terre, ça fait au moins une chose qu'on a en commun. On pourrait peut-être reconstruire quelque chose sur cette base-là. »

Après leur départ, je suis resté un moment assis seul dans le square. Une jeune mère avec deux enfants est arrivée, m'a regardé comme si j'étais un satyre et je l'ai entendue dire à ses enfants de ne pas s'approcher de moi ; je me suis levé et je suis rentré à la maison.

Il y avait sur le pas de la porte une de ces enveloppes dont la forme m'était familière, mais qui n'avait pas été déposée par le facteur. Je l'ai posée sans l'ouvrir dans un coin, avec les autres. Ça formait une pile sur la table, comme une pièce à conviction contre moi. Bien sûr, je savais que la banque voulait de l'argent, mais je pensais que je ne pourrais jamais en gagner si je lisais les menaces qui devaient se trouver à l'intérieur de l'enveloppe. J'étais persuadé qu'en travaillant je m'occupais de ce problème, aussi je me suis enfoui de plus en plus profond dans ma musique. Une des lettres est arrivée en recommandé, ce qui semblait un peu de l'argent gâché. J'étais d'accord pour signer l'accusé de réception, ce qui ne voulait pas dire que j'avais l'intention de l'ouvrir et de la lire. Il leur arrivait d'appeler, et quand je voyais leur numéro s'afficher sur le petit écran de notre téléphone, je branchais rapidement le répondeur, et je passais leurs messages en vitesse rapide. L'homme au ton contrarié était moins effrayant lorsqu'on l'écoutait en accéléré. Il avait la voix de Donald quand il a respiré de l'hélium.

Pendant quelques jours, je suis resté assis à mon clavier treize ou quatorze heures, mais souvent je parvenais à moins de résultats que je n'avais l'habitude d'en obtenir en une demi-matinée. Il m'était déjà arrivé de me perdre dans la musique. C'était quelques mois avant que je sois engagé pour *Les Classiques de la pub* et, entre cette période et maintenant, j'avais eu le temps de créer mes propres compositions, qui se résumaient aujourd'hui à un jingle de treize secondes censé accompagner la phrase : « Ladouceur ! Ladouceur ! On dirait du beurre, mais avec la minceur ! »

Hum, pensai-je, je crois que là, il leur faut un thème qui évoque le beurre. Dommage que la pub fût forcée d'arborer un large bandeau disant : « CE N'EST PAS DU BEURRE » dans la partie inférieure de l'écran, mais ce n'était pas mon problème. La femme de l'agence avait dit qu'ils voulaient que ce soit exactement comme *Happiness* la chanson de Ken Dodd, mais sans enfreindre le copyright. Dans ce cas-là, soit la mélodie serait inexacte, soit elle serait illégale. Il fallait que tout soit terminé pour six heures. J'ai mis mon clavier en marche.

« Le beurre. Qu'est-ce que ça évoque ? » J'ai essayé différents sons sur mon Roland. L'arrangement hautbois, l'arrangement harpe, l'arrangement basson. Aucun ne m'évoquait le beurre de façon incontestable, mais je suppose que le nouveau Ladouceur ne l'aurait pas évoqué non plus. J'ai écouté le morceau de Ken Dodd, et l'ai décomposé. Apparemment, le jingle serait chanté par un chœur de vaches faisant la pantomime, il fallait donc que j'essaie de me concentrer sur cette image en écrivant la musique. Je n'avais jamais prétendu que mon boulot était d'une importance vitale pour l'avenir de l'humanité, mais le fait d'être assis sur le tabouret tournant de mon piano, en essayant de ne pas penser à mon mariage, mais plutôt de me concentrer sur une bande de vaches faisant la pantomime en chantant les mérites de Ladouceur, eh bien, on ne peut pas dire que ça flattait mon ego. Ça ne faisait pas monter l'adrénaline comme un travail vraiment essentiel. La sage-femme qui mettrait au monde notre troisième enfant, par exemple, n'avait pas d'autre choix que de s'ôter de la tête tous ses problèmes et de se concentrer pour faire sortir le bébé correctement. Merde ! Ça y est ! Voilà que je me retrouve en train de penser à notre prochain bébé au lieu de me focaliser sur un jingle destiné à une margarine allégée contenant des produits laitiers.

Ah oui, Ladouceur. C'est bon, Michael, concentre-toi, concentre-toi. Le beurre.

Je me suis fredonné le morceau modèle un certain nombre de fois. L'agence avait-elle délibérément fait en sorte que je sois forcé de fredonner en boucle *Happiness* alors que je me sentais plus malheureux que jamais ? J'ai essayé de parodier la mélodie, mais je n'arrivais pas à me sortir l'original de la tête. Concentre-toi, concentre-toi. Parfois, lorsque j'avais quelque chose en tête, et qu'il y avait pas mal de poussière sur le saphir, je pouvais à peine entendre les mélodies à l'intérieur de moi. Aujourd'hui il y avait tellement de poussière que l'aiguille ne pouvait tout bonnement pas avancer sur le vinyle.

C'était dur d'oublier les enfants, alors que je les voyais me sourire depuis les cadres sur le manteau de la cheminée. Je me suis levé et j'ai mis tous les cadres face contre la cheminée. Je suis revenu m'asseoir et j'ai trouvé que comme ça ils étaient horribles, comme si je refusais leur existence, ou un truc de ce genre. Je me suis donc relevé et j'ai remis les photos comme elles étaient à l'origine.

Hum. Le beurre ? Le beurre, pensais-je. Est-ce que Catherine a le droit d'emmener les enfants comme ça ? Je veux dire, je suis leur père. Qu'est-ce qu'elle aurait dit, si j'avais embarqué les enfants, annoncé que la situation ne me convenait plus, et l'avais laissée toute seule ? J'ai continué à remâcher ça, puis j'ai jeté un œil à la pendule, j'ai vu qu'il était midi et quart, et que ça faisait des heures que je n'avais pas pensé au beurre ni au nouveau Ladouceur. Et même si je parvenais à une mélodie suffisamment ressemblante, il fallait encore que je l'écrive et que je fasse une maquette. Le fait de devoir terminer à six heures m'a paru soudain un cas d'extrême urgence. Allons, allons. Le beurre, le beurre. Ladouceur. « Ladouceur ! Ladouceur ! On dirait du beurre mais avec la minceur ! » Je me suis répété ça trois fois à voix haute. J'ai encore essayé, mettant en valeur des mots différents. Puis je me suis levé pour me préparer une tasse de thé.

La maison semblait différente. Je la voyais de façon différente. Ça n'était pas étranger au fait qu'il m'arrivait de passer des heures allongé sur le tapis de l'entrée, ou assis par terre sous la table de la cuisine. Quand on est tout seul, on peut faire des choses comme ça. J'errais de pièce en pièce, mon thé à la main, et j'ai finalement décidé de le boire assis en haut de l'escalier.

Le chat a daigné quitter son endroit favori au milieu des peluches d'Alfie, et il est venu s'allonger à côté de moi sur le tapis du palier. Quand nous avons eu le chat, nous avons dit à Millie qu'elle pouvait choisir son nom. Ensuite, on a passé le reste de la journée à tenter de dissuader Millie de son choix irréfléchi et spontané, mais elle ne s'est pas laissée fléchir, et il nous a fallu l'accepter. Le chat Chat. Nous étions devenus très proches durant mes semaines solitaires dans la maison. Je lui achetais des gâteries et, debout sur le seuil, je criais « Chat ! Chat ! » tandis que les passants évitaient mon regard et accéléraient le pas. Le soir il s'asseyait sur mes genoux ; je le caressais sous le menton et il ronronnait d'une façon ridiculement sonore. J'ai attaché une petite balle au bout d'un morceau de ficelle, et je jouais avec lui. Quand il ne voulait pas manger sa nourriture, je lui donnais un poisson frais, et il le mangeait toujours. Tout ça était très rassurant. Jusqu'au Jour du Collier Rouge. Chat n'avait pas de collier. Jusqu'au Jour du Collier rouge. Chat est passé par la chatière, après quelques heures dehors, arborant un collier neuf rouge vif. Il a reniflé son bol de nourriture, ça ne lui a pas plu et il est ressorti. J'étais désespéré. Tout ce temps, je l'avais imaginé dehors à chasser les autres chats de mon jardin ou à essayer d'attraper un moineau qu'il présenterait fièrement à son maître. Mais il était resté lové devant le feu de bois électrique de quelqu'un d'autre, mangeant le poisson frais de quelqu'un d'autre, couché sur les genoux de quelqu'un d'autre. Sur le collier, il y avait un nom, « Cléo ». C'était son nom quand il était dans son autre foyer secret. Chat avait une double vie. Je me sentais trahi, largué, rejeté. Et le pire, c'est que je m'étais fait avoir par un foutu chat.

Quarante minutes après, j'étais encore en haut des escaliers, allongé sur le dos, les jambes pendouillant sur les premières marches. Ça faisait un moment que le chat était parti, mais les motifs du plafond étaient suffisamment fascinants pour me retenir là une demi-heure de plus. C'est finalement le claquement de la boîte aux lettres qui m'a remis sur pied. Ce bruit éclairait ma journée. Peut-être, après tout, le monde extérieur ne m'avait-il pas complètement oublié ? Évidemment, je ne lirais rien qui viendrait de la banque, mais ça pouvait être la carte de visite d'un taxi, ou une publicité pour une pizzeria, et c'était toujours agréable de lire des choses provenant de gens qui ont pris la peine de rester en contact avec vous. Sur le paillasson gisait la brochure d'un agent immobilier, pleine de maisons qui coûtaient toutes plus d'un million de livres. Au fur et à mesure que je parcourais les photos glacées de maisons magnifiques et coûteuses, j'ai fini par me convaincre que c'était le chat qui avait mis ça dans la boîte aux lettres, avant d'aller savourer son triomphe, sarcastique.

Mais cette ponctuation dans ce long jour solitaire a suffi à me ramener à mon travail, et je me suis rassis sur mon tabouret. J'ai effectué diverses petites tâches vitales avant de me remettre vraiment au boulot. J'ai essayé de compter combien de pellicules je pouvais faire tomber de mes cheveux sur mon bureau. J'ai senti un bouton au milieu du dos, et j'ai passé dix minutes à essayer différentes contorsions étranges qui évoquaient le yoga de manière à pouvoir l'atteindre avec les deux mains et le presser. J'ai gratté une partie du dépôt gris graisseux qui s'était déposé sur les touches du synthétiseur. Je l'ai humé, puis m'en suis tapoté la langue. C'est à ce moment-là que je me suis souvenu du nouveau Ladouceur. « Allez, Michael ! m'encourageai-je à voix haute. Ladouceur ! Ladouceur ! On dirait du beurre mais il y a la minceur ! » J'ai envisagé d'appeler l'agence pour leur demander s'ils étaient sûrs de vouloir ce slogan. La plus grande partie de la journée était maintenant passée. J'avais oublié de déjeuner, et maintenant j'avais si faim qu'il fallait que je mange immédiatement, mais il n'y avait rien dans la maison, à part un peu de pain vieux de deux jours et l'échantillon gratuit de cette saloperie de Ladouceur qu'on m'avait donné.

Tandis que je jetais la croûte, j'ai vu la réalité en face : j'allais les planter. Pour la première fois dans ma carrière professionnelle j'allais louper un délai. Alors, j'ai essayé d'appeler la productrice pour demander s'ils pouvaient patienter un jour de plus. Ça a sonné occupé pendant des siècles, et ensuite, quand j'ai fini par avoir la ligne, je suis tombé sur un répondeur.

« Allô, ici Sue Paxton, au 79460003. Je ne suis pas à mon bureau pour le moment, mais vous pourrez peut-être me joindre au 79460007. Si vous voulez me parler de manière urgente, essayez mon portable au 07700900004, ou ma boîte vocale, 08081570980, numéro 894. Vous pouvez me faxer au 7946 0005, ou me joindre par e-mail à 5 point paxton at junction 5 point ce point uk. Si vous voulez essayer de me joindre chez moi, mes numéros personnels sont le 01632756545 ou le 01632758864, mon fax personnel le 01632756533, et mon e-mail 5 point paxton at compuserve point com. Sinon, vous pouvez laisser un message. »

A la fin du message, j'avais oublié pourquoi j'appelais, et j'ai raccroché. Quelques minutes plus tard, je me suis armé d'un stylo et de papier, et j'ai refait le numéro. Puis j'ai essayé de l'atteindre à tous les numéros donnés, mais chacun d'eux se contentait de me donner tous les autres moyens de la joindre. Le temps que je les essaie tous, j'avais perdu encore une heure. Alors je m'y suis vraiment mis sérieusement, et finalement, finalement, j'ai réussi à me sortir de la tête la mélodie originale, à modifier les accords, et soudain, dans mon cerveau, ça a fonctionné. Vite, l'écrire, l'enregistrer avant que ce soit de nouveau envolé. A ce moment-là le téléphone a sonné. C'était Catherine, qui annulait le rendez-vous du lendemain à Hyde Park. J'ai été furieux, impuissant, brutal, pathétique. J'ai raccroché et traversé la maison en donnant des coups de pied aux meubles.

Puis le téléphone a sonné de nouveau, et ce n'était pas Catherine qui changeait d'avis. C'était la banque, une fois de plus. J'ai hurlé « Allez vous faire foutre ! » à ce salaud d'employé et j'ai raccroché. Il a rappelé une heure plus tard, avec le ton satisfait d'un commandant nazi qui vient de découvrir un tunnel. Il m'a dit qu'ils m'avaient envoyé une lettre pour m'informer qu'ils avaient autorisé leurs huissiers à exécuter une ordonnance de saisie. Je savais ce que ça signifiait : j'étais sur le point de perdre la maison. Mais j'ai raisonné, expliqué. Je lui ai dit que garder la maison était la seule chance que j'avais de récupérer ma famille, que j'avais deux enfants en bas âge et un troisième en route, que leur mère m'avait quitté pour vivre avec ses parents, mais qu'elle ne pouvait rester là-bas éternellement, pas avec sa mère qui n'arrêtait pas de râler parce que ses petits-enfants n'étaient pas baptisés, et que pour finir elle serait forcée de revenir à la maison, et que ce serait à ce moment-là qu'elle verrait qu'on pouvait s'en sortir, que ce serait à ce moment-là qu'elle verrait que j'avais changé, et qu'alors on pourrait être de nouveau ensemble, parce que c'était tout ce qui comptait, c'était tout ce que j'espérais : qu'ils reviennent tous à la maison, mais ça ne pouvait arriver que si j'avais encore la maison, s'il y avait encore une maison dans laquelle revenir, alors, vous voyez, il faut que je reste là ; ils ne peuvent pas m'enlever la maison pour l'instant. Il a écouté patiemment, sans rien dire. Puis il m'a dit qu'ils reprenaient la maison.

10

Ça pourrait être vous

« Une petite pièce, s'il vous plaît ? Pardon, vous pourriez me donner une petite pièce, s'il vous plaît ? »

J'avais pris l'habitude de passer sans m'arrêter devant les sans-abri qui faisaient la musique de fond des rues de Londres. Mais ce jour-là, j'ai soudain pris conscience que je venais de négliger froidement une autre créature humaine. J'ai alors fait demi-tour et déposé cinq livres dans sa sébile en carton. Cinq billets ! Et il n'avait même pas un bout de ficelle, avec un chien à l'air triste au bout.

Un instant, j'ai été agacé de ce que le bénéficiaire ne tombe pas en pâmoison devant mon excessive générosité. Contre un billet de cinq livres, on attend un merci de première catégorie, avec la semaine suivante une lettre personnalisée expliquant comment votre argent a été utilisé, assorti d'un P.-S. vous demandant d'assurer vos dons par contrat. Mais il a estimé que j'étais de la même eau que ces personnes riches et bien vêtues qui passaient devant lui. Il s'est dit que j'avais une jolie maison, une femme heureuse, et tout ce que lui désirait.

Je venais juste de déposer à la banque les clefs de ma maison. J'étais entré dans l'agence de notre quartier, et je les avais données à la jeune fille derrière le comptoir.

– Attendez, je vais chercher le directeur, avait-elle dit.

– Non, c'est bon, on a rempli la paperasse. Je ne peux pas attendre. Il faut que je trouve un endroit où dormir cette nuit.

– Ah... Est-ce que je dois savoir quelque chose de plus ?

– Euh, ouais. Les toilettes du bas. Il faut d'abord tirer la chasse lentement, et aussitôt après la tirer très vite.

Elle m'a regardé bêtement puis, alors que je m'apprêtais à sortir, elle s'est rappelé son scénario et son dialogue.

– Merci de votre visite, Mr Adams. Bonne journée.

– Merci. Vous êtes trop gentille, lançai-je derrière moi tandis que je m'enfonçais dans les rues de Londres, indécis sur ce que je devais faire maintenant.

J'ai marché un moment. C'était vraiment très irréel. Normalement, le trottoir, c'est pour les moments qui n'ont pas de véritable sens, entre les différentes parties de votre vie, mais maintenant je n'avais plus que ça. Je me sentais dépourvu d'utilité. La poubelle a une utilité : elle est là pour qu'on y jette du papier. Les barrières ont une utilité :

elles sont là pour empêcher les gens d'aller sur la chaussée. Mais quelle utilité était la mienne ? Je ne faisais rien, je n'allais nulle part, alors qu'est-ce que je faisais là ?

Je me suis arrêté un moment et j'ai regardé une vieille bande magnétique tout entortillée autour des barrières – une mince bannière d'un brun brillant, jetée au rebut et flottant dans le vent. Il y avait sans doute de la musique enregistrée sur cette bande, de la musique qui avait été composée, structurée, arrangée, et maintenant elle était effilochée et inutile. A un moment ou à un autre, la bande avait cassé.

Maintenant j'avais tout le temps libre du monde, mais la valeur de mon temps avait subi une grave dévaluation. Le temps qui m'était imparti n'était plus du temps volé sous forme de petits fragments de plaisir, il m'était imposé comme une condamnation à perpétuité. J'avais avec moi un fourre-tout qui contenait quelques vêtements, une trousse de toilette et le guide *Time Out* de Londres. Tout ce que j'avais d'autre, et tout ce que contenait la maison, était entassé dans le garage de ma plus proche voisine.

– Ooh, quelle chance vous avez d'avoir un frigidaire avec un congèle aussi grand, dit la vieille Mrs Conroy, essayant de se montrer positive tandis que je poussais mon frigidaire dans son allée.

J'ai entassé les peluches dans ses sacs-poubelle, j'ai emballé la télé dans une couette « Pocahontas », et l'ai mise dans le berceau d'Alfie. Il m'avait fallu deux jours pour tout déménager, et quand j'ai eu terminé, le garage ressemblait à une version compressée, postsismique de notre maison. Mrs Conroy m'a dit gentiment que je pouvais tout laisser là aussi longtemps que je le souhaitais. Klaus et Hans ne vivaient plus chez elle ; ils étaient retournés en Allemagne, et personne ne se servait plus du garage. Elle m'a donné des cartons pour y mettre des affaires, des sandwichs et des tasses de thé quand j'étais épuisé à force de remonter son allée en tirant des canapés et des matelas, et un double de la clef de son garage, pour quand je voudrais venir y prendre quelque chose dont j'avais besoin. Elle ne m'a pas demandé comment j'en étais arrivé là avec l'hypothèque. La seule allusion qu'elle a faite à tout ce qui était arrivé, c'est quand j'ai fermé le garage et l'ai remerciée avant de partir. Elle m'a regardé tristement, m'a adressé un gentil sourire, et m'a dit : « Vous n'étiez pas souvent par là, hein ? »

Maintenant je remontais lentement Camden High Street, serrant contre moi les quelques affaires qui n'étaient pas enfermées dans le garage de Mrs Conroy. Je me suis rendu compte que je m'intéressais plus que je ne l'aurais fait normalement au bric-à-brac en plastique dans les vitrines des boutiques caritatives. Je suis passé devant une galerie de machines à sous appelée Tonnes de Bonheur, mais, à en juger d'après les visages gris dépourvus d'émotion qui se trouvaient à l'intérieur, je me suis dit que le panneau au-dessus de l'entrée exagérait légèrement.

Les agences immobilières faisaient de la pub pour des maisons attirantes, les sociétés de prêt immobilier faisaient des offres alléchantes. A cause de la lettre adressée à mon père, Catherine avait été mise au courant de l'hypothèque non payée, mais ça ne m'avait pas empêché de ramener le sujet sur le tapis durant les longues heures passées à frissonner près des balançoires. Si je parlais de choses futiles, elle me répondait par monosyllabes. J'essayais donc d'utiliser la perte imminente de notre maison comme un moyen de la forcer à me parler.

– Je crois que la banque est sur le point de reprendre la maison, avais-je annoncé.

Je ne m'étais évidemment pas attendu à ce qu'elle me serre dans ses bras, mais c'était le seul sujet de conversation que j'avais trouvé. Elle m'a regardé, puis a regardé de nouveau au loin.

– De toute façon, il faudra la vendre au moment du divorce, remarqua-t-elle, comme s'il s'agissait d'une chose à propos de laquelle nous nous étions déjà mis d'accord.

C'était la première fois qu'elle parlait de divorce. Mais bon, maintenant, au moins, on parlait. J'ai donc essayé de voir l'aspect positif des choses.

– De toute façon, maintenant, je ne pourrais plus retourner là-bas, continua-t-elle.

J'étais malheureuse, toute seule dans cette maison.

Ce nouveau coup de poignard était calculé. Même si maintenant elle ne souhaitait plus vivre avec moi, c'est moi qui l'avais rendue malheureuse. Mais ce qui m'a consolé, c'est qu'elle n'ait pas semblé désespérée par la nouvelle concernant la maison. Je ne suis pas parti en me disant que la perte de la maison avait diminué mes chances de nous retrouver ensemble. Je dois avouer que lesdites chances avoisinaient le zéro.

Tandis que j'errais sans but sur l'artère principale, il m'est venu à l'esprit que le fait de n'avoir aucun endroit où dormir me fournissait un prétexte idéal pour me présenter devant Catherine. J'essayais d'imaginer sa réaction. Si elle avait dit : « Enfin, si jamais tu es à la rue, tu pourras toujours venir habiter avec moi », je suis sûr que je m'en serais souvenu. « Je n'ai qu'un lit à une place, mon cœur, mais ça sera d'autant plus douillet quand tu te serreras contre moi. » Non, ça n'éveillait aucun écho.

Mon père n'était pas une solution, lui non plus. Outre qu'il habitait à Bournemouth, un excès de fierté masculine, de part et d'autre, avait fait que nous ne nous étions pas reparlé depuis qu'il était sorti de ma cuisine. De toute façon, si je m'étais pointé chez lui en disant que je venais de rendre mes clefs à la banque, il se serait inquiété de savoir si j'étais certain que le porte-clefs portait bien mon nom. Restait la solution de l'appartement de Balham. Mais il s'était passé un tas de trucs là-bas depuis que j'avais déménagé.

Monica avait quitté Jim, qui avait attendu le nombre d'heures décent avant de faire des avances à sa meilleure amie, Kate. Quelques semaines plus tard, il s'était installé dans son appartement de Holland Park, qui avait tout ce qu'il fallait pour que Jim puisse continuer son PhD, même si l'image d'Eurosport 2 était un peu neigeuse. Paul avait fini par assumer son homosexualité et avait déménagé à Brighton pour y vivre avec son petit ami, un videur de boîte de nuit, qui travaillait aussi dans un bureau de recrutement pour l'armée. Simon s'était alors arrangé pour que trois jeunes femmes prennent notre place dans l'appartement, mais quand il leur avait montré ses sites Internet favoris, elles avaient changé toutes les serrures et mis ses affaires sur le palier.

En l'espace de quelques mois, nous avions tous les quatre quitté l'appartement. C'est Simon qui m'avait raconté ça quand il m'avait appelé sur mon portable quelques semaines plus tôt. Il n'avait toujours pas digéré son éviction et supposait qu'il devait y avoir une autre explication à la réaction des filles. Il m'avoua qu'il s'était permis de prendre leur beurre de cacahuète, et il pensait que c'était sans doute la véritable raison.

J'avais du mal à imaginer un point de chute. J'ai pensé à tous les amis que j'avais à l'époque de mes vingt ans, mais je n'avais gardé le contact avec aucun d'eux. Le jour de la naissance de son premier enfant, on ferait aussi bien de parcourir son carnet d'adresses et, à chaque fois qu'on tombe sur le nom d'un ami qui n'a pas encore de bébés, de le rayer définitivement. Ça éviterait ensuite pas mal de simagrées et de cartes de Noël inutiles. Bien entendu, Catherine et moi avions un large cercle de relations, mais en réalité c'était ses amies à elle, avec les maris qui allaient avec. Depuis mon mariage, j'avais perdu le contact avec tous mes anciens camarades de fac. Je n'en rejetais évidemment pas la faute sur Catherine : elle ne m'avait jamais empêché de voir les potes que j'avais avant que nous ne nous installions ensemble. C'est juste que je m'étais contenté de rester à l'arrière-plan, que je l'avais paresseusement laissée organiser notre vie sociale. Et, de façon assez logique, il ne lui était jamais venu à l'esprit de faire l'effort de rester en contact avec mes vieux copains. Maintenant, il n'y avait pas un seul couple que je pouvais appeler en me sentant à l'aise. Ils m'avaient déjà mis mal à l'aise, avec leur grands verres à vin, leurs pains italiens et leurs larges choix d'huiles d'olive alignées sur la desserte.

Aussi, au terme d'une journée passée à errer sans but, je me suis surpris à appeler Hugo Harrison pour lui demander si je pouvais passer une nuit ou deux chez lui le temps que je trouve une solution. Je n'étais pas particulièrement transporté à l'idée d'expliquer à un collègue de travail – qui était, en fait, mon principal employeur – que je m'étais empêtré dans de sérieux problèmes financiers, mais, vu la façon dont les choses se passèrent, il s'avéra que Hugo était beaucoup trop insensible pour s'intéresser à autre chose qu'aux exploits de Hugo Harrison, et il ne prit pas la peine de me poser de question. Il fut enchanté de pouvoir m'inviter chez lui, comme ça il aurait quelqu'un à qui parler.

Il habitait dans un magnifique appartement au dernier étage avec terrasse, dans un complexe haut de gamme près d'Albert Bridge, avec une vue sur tout Londres, si bien que Hugo pouvait regarder tout le monde de haut. Autrefois, c'était un quartier de HLM, mais le conseil municipal avait réussi à chasser tous les gens du coin sous prétexte qu'ils persistaient à voter travailliste. Maintenant, l'endroit était très fortifié, avec des portes électriques et des caméras de surveillance qui dénonçaient immédiatement quiconque faisait quelque chose d'étrange, du genre rester à Londres pour le week-end. La femme de Hugo vivait à la campagne avec ses chevaux ; ses enfants étaient en pension, et Hugo passait ses soirées dans son somptueux appartement. Comme mode de vie, ce n'était pas très différent de ce que j'avais essayé de mettre sur pied, sauf que pour quelque obscure raison, sa version à lui semblait avoir une sorte de légitimité sociale. Mais Hugo avait du chic. Il se peut qu'il se soit tenu trop près des gens à qui il parlait, mais en ce qui concernait sa famille, il la préférait en général le plus loin possible.

Bien sûr, en échange de sa charité, il allait falloir que j'écoute Hugo toute la soirée. Et plus il me parlait, plus je comprenais pourquoi il possédait cet appartement. Le hobby de Hugo, c'était les rapports sexuels. J'avais déjà rencontré des casse-pieds du golf, des casse-pieds du bridge, mais je n'avais jamais rencontré de casse-pieds des rapports sexuels. Il me raconta ses exploits sexuels en présumant que je partageais son opinion selon laquelle ça relevait de la conduite normale d'un mâle en bonne santé. Le fait que ma femme m'ait quitté faisait de moi un martyr de la cause, une victime héroïque de la guerre des sexes. Il me versa sans arrêt à boire et, tandis que le crépuscule tombait sur la ville scintillante à nos pieds, il essaya de me faire rire en me racontant quel salaud il avait été avec sa moitié. Ça m'intéressait de savoir ce qu'il pensait de son épouse, et je lui ai posé quelques questions sur son mariage.

– Oh, c'est une bonne mère, et tout ça, admit-il. Elle envoie toujours des trucs aux gamins à la pension. Mais elle est grosse, tu vois. C'est une sacrée erreur.

– Quoi ? D'être grosse ?

– Non, non, elle n'y peut rien, reconnut-il avec générosité. C'est moi qui me suis planté. Tu vois, au début elle me plaisait parce qu'elle avait des nichons énormes.

Et au cas où il ait mal choisi ses mots, il mima ce qu'étaient des nichons énormes, et sur quelle partie du corps humain on était en droit d'espérer les trouver.

– Mais il ne faut jamais épouser une femme avec des nichons énormes, Michael. Quand mon fils aîné a commencé à sortir avec des filles, je ne lui ai donné qu'un seul conseil. Je lui ai dit : « N'oublie jamais, fiston : gros nénés à vingt ans, la bouée à quarante. »

– Comme c'est charmant, persiflai-je sans conviction. Je suis sûr que plus tard il te remerciera.

Il emplit mon verre une nouvelle fois et parla des rondeurs de son épouse comme s'il s'agissait d'une infirmité tragique qui empêchait toute relation sexuelle avec elle, justifiant ainsi les parties de jambes en l'air qu'il faisait à chaque fois que l'envie l'en prenait. Et, à en juger par les anecdotes qu'il avait à ce sujet, ça semblait être fréquent. Il était, par exemple, sincèrement fier de lui d'avoir réussi à séduire une actrice très désireuse de participer à une pub haut de gamme et lucrative, pour laquelle il établissait un casting. Quelle réussite incroyable, Hugo ! Comme tu sais bien t'y prendre ! Il me raconta comment sa femme était venue à Londres, et comment il était censé la retrouver avec des places d'opéra. Au lieu de ça, il l'avait laissée attendre devant le Coliseum, tandis qu'il emmenait la jeune fille pleine d'espérances dans une chambre d'hôtel pour la baiser. Il y avait pire...

– Je savais que la patronne essaierait de m'appeler, alors j'ai mis mon portable sur le vibreur, et j'étais en train de baiser cette petite actrice – je ne souviens plus de son nom – quand soudain mon portable a commencé à tressauter sur la table de nuit. J'ai regardé le numéro sur l'écran et, évidemment, c'était le portable de Miranda.

– Mon Dieu. Tu as dû te sentir mal !

– Quoi ? Non. J'ai eu une idée vraiment perverse, tu vois ? Cette actrice était à moitié bourrée, et un peu bébête, tu sais, alors j'ai pris le portable en train de vibrer et je l'ai appuyé contre son... enfin, tu vois, son petit bouton sexuel.

– Tu as fait quoi ?

– Ouais ! Je veux dire, elle a cru que c'était pour se marrer, mais ça l'a vraiment fait démarrer, en même temps. Tu imagines ça ? Ma femme qui essaie de m'appeler pour savoir où est-ce que je peux bien être, mais tout ce qu'elle entend, c'est la sonnerie. Et elle ne se rend pas compte que plus elle laisse sonner, plus elle est sur le point d'amener ma maîtresse à la jouissance sexuelle !

– C'est obscène, Hugo !

– N'est-ce pas ? Ma femme a donné un orgasme à ma maîtresse !

Et il a éclaté d'un rire sonore qui évoquait un braiment, puis s'est enfilé un verre, et m'a tapé sur le dos en disant : « Un autre verre de vin, Michael ? » Quand il est revenu de la cuisine, je lui ai demandé si la fille avait été bonne dans la pub. Il m'a regardé comme si j'étais fou, et a répondu : « Mon Dieu, non. Je ne l'ai pas engagée ! »

Il a continué à me raconter avec bien trop de détails les histoires de cul qu'il avait eues avec des douzaines de femmes anonymes, mais plus la liste s'allongeait, plus il paraissait seul. A mon avis, chacune de ses histoires aurait pu être inventée. Il se servait de moi uniquement comme d'un écran de résonance pour ses fantasmes personnels. La seule preuve incontestable que j'aie jamais eue de son incroyable pouvoir de séduction, c'est sa visite à une prostituée miteuse de Soho. Et bizarrement, cette conquête-là ne fut jamais mentionnée. Je me sentais de plus en plus mal à l'aise de me trouver là à l'écouter. Il me faisait participer, quêtant mon approbation. Comme lui, j'avais trompé ma femme, et Hugo me faisait sentir que ça me permettait d'être membre à vie de son club, constitué de ceux qui haïssaient les femmes. J'étais décidé à ne pas être comme lui. Je n'étais pas prude, je n'avais rien contre les rapports sexuels, mais Hugo parlait avec un tel mépris des femmes qu'il avait séduites que ça me laissait dans la bouche un goût presque aussi mauvais que celui que ça avait dû leur laisser à elles.

– On ne vit qu'une fois, Michael, dit-il. Et je ne peux rien imaginer de plus emmerdant que de me contenter de troncher Miranda une fois par semaine jusqu'à la fin de mes jours.

Pour finir, il m'a rempli un verre de vin, et m'a demandé si j'avais réfléchi un peu plus longuement aux *Classiques de la pub*. A cet instant, une chose m'a sauté très clairement aux yeux.

– Euh, j'ai décidé qu'après tout je n'allais pas le faire.

– Comment ça ?

J'ai essayé de le lui expliquer. Il voulait un album de musique classique sans tous les moments ennuyeux, et je lui dis qu'il fallait des moments ennuyeux, parce que c'est grâce à ce qu'il appelait des moments ennuyeux que les moments marquants étaient marquants. « Il y a des moments ennuyeux dans la vie », déclarai-je en haussant un peu trop la voix. J'ai essayé de lui faire comprendre que la partie chantée qui termine la *Neuvième Symphonie* de Beethoven est émouvante, puissante, magnifique, à cause de l'heure qui précède, à cause de la façon dont on s'est impliqué dans la musique. Les violoncelles et les basses vous entraînent dans les premiers mouvements, se succèdent tour à tour, puis finissent par développer le thème de l'« Hymne à la joie », qui a été introduit plus tôt par la section des vents. C'est la raison pour laquelle, lorsqu'elle finit par exploser, l'apothéose du chœur représente un des plus grands moments de l'histoire de la musique.

La réaction de Hugo a été cool : « OK, on n'a qu'à laisser tomber la *Neuvième* de Beethoven. On mettra à la place ce petit morceau de Mozart, celui de la pub pour yaourt. » J'ai essayé de lui expliquer une nouvelle fois qu'on ne peut pas se contenter de mettre les petits morceaux séparément. L'art ne marche pas comme ça, la vie non plus. Maintenant, je le comprenais.

Il était dérouté par mes principes bizarres et il a rapidement orienté de nouveau la conversation sur les différentes façons qu'il avait eues de tromper sa femme. A ce moment-là, je me suis levé et j'ai dit : « Bon, Hugo, je vais y aller, maintenant. J'ai un ou deux potes à voir, et je passerai sans doute la nuit chez eux. » Et avant d'avoir compris comment j'en étais arrivé là, je me regardais dans la glace de l'ascenseur, me demandant pourquoi j'avais échangé un lit bien chaud dans un appartement luxueux contre je ne savais quoi.

– Bonne nuit, monsieur, m'a dit le portier en uniforme qui m'a ouvert la porte.

Pour une personne sans abri qui s'enfonce dans les rues sombres de Londres, c'était une entrée très somptueuse.

J'ai aperçu un faux pub irlandais, je suis entré, puis je me suis assis dans un coin et je me suis soûlé de façon lente et méthodique. J'étais conscient de ce que ma conduite avait de téméraire. J'ai même, après ça, acheté une petite bouteille de whisky, alors que je n'ai jamais aimé le whisky. Catherine m'avait souvent reproché d'avoir en moi un penchant à l'autodestruction, mais assis dans ce pub avec nulle part où aller, excommunié par ma famille, sans amis vers lesquels me tourner, je crois que j'avais des raisons de m'apitoyer un peu sur mon sort. A ce moment-là, histoire d'en rajouter à mon humiliation personnelle, une chanson, que je reconnus, venue du fond des âges, passa sur le juke-box.

– C'est quoi, cette musique qui passe ? bredouillai-je à la barmaid qui ramassait ma collection de verres vides.

– *The Truth Test*[1], dit-elle d'une voix nasillarde et haut perchée, avec un accent australien qui ne cadrait pas avec les trèfles à quatre feuilles en plastique du mur.

– *The Truth Test* ! Oh, non, pas ce putain de *Truth Test* ! Ils ont du succès alors ?

– Vous rigolez ? Cette chanson est numéro un.

– *The Truth Test* ! Mais ils étaient nuls ! Ils nous accompagnaient à Godalming. Nom de Dieu, il fallait que je leur prête ma putain de pédale wa-wa.

Elle esquissa un sourire, pensa me demander ce qu'était une pédale wa-wa, et décida de ne rien dire. Quelqu'un remit le même morceau, et je me suis dit que c'était pour moi le signal du départ. Mon portefeuille ne contenait maintenant plus aucun billet, mais j'y trouvai le bout de papier sur

1. *The Truth Test* : le test de vérité. *(N.d.T.)*

lequel j'avais griffonné la nouvelle adresse de Simon, à Clapham. Je l'ai fourré dans ma poche et me suis dirigé vers le sud. A vol de corbeau, ça ne faisait que trois kilomètres, mais ça en faisait au moins six pour un ivrogne tanguant, et le temps d'y arriver j'avais égaré mon bout de papier. Je suis resté dans l'obscurité de Clapham Common, farfouillant une douzaine de fois dans la même poche. J'ai vérifié deux fois qu'il n'avait pas glissé dans le revers de mes manches, et les deux fois je me suis aperçu que mes manches n'avaient pas de revers. Que me restait-il à faire maintenant ? Des phares lointains brillaient aux abords du parc, le plus gros îlot de circulation de Londres. Je me suis assis sur un banc. J'étais ivre, j'étais crevé. Puis j'ai fini par admettre ce qui m'était arrivé, et fini par m'allonger sur le banc. Une alarme se déclencha dans le lointain. J'ai mis mon fourre-tout sous ma tête, me suis enveloppé le plus possible dans mon manteau, et j'ai essayé de dormir. Ivre comme je l'étais, j'ai eu un petit sourire en pensant à la situation dans laquelle je me trouvais. Le dernier courrier que j'avais ouvert, à la maison, était un bulletin émanant de mon ancienne faculté, et bien sûr j'avais directement lu la rubrique : « Que sont-ils devenus ? » J'aurais peut-être pu remplir le questionnaire ainsi : « Je suis là, à côté de mes pompes, vautré sur un banc de Clapham Common. »

Malgré le vent et le rire moqueur des colverts sur la jetée, je me suis endormi très vite. Je me suis toujours assoupi facilement après avoir beaucoup bu. C'est pour ça que j'ai été viré de mon premier boulot d'été, qui consistait à emmener des retraités au bord de la mer. Mais, au milieu de la nuit, l'alcool et le crachin commencèrent à se faire sentir, et je me suis réveillé en me sentant à la fois glacé et déshydraté. Comme toujours quand on s'éveille dans un endroit inconnu, il y a une seconde de flottement durant laquelle on essaie de se souvenir où l'on se trouve. Je n'avais pas la sensation d'être dans mon lit, à la maison. Je n'avais pas la sensation d'être dans le luxueux lit à colonnes que j'avais dédaigné dans l'appartement de Hugo. Lorsque je me suis rendu compte que les frissons et les douleurs que je ressentais étaient dus au fait que j'avais dormi sur un banc dans un parc, je me suis senti tellement déprimé que j'ai presque eu envie de me jeter sous le premier véhicule venu, mais c'était un tricycle de laitier, ce qui m'aurait juste un peu meurtri les jambes, et je ne voulais pas ajouter un autre échec à la liste.

Alors, dans l'introspection douloureuse du petit matin, mon esprit se vautra dans les dangereux sables mouvants de l'auto-apitoiement. Tout ce que je voulais, en fait, tout ce que j'avais toujours voulu, c'était l'amour et le respect de Catherine. J'avais juste voulu m'assurer que la femme que j'aimais m'aimait aussi. Dans mon univers égocentrique, je n'avais vu en elle qu'une planète tournant autour de moi. Cette conception erronée était soutenable jusqu'à l'arrivée des enfants, mais à ce moment-là les lois physiques avaient explosé tout d'un coup. Je n'étais pas parvenu à l'admettre. J'avais encore essayé d'occuper le centre de sa vie. Si je n'étais pas la raison pour laquelle elle avait craqué au petit déjeuner, je voulais être celle pour laquelle elle avait craqué à midi. Je kidnappais son irritation, je faisais en sorte qu'elle ait un lien avec moi. C'était peut-être la façon de voir de tous les hommes. Peut-être que le lendemain du jour où Mrs Thatcher avait perdu son boulot de Premier ministre, Dennis Thatcher s'était hérissé, sur la défensive, et avait dit : « Je ne comprends pas pourquoi tu me fais la gueule. »

J'étais là, allongé, frigorifié et vidé, à regarder les voitures passer. Au fur et à mesure que Londres s'éveillait, il y en avait de plus en plus. Leurs conducteurs semblaient de plus en plus pressés. A la faible lueur des lampadaires, j'ai remarqué une forme accrochée à la barrière de l'autre côté de la rue. A quelques mètres du squelette d'un cadre de bicyclette, j'ai distingué un bouquet d'œillets desséchés, une petite botte de fleurs de serre bon marché, maintenant brunies et sans vie. Il n'y a qu'une raison pour laquelle des gens attachent des fleurs à une barrière : pour marquer l'endroit où quelqu'un a été tué. Une autre voiture est passée, sans prendre garde à ce que signifiait cet endroit, accélérant, en descendant la rue juste comme avait dû le faire le véhicule à l'origine de ce mémorial pathétique et fané. L'été, des camionnettes de marchands de glaces s'installaient par là. Je me suis demandé si un enfant avait traversé trop vite, sans regarder, pour acheter une glace, comme la fois où Millie avait vu une plume au milieu de la rue et s'était précipitée. Je l'avais tellement disputée que je l'avais fait pleurer. Elle ne m'avait jamais vu aussi en colère contre elle, mais en fait je m'en voulais de lui avoir lâché la main et pensais à ce qui aurait pu arriver.

Alors mon esprit s'est mis à dévaler au galop une pente dangereuse. Et si Millie s'était fait écraser ? Et si je devais aller moi aussi attacher des œillets bon marché à une barrière ? *Ne pense pas à ça, Michael. Ôte-toi ça de la tête*. Mais je ne pouvais m'empêcher de me représenter, volontairement, la mort de Millie, imaginant la scène plan par plan, suivant tout son déroulement, échafaudant dans ma tête un scénario fatal et si plausible qu'il en donnait le frisson.

Je suis dans le jardin à arroser les jardinières. J'ai laissé la porte d'entrée légèrement entrouverte parce que je n'ai pas mes clefs dans ma poche. Je me rends vaguement compte que le chat se glisse dans l'entrebâillement de la porte. Je ne vois pas Millie qui suit le chat. Maintenant le chat est sur le trottoir, et Millie lui tire la queue. Le chat n'aime pas ce jeu ; il file sur la route, et Millie le poursuit, elle court entre les voitures garées. Arrive une grosse camionnette blanche avec un exemplaire du *Sun* sur le tableau de bord. Le conducteur écoute Capital Gold, où ils passent *Bohemian Rhapsody*. C'est le solo de guitare, et ça le fait toujours accélérer. Et soudain il y a un son mat, un crissement, un bruit sourd tandis que le pneu passe sur le corps de Millie. Puis les pneus arrière l'écrasent aussi, et tout ça va très vite, mais c'est au ralenti, et elle est là sur la chaussée, derrière le camion. Elle est parfaitement immobile, petit corps brisé, inutile. C'est moi qui lui ai mis ses chaussures ce matin, et on a choisi sa robe ensemble. Maintenant le conducteur est debout sur le bord de la chaussée, accumulant tous les jurons qu'il connaît pour dire que ce n'était pas de sa faute. Il est pâle, il tremble. Une BMW qui arrive en face klaxonne parce que la camionnette bloque la rue. Le conducteur vomit sur le bas-côté, sa radio marche encore, il y a un couplet qui dit que rien n'a d'importance, puis il y a un gong, et c'est fini et ça y est – la vie de Millie n'a duré que trois ans.

Une autre paire de phares éclaire les fleurs fanées et je reviens à moi. Mon cauchemar est si réaliste qu'il faut que je voie Millie sur-le-champ, il faut que je la soulève, que je la serre fort contre moi, que je ne la laisse pas s'échapper, mais je ne peux pas faire ça. Non parce que je l'ai perdue à cause d'une camionnette blanche, mais parce que je l'ai perdue au cours d'un autre accident plus compliqué : une séparation. Bien entendu ce n'est pas la même chose, et elle s'en tirera bien, et Catherine l'élèvera correctement. Mais elle ne m'aimera pas autant que je l'aime ; elle ne s'inquiétera pas pour moi. Et même si c'est mille fois mieux que de se faire écraser par la camionnette crasseuse d'un entrepreneur, je l'ai perdue. On ne vivra pas ensemble. Elle ne me connaîtra pas vraiment. Il y a eu un terrible accident, et je l'ai perdue.

Comment est-ce que ça s'est passé ? Comment s'est déroulée cette suite d'événements ? Le jour où j'ai menti à Catherine pour la première fois, lorsque j'ai coupé mon portable en voyant le numéro de la maison sur le petit écran – c'était ça, le chat qui se glisse par la porte entrebâillée. Puis il y a eu le jour où Catherine m'a demandé si j'avais travaillé toute la nuit, et au lieu de dire simplement que j'avais travaillé jusqu'à dix heures et que je m'étais senti trop fatigué pour rentrer à la maison et rater ma nuit à cause des enfants, j'ai baissé les yeux et j'ai acquiescé ; en ne réussissant pas à tout lui dire, j'ai menti par défaut – c'était comme de ne pas voir où se trouvait Millie, ne pas imaginer qu'elle puisse être en danger. Ensuite j'ai menti avec une nonchalance croissante, je me suis menti à moi-même en me disant que Catherine était heureuse, et j'ai commencé à les fuir délibérément, elle et le bébé – comme le chat qui fuyait alors que Millie essayait de le tenir par la queue. Puis le chat s'est trouvé sur la route, Millie n'a pas pu le retenir, et soudain, bang, mes deux vies entrent en collision, Catherine pleure, pleure, pleure, et c'est terminé, on n'y peut plus rien. Je les ai perdues, exactement comme papa m'a perdu. C'était encore un autre genre d'accident, pensai-je. Une liaison. Mon père m'avait appris à traverser la route, parce qu'il ne voulait pas me perdre. Il m'avait appris à ne pas courir sur la chaussée derrière un ballon de foot, parce qu'il ne voulait pas me perdre. Mais il n'avait pas vu quel risque il me faisait courir quand il est sorti prendre un verre avec une fille rencontrée à son boulot. Il n'y avait tout simplement pas pensé. Comme l'enfant qui poursuit un chat ou un ballon, il était excité, il s'est mis à courir après la jolie fille, et alors, bang, il avait perdu son fils, son mariage était à l'eau, et c'était un accident terrible.

L'heure la plus sombre avant l'aube a été éclairée par la lumière bleue clignotante d'une voiture de police qui roulait à toute vitesse, quoiqu'il n'y eût pas de sirène pour trouer le silence de la nuit d'hiver. Pourquoi ne se précipitent-ils pas pour les séparations ? Pourquoi la voiture de police ne s'était-elle pas précipitée derrière mon père, quand il s'était éloigné de notre maison, et n'avait-elle pas dit : « C'est très dangereux, monsieur, cet enfant pourrait se faire mal. » Est-ce que, maintenant, tout allait recommencer ?

La dernière fois que j'avais retrouvé Catherine près des balançoires, j'avais encore plaidé ma cause auprès d'elle, lui rappelant que lorsqu'elle m'avait quitté, j'avais déjà renoncé à l'appartement. Et j'ai entraperçu un bref instant d'hésitation, comme si elle était presque tentée de me croire. Je lui avais dit à quel point j'étais furieux contre mon père d'avoir montré la lettre à son amie.

– Pourquoi a-t-il fait ça ? Pourquoi a-t-il montré à Jocelyne une lettre extrêmement personnelle que je lui avais adressée ?

– Parce qu'il était fier, répondit-elle calmement.

En un instant, bien des choses se sont soudain éclairées. C'était tellement évident, une fois que Catherine l'avait dit : papa avait montré à son amie ma confession détaillée parce qu'il était fier de recevoir une lettre de moi. Auparavant, je ne lui avais même pas envoyé une carte postale ; je lui avais à peine téléphoné, j'étais rarement allé le voir à Bournemouth. Peu importait ce que j'avais mis dans la lettre. Si je lui avais écrit pour lui dire que je dévalisais des retraités pour m'acheter du crack, il aurait agité la lettre à la ronde, et dit : « Regardez, regardez, une lettre de mon fils ! »

C'était de ma faute si papa avait montré ma lettre à son amie. C'était de ma faute si Catherine l'avait reçue. Je n'avais pas été plus présent pour la génération qui me précédait que pour celle qui me suivait. Finalement, ma lettre comptait moins par ce qu'elle disait à mon père, ou par ce qu'elle disait à Catherine, que par ce qu'elle me disait à moi. Elle m'apprenait à quel point Catherine s'était sentie trahie quand elle avait appris la vérité sur mon mode de vie, et à quel point mon père était en manque de la plus petite marque d'attention.

L'aube se levait sur le parc et j'ai senti soudain que j'y étais. Je comprenais comment tout ça fonctionnait. Je tenais la solution de l'énigme. Il suffit de passer du temps avec les gens qu'on aime. Il ne faut pas essayer de les changer, il ne faut pas se fâcher parce qu'ils n'agissent pas comme on voudrait qu'ils agissent ; il faut s'accommoder de l'ennui, de la mauvaise humeur, de la répétition des mêmes actes, et passer du temps avec eux. En d'autres termes, il faut les écouter vous raconter comment leurs amis ont acheté des voitures en Belgique, ou ce qu'ils ont fait à la garderie d'enfants. Il suffit d'avoir de la patience et d'être là. Parent âgé ou petit enfant, c'est la même chose. Juste passer du temps avec eux, et tout le monde est heureux. Et même vous, pour finir.

Je voulais voir Catherine pour partager avec elle cette révélation, pour lui dire que maintenant que je savais ce que j'étais censé faire, tout se passerait bien à nouveau. Je voulais la rejoindre, m'ennuyer avec elle. Dans la pénombre, j'ai eu du mal à m'asseoir, car je me sentais nauséeux et la tête me tournait. En général, les gueules de bois me font réclamer à grands cris de l'air frais, mais cette fois-là ce n'était pas un problème. J'ai fermé les yeux, j'ai appuyé mes doigts sur mes tempes, essayant un léger mouvement de massage circulaire, comme si ça avait la moindre chance de contrer les effets d'une bouteille de vin, de plusieurs pintes de bière forte, et d'une petite bouteille de whisky.

– T'as pas l'air dans ton assiette, mon pote !

Si j'avais l'air aussi mal en point que je me sentais l'être, j'étais surpris que quelqu'un s'approche à moins de cent mètres. Assis à côté de moi sur le banc, il y avait un clochard. Un clochard puant traditionnel, avec une grande boîte de bière à la main et une grosse croûte au menton. La seule chose qui, chez lui, n'était pas traditionnelle, c'est qu'il était gallois. Des ivrognes écossais, oui, j'en avais vu plein. Des ivrognes irlandais, oui, ils s'étaient installés dans la station de métro de Camden. Mais un ivrogne sans-abri gallois, pour moi, c'était une nouveauté. C'est bizarre à quel point les Écossais et les Irlandais semblent être partout – dans les films, dans la musique, dans les spectacles de danse celtique, et même affalés aux sorties de métro. Enfin, au moins, voilà un Gallois qui faisait un petit effort pour redresser la balance.

– Ouais, euh, je suis pas dans mon assiette, ouais. J'avais juste besoin de m'asseoir un peu.

– Et alors tu t'es couché et t'as passé la nuit là, ha ha ha. C'est mon banc, tu sais, mais tu dormais à moitié, alors je te l'ai laissé pour la nuit. Tu veux boire un coup ?

Il m'a tendu sa boîte de bière sur le pourtour de laquelle pendait encore un filet de salive.

« Non merci. Jamais de bière chaude ni de mollard de clodo avant le petit déjeuner. »

Je me suis contenté de penser ça. Je n'ai pas eu le courage de le dire vraiment. C'était gentil à lui de me proposer de partager avec moi le peu qu'il avait, même si c'était de loin l'offre la moins alléchante qu'on m'ait jamais faite de ma vie. Ça me touchait que ce clochard soit si amical, qu'il me parle comme à un copain.

– Je ne t'avais encore jamais vu dans le coin.

– Évidemment que vous ne m'avez pas vu. Je ne suis pas un sans-abri.

– Oh, pardon, votre majesté.

Et il m'a fait une révérence d'ivrogne, exagérément courbée, sur le banc à côté de moi.

– Alors t'habites où ?

– Euh, eh bien, pour l'instant, je vis n'importe où, marmonnai-je. Mais il se trouve que jusqu'à une période récente, j'avais deux maisons, ai-je ajouté, dans l'espoir de rendre crédible mon appartenance à la société normale.

– Alors, comme ça, avant t'avais deux maisons, et maintenant t'en as plus aucune ? Ça me paraît tout à fait normal, dit-il en prenant une dernière goulée de sa boîte avant de la jeter par terre.

Il avait raison, il y avait une symétrie dans la façon dont s'étaient déroulées les choses : celui qui avait essayé de tout avoir finissait sans rien. Mais je n'aimais pas la façon dont il essayait de me faire descendre à son niveau. Je n'étais pas un clochard ! D'accord, je n'avais pas d'endroit où vivre, je n'avais pas d'argent, et j'avais passé la nuit sur un banc, mais même bourré, je n'aurais jamais jeté par terre une boîte vide comme il l'avait fait.

– J'ai deux enfants, vous savez, et un troisième en route, lui confiai-je fièrement.

Il m'a regardé de bas en haut. Il a regardé mon visage chiffonné et mal rasé, mes cheveux qui se dressaient, mes vêtements sales et fripés, le pathétique ballot de mes affaires entassées dans un fourre-tout défraîchi.

– Elle a du bol, ta gonzesse. Je veux dire, t'as l'air d'une sacrée touche pour n'importe quelle nana.

– Ouais, enfin, on a eu une grosse dispute, mais je vais l'appeler. Je vais l'appeler tout de suite de cette cabine.

– Vas-y, alors.

– Et je vais m'en sortir avec elle, parce que je suis pas un traîne-savate.

– Tout ce que tu veux.

– Parce que je ne suis pas un sans-abri qui fait la manche.

– Bien sûr. Vas-y, téléphone à ta femme.

– Il me faudrait seulement... Vous n'auriez pas un peu de monnaie, s'il vous plaît ?

Avec les vingt pence rabiotés au clochard gallois, j'ai fait le numéro des parents de Catherine, et me suis armé de courage pour affronter leur désapprobation glaciale. Mais mon cœur a fait un bond quand Millie a décroché elle-même.

– Allô, Millie, c'est papa. Comment tu vas ?

– Bien.

– Tu as pris ton petit déjeuner ?

Il y a eu un silence à l'autre bout de la ligne, et j'ai compris que ça voulait dire qu'elle acquiesçait.

– Vous êtes gentils avec papy et mamie ?

Encore un silence. Peut-être qu'elle acquiesçait, peut-être qu'elle secouait la tête, c'était difficile à dire. Il fallait que j'arrête de poser des questions qui ne l'obligeaient pas à parler.

– Tu aimes mon chapeau ? demanda-t-elle.

– C'est un très joli chapeau. Il est à mamie ?

– Non ! dit-elle comme si elle me trouvait complètement stupide. C'est pas un pirate, mamie !

La cabine dévorait ma monnaie et, aussi agréable que ce pût être de parler à Millie, savoir si mamie était ou non un pirate ne m'aiderait guère à reconstruire ma vie.

– Maman est là, ma chérie ?

Un silence.

– Millie, de là où je suis, je ne peux pas te voir dire oui ou non avec la tête. Tu peux me passer maman ?

J'ai entendu la voix de Catherine s'adressant à Millie, lui disant de lui passer le téléphone.

– Allô ?

– Salut, c'est moi. Écoute, il faut qu'on parle, parce que je sais que tu dois me détester et tout ça, et je peux comprendre que, vu comme ça, je ne suis pas le mec le plus merveilleux du monde, mais je ne suis pas le pire, tu sais. Et ce qu'il y a, c'est que je t'aime, et, mon Dieu, il y a des hommes qui ont couché avec d'autres femmes et à qui leurs épouses ont pardonné, mais moi je n'ai jamais fait ça. Bon sang de bon Dieu, même quand je me masturbe, j'essaie toujours de penser à toi.

– Ce n'est pas Catherine, Michael, c'est Sheila, dit la voix glacée de sa mère. Je vous en prie, n'utilisez pas de cette façon le nom du Seigneur.

– Ah, euh, désolé, Sheila. Mon Dieu, au téléphone, vous avez exactement la même voix qu'elle.

– S'il vous plaît, n'invoquez pas en vain le nom de Dieu.

– Ah ouais. Putain, désolé. Est-ce que je peux parler à Catherine, s'il vous plaît ?

– Non, vous ne le pouvez pas.

– Quoi ? Vous ne voulez pas que je lui parle, ou est-ce qu'elle n'est pas là ?

– Non, elle n'est pas là.

Sheila ne changerait pas de tactique et ne me donnerait pas plus de renseignements que nécessaire.

– Euh, vous savez où elle est ?

– Oui.

– Alors, pourriez-vous me le dire, s'il vous plaît ?

– Je ne suis pas sûre de devoir le faire.

– Écoutez, nom de D... Nom de dinde, Sheila. Elle est encore ma femme. Elle est enceinte de neuf mois de notre troisième enfant. Je pense que j'ai le droit de savoir où elle est.

Sheila se tut un instant. Puis elle me dit où était Catherine. Alors j'ai hurlé quelque chose, je me suis précipité hors de la cabine, laissant le récepteur se balancer, et la personne qui attendait après moi a pris le récepteur et entendu Sheila dire : « Je vous en prie, n'utilisez pas de cette façon le nom de Notre Seigneur Jésus-Christ. »

J'ai remonté Clapham High Street, j'ai croisé Stockwell, j'ai vu toutes les stations de métro par lesquelles je passais quand j'allais du mariage au célibat, mais pour l'instant je n'avais même pas une livre pour prendre une rame, et je courais, je courais, je courais, mon corps était douloureux, je me sentais malade, mais je continuais à courir pour rejoindre Catherine. Il fallait que je sois avec elle tout de suite. Il fallait que je sois à ses côtés parce que les contractions de Catherine avaient commencé. En ce moment, notre troisième enfant était en train de naître.

11

Une journée étonnante

Une voiture klaxonna et fit une embardée tandis que je traversais le carrefour de Clapham Road. J'avais fait plus de trois kilomètres au pas de course, et je me sentais proche de l'évanouissement lorsque j'ai aperçu la balise orange d'un taxi qui approchait, et j'ai agité les mains, comme un fou furieux.

– Hello.

Je haletais, appuyé à la portière du taxi.

– Écoutez, je n'ai pas de liquide sur moi, mais ma femme est en train d'accoucher à St Thomas, et si vous pouvez me conduire là-bas, je vous enverrai un chèque du double de la somme.

« Montez, moi j'en ai deux, des petits singes. On va aller deux fois plus vite, et gratuit. C'est ma tournée. »

C'était ce que j'espérais qu'il allait dire. J'avais vu ça dans des films – un homme désespéré dont la femme est en train d'accoucher rencontre un flic ou un chauffeur de taxi qui ne respecte pas les règles, juste pour l'aider. Mais ce chauffeur de taxi-là n'avait pas vu les mêmes films que moi.

– Allez vous faire voir ! aboya-t-il, et il redémarra, m'arrachant presque le bras.

Je repris mon marathon à travers le sud de Londres, faisant passer de temps en temps mon fourre-tout d'une main à l'autre, et finissant par le jeter dans une poubelle. Le temps que j'arrive au fleuve, je ne pouvais plus courir que par à-coups, entrecoupés de longues marches rapides et anxieuses. On ne peut jamais vraiment mesurer la distance qui vous sépare d'un endroit tant qu'on n'a pas désespérément essayé de courir jusqu'à cet endroit avec une sévère gueule de bois, afin d'arriver à temps pour voir la naissance de son enfant. Des portions de route qui, dans ma tête, ne faisaient que cinquante mètres semblaient ne jamais finir, comme si j'avais pris le tapis roulant de l'aéroport de Gatwick dans le mauvais sens. L'épuisement augmentait ma sensation de nausée. Ma tête tournait, je me sentais malade, la sueur coulait le long de mon dos et suintait à travers mon pardessus.

La Tamise s'étendait à ma gauche et, de l'autre côté du fleuve, le Parlement se dessinait dans la brume. Alors que je trottinais, épuisé, sur le quai, un essaim de cyclistes me fonça dessus, et pendant un instant j'ai cru que la seule façon de leur échapper était de grimper dans un arbre. J'ai fini par arriver à l'entrée de St Thomas Hospital et, suffoquant, je me suis approché du comptoir d'accueil.

– Bonjour, je suis venu voir Catherine Adams, qui est en train d'accoucher. Pouvez-vous me dire à quel étage elle se trouve, s'il vous plaît ?

La réceptionniste n'avait pas l'air de partager le sentiment d'urgence qui était le mien. Encore pantelant, je lui expliquai que j'étais son mari, que je n'étais pas venu en même temps qu'elle parce que je n'étais pas avec elle quand elle avait commencé à avoir ses contractions, mais il fallait que je monte tout de suite, et évidemment elle avait besoin de moi à ses côtés aussitôt que possible. Et à ce moment-là j'ai vomi dans la poubelle.

Visiblement, la réceptionniste de l'hôpital voyait très régulièrement des gens vomir, car elle resta absolument de marbre. Tandis que j'appuyais la tête sur son bureau, me marmonnant à moi-même, à voix basse, « Oh, mon Dieu ! », elle appela la salle d'accouchement pour confirmer ma version des événements.

– Oui, il est en bas à la réception, dit-elle. Il vient de vomir dans la poubelle, et maintenant je crois qu'il est sur le point de s'évanouir.

Une conversation suivit, dont je n'entendis qu'une moitié.

– Je vois... oui... oui...

Au ton de sa voix, je sentais qu'il y avait un problème administratif.

– Eh bien, qu'y a-t-il ? Il y a un problème ?

– Ils veulent savoir pourquoi vous avez vomi. Vous avez une maladie ?

– Non, je n'ai pas de maladie. C'est juste que j'ai couru jusqu'ici, c'est tout.

– Non, il n'a pas de maladie. Il sent l'alcool, cependant, ajouta-t-elle, secourable, et elle m'adressa un petit signe de tête déçu pour me faire comprendre que ce détail n'avait pu faire pencher les choses en ma faveur.

Elle a fini par m'informer qu'ils ne pouvaient me laisser pénétrer dans la salle d'accouchement, qu'ils savaient que Catherine et moi étions séparés, et que Catherine avait déjà sa sœur Judith pour l'assister. Comme si un accouchement n'était pas assez douloureux en soi.

– OK. C'est parfait, je comprends, dis-je calmement. Je, euh, je rappellerai plus tard, peut-être.

Alors j'ai marché lentement jusqu'au coin, puis j'ai bondi dans l'ascenseur qui menait à la salle d'accouchement. Je suis sorti au septième étage, et l'obstacle suivant a consisté en une grande porte métallique usée, avec une sonnette d'alarme sur le côté. J'ai tourné autour un moment, en feignant d'observer l'affiche qui disait « Comment tâter vos seins ». Une infirmière qui passait m'a regardé d'une manière bizarre. Au bout d'un moment, le grincement de l'ascenseur a annoncé l'arrivée d'un autre père anxieux, qui a émergé en serrant contre lui un gros paquet de sandwichs préemballés achetés à la boutique du rez-de-chaussée. Super, il se dirigeait vers la salle d'accouchement.

– Ah, les fameux sandwichs, dis-je, estimant qu'il valait mieux faire ami-ami avec lui si je voulais essayer de le suivre à l'intérieur du sanctuaire.

– Je ne savais pas ce qui était le mieux pour une femme en travail, alors j'en ai pris un large choix.

– Fromage et pickles, lui annonçai-je avec assurance tandis que je m'approchais de la porte derrière lui.

– Oh, dit-il, l'air déçu. C'est le seul que je n'ai pas pris. Je vais redescendre changer ça contre du fromage et des pickles.

– Non, non, œuf-salade, c'est encore mieux. En fait, il y a des gens qui disent que le fromage-pickles augmente les risques de césarienne.

– Vraiment ? Eh bien, merci de m'avertir.

Puis il a sonné, donné son nom dans l'interphone, est entré, et moi derrière lui.

J'ai adopté l'air décidé de quelqu'un qui sait où il va, en dépit du fait que je devais ralentir pour jeter un coup d'œil par chaque porte entrouverte. Il régnait dans le couloir sans fenêtres du service d'accouchements l'atmosphère d'une prison secrète dans une lointaine dictature fasciste. Des cris d'agonie venaient de derrière toutes les portes, tandis que des hommes et des femmes à l'air déterminé entraient et sortaient en tenant des instruments de torture en métal. J'ai vu une porte, et j'ai eu le pressentiment que c'était la pièce dans laquelle Catherine allait accoucher.

– Désolé, je me suis trompé de chambre, dis-je à la femme nue qui grimpait dans la piscine d'accouchement.

J'ai collé l'oreille contre la porte de la salle suivante. J'ai entendu une voix d'homme, affirmative. « Non, tout le monde sait que les fromage-pickles augmentent les risques de césarienne », disait cette voix. Au bout du couloir se trouvait le bureau des infirmières. Je suis passé devant discrètement, à la recherche d'un indice, et là, sur le mur, j'ai vu un grand tableau blanc avec le numéro des chambres et le nom des mamans gribouillé au-dessous. A côté de Chambre 8, quelqu'un avait griffonné, au feutre bleu : Catherine Adams. Adams avec deux « d », comme si on était la famille Addams. Lorsque je me suis aperçu dans la glace, cette erreur m'a semblé soudain justifiée. Je suis arrivé devant la Chambre 8. J'ai essayé d'aplatir mes cheveux, mais je sentais qu'ils se hérissaient aussitôt à nouveau. J'ai frappé doucement, et je suis entré.

– Aaarrrrggghhhhhhh !

– Salut, Catherine.

– Aaaarrrrggggghhhhhhh ! hurla-t-elle encore une fois.

J'ai pensé qu'elle était en train d'avoir une contraction, à moins que ce ne soit sa réaction naturelle en me voyant.

– Putain, qu'est-ce que tu fous ici ? cria-t-elle.

– Il faut que je te parle.

– Oh, ça tombe bien, parce que, pour l'instant, je n'ai rien de particulier à faire. Aaaaaaarrrrrggghhhh !

La seule autre personne présente dans la pièce était Judith, qui avait l'air déçu d'une doublure qui vient de voir arriver le titulaire du rôle juste avant le lever du rideau.

– Il ne devrait pas y avoir une sage-femme ou un docteur ? dis-je.

– Elle n'est dilatée que de cinq centimètres, dit Judith. Ils n'arrêtent pas d'entrer et de sortir pour voir comment ça se passe. Et je lui ai apporté des sandwichs et tout ce qu'il faut.

– Elle ne mange jamais de sandwichs.

– Oh.

– Catherine, écoute, dis-je. J'ai bien réfléchi. Je sais ce qui n'allait pas chez moi.

– C'est vrai ? Félicitations, Michael !

Elle était assise sur le lit, vêtue d'une blouse d'hôpital qui ne la flattait pas, et elle semblait presque aussi en nage et ébouriffée que moi.

– J'avais l'impression que tu en avais toujours marre de me voir.

– J'en ai marre de te voir. Je suis complètement et tout à fait dégoûtée et consternée par ta présence.

– Oui, visiblement, pour l'instant, c'est le cas, concédai-je. Mais avant, quand tu en avais marre d'être la mère de petits bébés, j'avais l'impression que tu ne m'aimais plus, et je crois que c'est pour ça que je n'arrêtais pas de partir.

– Aaaarrggghhhh !

Judith s'interposa délibérément pour tapoter le front de Catherine d'un petit coup importun, avec un gant de toilette encore plus humide que Catherine ne l'était.

– C'est quoi, cette odeur ?

– Huiles essentielles, dit Judith d'un air suffisant. Ça m'a vraiment aidée quand j'ai eu Barney.

– Ce ne sont pas des huiles essentielles, Judith. Elles ne sont pas essentielles du tout. Pendant des milliers d'années les femmes ont accouché sans huiles essentielles. Putains d'huiles superflues, ça leur irait mieux, comme nom.

– Arrête, Michael, dit Catherine, qui était encore en train de se remettre de sa dernière contraction. Merde ! tu m'as menti, tu m'as laissée, et maintenant tu crois qu'il suffit que tu te pointes ici pour que tout s'arrange de nouveau. Tu en as marre d'être seul, alors maintenant tu as besoin d'un autre petit coup de paternité, avant d'en avoir marre une nouvelle fois. Eh bien, tu peux aller te faire foutre !

Maintenant, elle hurlait.

– Euh, tu ne veux pas que je te masse les pieds ? demanda Judith, qui paraissait quelque peu embarrassée.

– Non, Judith, je ne veux pas que tu me masses les pieds, merci beaucoup.

– Écoute, Catherine, tout ce que tu dis est vrai. Mais c'est toi qui voulais des enfants si rapidement. Je faisais semblant d'en vouloir aussi, mais c'était juste pour te faire plaisir. Tout ce que j'ai fait, c'était pour essayer de te faire plaisir.

– Ah oui, je vois. Tu habitais dans ton propre appartement pour me faire plaisir *à moi*, c'est ça. Pendant un moment j'ai pensé que tu étais un fumier égoïste, mais maintenant je me rends compte que c'était moi qui faisais les choses à ma manière. Eh bien, je te prie de m'excuser d'avoir été si égoïste.

– Tais-toi, dis-je soudain. C'est quoi, ce bruit ?

– Quel bruit ? demanda Catherine, agacée d'avoir été coupée dans son élan.

Je l'ai entendu de nouveau. Un étrange grondement lointain venait de quelque part dans la chambre. On avait l'impression qu'un vieillard drogué grognait dans la commode, mais que ses piles étaient en train de s'user.

– Ça recommence. C'est horrible. Qu'est-ce que c'est ?

Judith parut blessée.

– C'est ma cassette du chant des baleines. C'est pour aider Catherine à se détendre.

– Aaaaaaaargh ! intervint Catherine.

– Eh bien, ça marche super bien, non ? Une cassette du chant des baleines ! C'est pas vrai, tu es un cliché ambulant de hippie ! Je parie que ce ne sont même pas des chants de baleine récents ! Je parie que ce sont des chants de baleine datant des années soixante !

– Gnnnnnnnooooo..., continuait la baleine.

– Aaaaaaaaarrrrrgggggghhhhh ! intervint de nouveau Catherine.

– Pour tout dire, Judith, est-ce que tu voudrais me faire plaisir ? ajouta-t-elle en remuant douloureusement.

– Oui ? dit vivement Judith.

– Est-ce que tu pourrais éteindre cette putain de connerie de cassette de chant des baleines ? J'ai déjà suffisamment l'impression d'être une grosse baleine moi-même.

– Ah bon, d'accord, comme tu veux.

– Et arrête de me frotter les pieds avec cette huile qui pue, avant que l'odeur me fasse gerber.

Catherine et moi avons continué de discuter, mais elle avait le net handicap d'être dans les premières douleurs de l'accouchement. En une ou deux occasions, j'ai cru avoir le dessus, parce qu'elle ne répondait pas. Mais à chaque fois, il s'avéra que c'était parce qu'une grosse contraction douloureuse la prenait. Tandis que nous nous disputions, je me rendais vaguement compte que Judith feuilletait un manuel de naissance naturelle, pour voir si on y expliquait quelles sortes de cristaux ou d'herbes il fallait utiliser dans cette situation. Catherine disait que je ne me préoccupais que de moi, et je répondais : « Non, je t'aime, espèce d'andouille ! » Elle me traitait de salaud égocentrique, et je lui disais qu'elle était une martyre geignarde. J'avais renoncé à essayer de me mettre à plat ventre, parce que ça ne menait à rien. A la place, j'avais décidé d'essayer moi aussi l'offensive.

– Écoute, tu m'as foutu dehors, alors c'est *toi* qui *me* dois des excuses.

– Je *te* dois des excuses ? demanda-t-elle, incrédule.

– Ouais.

Je ne savais pas où ça nous mènerait, mais j'ai quand même appuyé sur ce bouton-là.

– Je te dois des excuses ? Tu veux vraiment savoir ce que je te dois ?

– Euh, ouais, vas-y.

Et sa réponse, ça a été de me frapper de toutes ses forces en plein visage. Je me suis écroulé comme un arbre abattu, heurtant de l'arrière de la tête les bonbonnes de gaz métalliques, qui étaient là pour soulager la douleur, et qui faisaient vraiment mal. Puis Catherine a commencé à pleurer et à me taper dessus avec un bassinet en plastique. Je me suis mis en boule sur le sol, Catherine a commencé à avoir une autre contraction, et Judith a pressé le bouton d'appel d'urgence.

Lors de la naissance de mes deux premiers enfants, je m'étais senti, de façon étrange, spirituellement détaché de tout ce qui se passait. Lors de la naissance du troisième, j'ai été physiquement éjecté par deux costauds de la sécurité de l'hôpital. J'ai tourné en vain pendant à peu près une heure autour du bâtiment, alors que des visiteurs heureux se rendaient à la maternité, entrant, sortant, portant des fleurs et des peluches. Il y avait eu un rayon d'espoir, qui me faisait rester devant l'hôpital. Catherine n'avait cessé de répéter « Je t'aime » en me frappant sur la tête avec le bassinet. J'aurais plutôt pensé qu'elle me haïssait. Mais quand les costauds de la sécurité m'ont empoigné par les cheveux, m'ont plié en deux et m'ont fait marcher en canard jusqu'à la porte de l'hôpital, avec dans le dos le bras à moitié arraché, je me sentais dans un état de sérénité euphorique, comme si je ne touchais plus terre – ce qui a été le cas, d'ailleurs, lorsque les deux gorilles m'ont jeté sur le trottoir.

Au bout d'un moment, je me suis approché d'un groupe de visiteurs et les ai persuadés de faire passer un message à la Chambre 8 du service d'accouchements. Je leur ai tendu un petit mot que j'avais griffonné au dos d'un morceau de carte trouvé dans une cabine téléphonique. Ils étaient si pleins de gratitude envers l'univers que ça a été facile de leur demander un service, même s'ils ont eu une hésitation quand ils ont retourné la carte et vu la photo d'une prostituée aux énormes seins nus, avec le message : « Dominatrix ! Laissez-la vous punir ! » C'était le seul morceau de carte que j'étais parvenu à trouver. « C'est une *private joke*, balbutiai-je. A la maison, elle aime en faire à sa tête ! » Le message disait à Catherine que je ne serais pas loin et que j'aimerais qu'elle me téléphonc quand le bébé serait né. Catherine ne reconnaîtrait pas le numéro, car c'était celui d'une cabine près de Westminster Bridge. Ensuite j'ai passé la journée assis sur un banc à côté du téléphone public que j'avais choisi. Parfois des gens s'en approchaient, mais alors ils voyaient un grand autocollant « En panne » sur la porte, ils me regardaient, et on partageait un regard Mon-Dieu-que-devient-ce-pays !

Big Ben sonnait tous les quarts d'heure pour me rappeler à quel point la journée s'écoulait lentement. Je ne sais pas pourquoi, mais je me retrouvais à voir passer les minutes face à la plus grande horloge du monde. Je dévorai mon déjeuner. Avant de m'asseoir, je m'étais approché d'un couple à l'air traumatisé qui s'avançait sur le parking de l'hôpital avec un nouveau-né.

– Félicitations, dis-je.

– Merci, répondirent-ils tous deux, l'air à la fois fier et égaré tandis que l'homme aidait la mère et le bébé à monter sur le siège arrière.

– Je peux vous poser une question ? Est-ce qu'elle a mangé les sandwichs ?

– Je vous demande pardon ?

– Les sandwichs que vous lui avez faits quand elle a eu ses contractions.

– Non. C'est drôle que vous demandiez ça parce qu'elle n'y a pas touché.

– Est-ce que ça vous ennuierait de me les donner pour les sans-abri du quartier ? Ça fait partie d'un projet qu'on met en place.

– Bien sûr que non. Quelle idée merveilleuse.

Il m'a donné les sandwichs, les boissons gazeuses, et même une barre de chocolat. Et alors que la femme venait d'accoucher et qu'apparemment elle se concentrait sur son nouveau-né, une voix ferme est montée de l'arrière de la voiture : « *Pas* le chocolat. »

Au cours de ma longue attente près de la cabine téléphonique, je suis passé par plusieurs stades. Au début, j'étais fier de mes capacités d'organisation face à une telle adversité. J'avais un siège avec vue sur la Tamise. Mon déjeuner était sur ma gauche, dans un sac. Mon téléphone public privé était à ma droite. Il suffisait d'attendre. Mais au fur et à mesure que les heures passaient et que le froid me rongeait le moral, j'ai commencé à m'inquiéter. Je me suis d'abord inquiété du fait que Catherine n'avait peut-être pas l'intention d'appeler. Peut-être s'était-elle contentée de déchirer mon petit mot, et j'allais rester assis à attendre longtemps après qu'elle eut quitté l'hôpital. Puis j'ai commencé à me demander si la cabine n'était pas vraiment en panne, si je n'avais pas mis un autocollant sans vérifier que ce qu'il disait était vraiment un mensonge. Je suis entré dans la cabine et j'ai composé le 150.

– Allô, Service Clientèle, Janice à l'appareil, est-ce que je peux vous aider ?

– Merci, c'est tout ce que je voulais savoir.

Puis j'ai eu peur que, pendant les dix secondes que m'avait prises cet appel, Catherine ait essayé de téléphoner, qu'elle ait vu que c'était occupé, et qu'elle ne réessaie pas. Ne devrais-je pas extorquer dix pence à un passant, de façon à pouvoir appeler le service d'accouchements ? Mais ça pourrait être le moment précis qu'elle choisirait pour m'appeler. Ces angoisses tournaient sans cesse dans ma tête, jusqu'à ce que je finisse par les chasser. Il ne me resta plus alors que des vrais soucis, des soucis sérieux. Pourquoi diable pensais-je qu'elle pourrait avoir envie de m'appeler ? Et d'ailleurs, qu'est-ce que je ferais, dans ce cas ? Je retournerais sur mon banc de Clapham Common ? J'irais dormir dans le garage de Mrs Conroy ? Les sans-abri sans emploi ont plus de problèmes que la plus grande partie des gens, mais le pire de tout, c'est qu'ils n'ont rien à faire d'autre que de penser à leurs problèmes pendant des heures et des heures. Au moins, quand le général Custer croulait sous les problèmes, il avait de quoi s'occuper.

Le crépuscule est tombé peu à peu. Les milliers de gens qui, ce matin, étaient passés devant moi en allant dans une direction passaient maintenant dans l'autre direction. Les lumières des bateaux disparaissaient sous Westminster Bridge, et les feux au-dessus du pont sont passés au rouge. Le froid augmentait avec l'obscurité, et l'envie de faire pipi devenait maintenant ma préoccupation dominante. Je faisais les cent pas devant mon banc, croisais les jambes, mais ça devenait insupportable. Il fallait que je reste près de la cabine, mais j'éprouvais un besoin désespéré d'aller aux toilettes. C'est donc pour ça que les cabines téléphoniques sentent toujours l'urine. J'ai fini par avoir une idée. J'ai introduit furtivement une boîte de bière vide dans la cabine, et j'ai décidé que le besoin serait soulagé sur place. A cet instant-là, ça semblait une solution civilisée, mais je n'avais jamais mesuré auparavant la contenance de ma vessie pleine. Il ne m'était jamais venu à l'esprit qu'elle faisait à peu près quatre fois le volume d'une boîte de bière vide de cinquante centilitres. La boîte a été pleine en deux secondes, et à ce moment-là le torrent paraissait impossible à arrêter. Je ne supportais pas l'idée d'en être réduit à uriner dans une cabine téléphonique, alors j'ai serré l'extrémité de mon pénis, et fermé douloureusement le robinet. Puis j'ai difficilement poussé avec ma jambe la porte de la cabine, et me suis contorsionné de façon à pouvoir vider la boîte sur le carré d'herbe boueuse au-dehors, tandis que, de mon autre main, je continuais à tenir mon pauvre pénis douloureux, gonflé à en éclater, comme un tuyau d'incendie bouché dans un dessin animé *Tom et Jerry*. C'est à cet instant que le téléphone sonna.

Ça m'a fait à la fois bondir et m'affoler. « Allô ? » dis-je dans le récepteur, tandis que l'urine giclait sur mon pantalon comme si un barrage explosait. « Oh non ! » Puis je me suis rendu compte que j'avais jeté la boîte, et que ça se répandait sur les chaussures.

– Oh, putain, merde, chié !

– C'est moi, dit Catherine. Je croyais que tu voulais que j'appelle.

– Oui, bien sûr. Désolé, c'est juste que tu m'as fait lâcher ma boîte de pisse.

– Quoi ?

– Ma boîte de bière. De la bière qui sent la pisse.

J'ai essayé d'affecter un ton parfaitement normal, alors que l'urine giclait, incontrôlable, sur mon pantalon.

– Alors, euh, qu'est-ce que tu deviens ?

Il y eut un silence.

– Je viens d'avoir un bébé, répondit-elle d'un ton neutre.

– Ah oui, bien sûr, c'est vrai.

Un homme passa près de la cabine et me regarda à travers la vitre, tandis que je tentais de dissimuler le fait que je me servais de la cabine comme pissotière.

– Alors, euh, qu'est-ce que tu deviens ?

– Tu me l'as déjà demandé.

– Ah oui, pardon. Et tu m'as dit que tu venais d'avoir un bébé. Tu vois, je t'écoutais.

Les chutes du Niagara fumantes à l'intérieur de la cabine avaient fini par cesser et, le combiné toujours dans une main, j'ai commencé, de l'autre, à me reboutonner.

– Eh bien, je l'ai eu, dit-elle finalement.

Elle avait l'air bizarre. Fatiguée, évidemment, mais froide et distante, ce qui m'effrayait un peu.

– Et le bébé va bien ? demandai-je nerveusement. Je veux dire, il est en bonne santé et tout ?

– Oui, parfaitement en bonne santé, et magnifique. Trois kilos deux. Il est né à trois heures et demie cet après-midi. C'est un garçon, au fait, au cas où tu avais l'intention de me le demander.

– Un garçon ! Super ! Et toi, tu vas bien, hein ?

– Oui. Il est arrivé vraiment facilement.

– Ça doit être le miracle du chant des baleines, dis-je pour plaisanter, mais Catherine n'avait pas envie de rire.

– Écoute, tu ferais mieux de venir nous voir. Il faut que je te parle. Je les ai persuadés de te laisser entrer, maintenant. Ils m'ont mis dans la salle Hélène, au sixième étage.

– Génial, merci. J'arrive aussi vite que je peux, dis-je en raccrochant.

J'aurais pu ajouter : « Il faut que je rince toute cette urine sur mon pantalon », mais ça ne semblait pas le moment de dire ça. J'ai pris la boîte de bière à moitié pleine et l'ai jetée dans une poubelle proche. Du coin de l'œil, j'ai remarqué un clodo lorgnant le liquide qui giclait de la boîte quand je l'ai jetée. Tandis que je me précipitais vers l'hôpital, il s'avança lourdement vers la poubelle, anticipant avec excitation sa première gorgée.

« Bonsoir », dis-je gaiement au portier qui entrait dans les toilettes de l'hôpital. J'avais décidé que si j'agissais comme s'il eût été parfaitement naturel d'être debout en sous-vêtements et de tenir mon pantalon dégouttant d'eau sous le sèche-mains électrique, il se pourrait qu'il fût momentanément convaincu. Il ne l'a pas été. « J'ai renversé un peu de café sur mon pantalon, alors je viens de le laver », dis-je, lui offrant l'occasion d'un sourire compréhensif. Il ne l'a pas saisie.

Je me suis rhabillé en vitesse. J'ai rincé mon visage mal rasé, et j'ai fait de mon mieux pour aplatir mes cheveux qui se clairsemaient. Je ressemblais à un vieillard, mais j'avais l'air nerveux d'un adolescent à son premier rendez-vous. Alors que je m'apprêtais à ouvrir la porte, je me suis rendu compte que ma main tremblait. La joie que me procurait la naissance de notre bébé faisait monter mon angoisse personnelle à un autre niveau. Une nouvelle vie avait débuté aujourd'hui, et il ne tenait qu'à Catherine qu'une autre nouvelle vie débutât pour moi. J'avais l'impression que c'était ma dernière chance. Je lui avais dit que je serais différent, que j'avais changé. Si elle ne pensait pas qu'on devait revenir ensemble après la naissance de notre troisième bébé, elle ne le penserait plus jamais. J'ai appuyé sur le bouton de l'ascenseur comme si l'on venait de me convoquer pour me faire part du résultat de mon appel. J'aurais dû me sentir excité, mais au lieu de ça je me sentais nerveux. Elle a dit qu'elle m'aimait, me répétais-je sans cesse, mais elle m'a frappé au visage. Ça semblait être des signaux contradictoires. Et si elle avait l'intention de me reprendre, pourquoi avait-elle semblé si froide et si peu amoureuse au téléphone ?

Les portes de l'ascenseur s'ouvrirent et un couple joyeux en sortit, avec un nouveau-né. C'était visiblement leur premier enfant, à en juger par la nervosité avec laquelle ils le ramenaient à la maison. J'avais oublié à quel point les nouveau-nés sont frêles, à quel point ils ressemblent à une chose qu'on voit dans un documentaire sur la nature.

– Il est superbe, dis-je.

– Je sais, dit fièrement la mère, essayant d'empêcher son immense chapeau de coton bleu de glisser sur le visage du bébé.

La naissance d'un enfant est l'un des rares événements qui poussent les Anglais à parler à des gens qui leur sont complètement inconnus. Avec les nouveau-nés, les chiens de compagnie, et le fait de se retrouver dans une catastrophe ferroviaire majeure.

L'ascenseur est arrivé au sixième étage et je me suis précipité vers la salle Hélène. Un couloir ciré s'étendait devant moi. Sur ma droite, il y avait la première chambre, avec six lits contenant six femmes différentes. Catherine n'était pas parmi elles. Les mères étaient toutes en chemise de nuit ou en pyjama, mais elles étaient trop concentrées sur les petits paquets dans leurs petits lits de plexiglas pour s'inquiéter de l'homme étrange qui passait en les dévisageant tour à tour. Dans la chambre suivante, il y avait une nouvelle série de nouvelles mamans, toutes si complètement différentes de Catherine que ça m'a conforté dans l'idée qu'elle seule m'intéresserait jamais. La dernière chambre était à côté de la salle de télévision, et à travers la porte ouverte on pouvait entendre les cris déformés des acteurs.

– Salut, Michael, dit la voix de Catherine derrière moi.

Il y avait un petit espace entre les rideaux verts défraîchis qui avaient été tirés autour du premier lit, et je me suis dirigé par là. J'ai fait un pas pour me faufiler à travers les rideaux, et j'ai vu Catherine assise sur son lit, vêtue d'un vieux tee-shirt Radiohead qui m'appartenait. Elle n'avait pas l'air contente de me voir. En fait, elle avait plutôt l'air un peu effrayée. Je me suis penché pour lui donner un baiser sur la joue, et elle n'a pas rechigné.

– Félicitations, dis-je.

Elle n'a rien répondu et m'a adressé un regard sans expression.

– Euh, eh bien, enfin, où est mon petit garçon, alors ? bredouillai-je, essayant d'affecter l'air normal d'un père réjoui, un air rendu encore plus faux par le joyeux indicatif d'une sitcom qui venait de la salle de télé.

Puis j'ai baissé les yeux sur le minuscule bébé endormi dans le berceau, entortillé dans une couverture de l'hôpital, avec autour du poignet un bracelet de plastique bleu pâle portant son nom. Il était si parfait, ce modèle réduit, avec chaque détail amoureusement façonné, que ça m'a donné envie de croire en Dieu.

– Oh, il est beau, dis-je. Qu'est-ce qu'il est beau !

J'ai regardé les cils si habilement ondulés, placés à des intervalles étroits, mais précis. J'ai regardé la circonférence des narines, qui formaient de petits cercles parfaits. Puis j'ai entendu la voix de Catherine dire : « Ce n'est pas ton bébé, Michael. »

Sur le coup, je n'ai pas compris. Puis j'ai compris ce qu'elle venait de me dire et je l'ai regardée, stupéfait. Les larmes lui montaient aux yeux.

– Ce n'est pas ton bébé, répéta-t-elle. Tu n'étais jamais là. (Puis elle a commencé à sangloter sans pouvoir s'arrêter.) Tu n'étais jamais là.

Je continuais à l'observer, cherchant un peu de logique dans tout ça.

– Mais comment tu le sais ? Je veux dire, avec qui d'autre as-tu...

– Klaus.

– *Klaus ? !*

– J'étais toute seule, on a partagé une bouteille de vin, et puis, eh bien, je ne sais pas.

– Quoi ? Une chose en amenant une autre, putain, je suppose !

– Ne hurle pas.

– Je ne hurle pas ! hurlai-je. Mais tu m'as quitté parce que je te mentais, alors que tout ce temps tu portais le bébé de quelqu'un d'autre.

Maintenant ses sanglots étaient plus sonores. Des grognements d'animal sans grâce qui lui déformaient le visage.

– Enfin bref, comment tu sais que c'est le sien ? On a fait l'amour sans se protéger, tu te souviens ?

– J'ai fait ça parce que je savais que j'étais enceinte. Pour me couvrir, pour que tu ne l'apprennes jamais. Quand je pensais encore que tu étais un père comme il faut, mais maintenant c'est trop tard.

– Mais il se peut quand même que ce soit le mien, alléguai-je sans espoir.

Je jetais des coups d'œil au berceau, espérant repérer un trait distinctif que je partagerais avec ce bébé. Il n'y en avait pas. Si la solution à ce problème dépendait de la personne à laquelle le bébé ressemblait, alors Catherine l'avait fait avec sir Winston Churchill.

– Les dates disent que c'est le sien. Je le sais, c'est tout. Tu peux faire un test génétique si tu n'es pas convaincu, mais jusque-là il faudra que tu me croies sur parole. Ce n'est pas ton enfant.

Elle me regardait fixement. Elle avait un air provocant, presque fier d'avoir été celle qui mettait à notre mariage un point final.

– Est-ce qu'il le sait ? Je veux dire, est-ce que tu lui en as parlé avant qu'il reparte pour Munich ?

– Non. Cet enfant n'a pas de père.

Les larmes recommencèrent, et une partie de moi aurait voulu dire : « Bon, maintenant, arrête de pleurer, ce n'est pas si grave. » Mais évidemment, c'était grave, c'était même extrêmement grave.

Je ne savais vraiment pas quoi faire. J'avais l'impression de n'avoir pas du tout ma place ici. Je rendais visite à une femme qui m'avait déjà dit qu'elle ne voulait pas être mariée avec moi, et maintenant elle venait d'avoir un bébé d'un autre homme. J'ai reculé, j'ai longé le couloir, et j'ai flotté vers la sortie de la salle. Une infirmière qui passait m'a adressé un sourire béat, ce qui est la façon naturelle de regarder quelqu'un qui se trouve dans un service de maternité, mais je ne crois pas être parvenu à lui rendre son sourire. Je ne me souviens plus d'avoir franchi la porte du service, mais j'ai pourtant dû le faire.

Tous ces mois passés à regarder la bosse grossir en elle, à lui tendre des serviettes lorsqu'elle vomissait le matin, à regarder la petite image du fœtus sur la machine à ultrasons, à assister avec elle à des cours pour les futurs parents, à sentir le bébé lui donner des coups de pied, à attendre anxieusement des nouvelles de la naissance, tout cet investissement émotionnel était balayé en un instant. Après qu'elle m'eut quitté, j'avais rêvé que ce bébé serait la seule chose qui puisse nous faire revenir ensemble. Et maintenant il venait de nous séparer définitivement.

J'ai appelé l'ascenseur, indécis sur ce que je ferais en sortant de l'hôpital, encore sonné. Dans ma tête tournaient des centaines de pensées confuses, pleines de colère. Elle pensait que je lui avais fait tant de mal, elle s'était tellement conduite comme la partie insultée, comme la malheureuse victime de ma cynique fourberie, et pendant tout ce temps-là, à l'intérieur d'elle-même, grandissait cette preuve de la pire des trahisons possibles. Dans mon trouble plein d'amertume, je ne pouvais m'empêcher de mal prendre le fait qu'elle ait fait l'amour avec notre plus proche voisin, alors qu'elle n'avait jamais semblé souhaiter faire l'amour avec moi. Ce n'est pas comme si, alors que nous étions ensemble, nous avions fait l'amour trois fois par jour, et que j'avais disparu tout d'un coup, laissant insatisfait son insatiable appétit de sexe. Depuis l'arrivée des enfants, elle avait toujours été trop fatiguée pour le sexe. Elle me disait que, quand on se fait tripoter par les enfants toute la journée, on n'a pas envie de se faire tripoter le soir par son mari qui rentre. Mais elle ne s'était pas sentie trop fatiguée pour avoir des rapports sexuels avec le jeune étudiant musclé d'à côté. Pas étonnant qu'il ait toujours été si gentil avec moi. Il débouchait mon évier, remettait mes fusibles, débloquait mon robinet. Il ne refusait aucun service. Mettre ta femme enceinte ? Hé, pas de problème, Mike. Je ferai un tour quand tu seras pas là.

L'ascenseur n'avait pas l'air d'arriver, alors j'ai appuyé plusieurs fois sur le bouton tout en sachant que ça ne changeait rien. Est-ce qu'elle avait pensé à Millie et à Alfie, quand elle avait trompé son mari ? Est-ce qu'elle avait pensé où ça la mènerait, quand j'apprendrais leur nuit de passion ? Ou peut-être ne s'agissait-il pas seulement d'une nuit, mais d'un tas de nuits ? Peut-être cette aventure avait-elle duré des années ? Peut-être n'était-il pas vraiment retourné en Allemagne, peut-être s'était-il installé dans un autre quartier de Londres, et Catherine et les enfants s'apprêtaient-ils à le rejoindre quand leur nouveau bébé serait né. Oui, quand elle avait appris ma double vie, ça lui avait fourni l'excuse qu'elle attendait. J'ai tourné et retourné cette théorie, mais j'ai trouvé qu'elle avait une légère faille. C'est moi qui avais conduit Klaus à l'aéroport et, de Munich, il m'avait envoyé une carte postale pour me remercier. Ça semblait un alibi inutilement élaboré. De toute façon, Catherine m'avait dit ce qui s'était passé. Si la vérité avait été encore pire, je ne crois pas que ça l'aurait empêchée de la raconter.

Elle avait fait l'amour une fois avec le mec de la maison d'à côté. Ne pouvais-je lui pardonner ça ? Était-ce pire que le mensonge que j'avais mené à bien pendant si longtemps ? Est-ce que je ne l'avais pas laissée toute seule, nuit après nuit ? Est-ce que moi-même je n'avais pas été sur le point de la tromper ? Mon ressentiment se trouva démantelé aussi vite qu'il avait été fabriqué. C'était comme si l'ascenseur me faisait attendre exprès, me forçant à réfléchir à ce dont j'étais en train de m'éloigner. Je nous ai revus, Catherine et moi, pelotonnés avec les enfants en pyjama, regardant une cassette ensemble. J'ai pensé à la confiance dont témoignait le regard de Millie et d'Alfie quand ils me regardaient, et j'ai commencé à pleurer. Qu'est-ce que les enfants avaient fait pour mériter ce gâchis ? Comment est-ce qu'on en était arrivés là ? « Oh, Millie, Alfie, je suis désolé. » Tout était en ruine, et mes larmes débordaient comme une conduite d'eau éclatée. Toute la pression contenue depuis notre séparation faisait soudain irruption à la surface. J'ai tourné mon visage vers le tableau d'affichage et j'ai essayé de me reprendre. J'ai regardé les photos de tous les bébés qui avaient été en soins intensifs quelques années plus tôt – on passait des images de frêles nourrissons prématurés se cramponnant à la vie dans des tentes à oxygène aux photos de vigoureux enfants pleins de santé qu'ils étaient maintenant devenus, et ça m'a fait pleurer à nouveau. Je sanglotais désespérément, ouvrant le robinet à fond, laissant tout s'écouler. Les portes de l'ascenseur s'ouvrirent et se refermèrent plusieurs fois et, quand j'ai fini par reprendre ma contenance, j'ai traversé de nouveau le couloir et appelé l'ascenseur encore une fois.

Les portes, en s'ouvrant, ont révélé la silhouette décharnée d'un vieil homme dans un pyjama crasseux qui lui était trop grand. Il semblait si près de la mort que je m'attendais presque à ce que la Grande Faucheuse se glisse dans l'ascenseur devant moi, s'excusant d'être si en retard. Son corps tremblant tenait debout à grâce à un déambulateur, et sa peau marbrée était tendue autour de sa bouche et sur ses pommettes.

– Alors, vous entrez ou vous sortez ? me demanda-t-il.

Dans peu d'années mon père ressemblerait à cet homme, solitaire et proche de la mort. Une aventure idiote dans la trentaine, et il avait passé le reste de sa vie à rechercher l'amour qu'il avait connu avec ma mère.

– Alors, vous entrez ou vous sortez ? répéta-t-il. Parce que je n'ai pas toute la journée.

– Désolé ! dis-je.

Puis j'ai fait demi-tour et je l'ai planté là.

Je suis retourné devant les rideaux verts qui entouraient le lit de Catherine.

– Si, il en a un, lui dis-je en me glissant près de son lit.

Elle a levé les yeux, étonnée de me voir, les yeux encore rouges.

– Quoi ? demanda-t-elle, l'air interloqué.

– Tu disais que ce petit garçon n'avait pas de père. Mais il en a un. Je peux être son père.

Elle a froncé les sourcils, ce que j'ai considéré comme une invitation à continuer.

– C'est le frère de Millie et d'Alfie, alors pourquoi ne pourrais-je pas être son papa ? C'est l'enfant de la femme que j'aime. Je n'étais pas présent pour les miens, alors je serai présent pour celui-là. Je serai là pour les galères aussi bien que pour les bons moments. Je sens ce que ressent un enfant abandonné par son père. Laisse-moi être le papa de ce petit bonhomme. Laisse-moi te prouver que je peux être un bon père pour Millie et Alfie.

Un garçon de salle a ouvert le rideau pour proposer un plateau-repas.

– Excusez-moi, vous pouvez nous laisser une minute ? lui dis-je en refermant le rideau. Catherine, je serai là lorsque tu seras fatiguée, que tu en auras ras le bol et que tu auras besoin de quelqu'un contre qui râler, quelqu'un qui t'offrira sa compréhension au lieu de toujours proposer des solutions. Je serai là quand tu t'inquiéteras pour lui, et même si je trouve qu'il n'y a pas de quoi s'inquiéter, je m'assoirai et je t'écouterai jusqu'à ce qu'on en ait parlé à fond. Je serai là pour jouer avec lui, je ferai semblant de trouver amusant de lancer des petits soldats sur le tapis. Et je serai là quand on ne fait rien de particulier, qu'on se contente de passer des heures ensemble, parce que avant je n'avais pas compris que c'est là l'important – passer tout simplement du temps avec sa famille. C'est une fin en soi, et il faut prévoir dans son emploi du temps du temps perdu à être ensemble. Maintenant que je comprends ce que je suis censé faire, je sais que je peux y arriver.

Catherine me regardait sans rien dire.

– Vous avez terminé, maintenant ? demanda le garçon de salle depuis l'autre côté du rideau.

– Oui, merci, répondis-je en lui prenant le plateau.

– C'est un curry d'agneau.

– Un curry d'agneau. Super. C'est celui qu'elle préfère.

L'expression de Catherine ne changeait pas. Je restais là à attendre un indice quelconque.

– Je ne veux pas de ça, dit-elle finalement.

Je me suis senti soudain complètement vidé.

– Mais, Catherine, il faut que tu nous donnes une nouvelle chance.

– Non. Du curry d'agneau, je n'en veux pas. Tu peux voir s'ils n'auraient pas de la saladc, ou un truc comme ça ?

– Une minute. Je voudrais qu'on règle ça d'abord. Vas-tu élever seule ce garçon, ou va-t-on le faire ensemble ?

– Tu peux me pardonner ? Aussi simplement ? demanda-t-elle lentement.

– Eh bien, je pensais te proposer un marché. Est-ce qu'il y aurait, ces deux dernières années, une petite chose que j'ai faite que tu pourrais vouloir me pardonner, même juste en partie ?

C'était la première fois que je la voyais sourire depuis que nous étions séparés. Ce n'était qu'un demi-sourire vague, mais son retour était comme le premier signal, faible, intermittent, sur un électrocardiogramme. Il y avait de la vie là où je pensais qu'il n'y en avait plus.

– Mais tu sauras toujours que cet enfant n'est pas le tien.

– Et alors ? Tu as raison, je n'étais jamais là. Mais Klaus ne sera pas là pour celui-là, et pourquoi devrais-tu être abandonnée une nouvelle fois ?

Maintenant que je voyais les choses clairement, je parlais avec un zèle de missionnaire. Je savais que c'était la seule solution. Il fallait que Catherine comprît que c'était bien.

– Tu es vraiment prêt à élever comme le tien l'enfant de quelqu'un d'autre ?

– Il ne saura jamais qu'il est à moitié allemand. Et qu'est-ce que tu dirais de l'appeler

Karl-Heinz Adams ? C'est une bonne idée, non ?

Elle a souri à nouveau et, cette fois, franchement.

– Il faut que tu comprennes, Michael, que si on essayait encore une fois, les choses ne pourraient jamais être comme avant. Je ne te ferais jamais entièrement confiance comme je le faisais avant – il y a quelque chose de cassé pour toujours.

J'ai acquiescé, nerveux, me demandant de quel côté allait retomber la pièce.

– Tu as été égoïste, immature, malhonnête, aveugle, sans cœur, égocentrique.

J'ai tenté de repérer un adjectif qui m'aurait été appliqué injustement, mais en vain. Comment se faisait-il qu'elle ait autant de mots à sa disposition ? Pourquoi fallait-il toujours que nous discutions à coups de mots ? De cette façon-là, elle l'emporterait toujours. Si on avait pu discuter à coups de notes de musique, d'accords et de lignes mélodiques, j'aurais eu plus de chances.

– Mais, continua-t-elle, si tu es prêt à me pardonner, alors peut-être qu'on peut reconstruire quelque chose. Est-ce que tu peux me promettre qu'à partir de maintenant tu seras toujours honnête, qu'à partir de maintenant tu ne te laisseras plus emporter dans je ne sais quel caprice solipsiste ?

Je me suis tu un instant.

– Je... Je ne sais pas.

Son visage s'est affaissé. C'était la mauvaise réponse.

– Eh bien, si tu n'en es pas certain, alors je ne vois pas quel avenir nous pouvons avoir ensemble.

– Non, non, balbutiai-je. C'est juste que je ne sais pas ce que veut dire « solipsiste ». Je m'apprêtais à faire semblant de le savoir, et à dire oui, mais j'essaie de me forcer à être honnête.

– Ça veut dire qu'il faut que tu te rendes compte que tu n'es pas la seule personne dans tout ce putain d'univers.

– Eh bien, ça, je m'en rends compte, oui. C'est juste que je ne voulais pas promettre de ne pas être « solipsiste » alors que j'imaginais que c'était une maladie intestinale.

– Il faut que tu te rendes compte qu'à partir du moment où tu as des enfants, ils deviennent plus importants pour toi que toi-même.

– Ils le sont, Catherine, promis. Tous les trois. Mais toi, tu es encore plus importante. Je t'aime. Je n'ai jamais compris ça si clairement que quand je t'ai perdue. Et le fait que tu aies fini au lit avec Klaus ne fait que confirmer à quel point tu as dû te sentir abandonnée. Recommençons. Je t'en supplie, Catherine, reprends-moi.

Elle se tut un instant.

– A l'essai seulement.

Alors elle a tendu les bras et je l'ai serrée longtemps et fort, comme si je venais d'être sauvé de la noyade.

– Merci de me pardonner, dit-elle en me retenant contre elle. Il fallait que je sache que tu me pardonnais. Si tu es vraiment prêt à t'engager à élever le fils de Klaus comme le tien, alors tu mérites sans doute une deuxième chance.

Elle me tenait serré contre elle, m'empoignant fermement par l'arrière de la tête tandis que je grimaçais de douleur, ne voulant pas mentionner la contusion que je m'étais faite en heurtant les bonbonnes d'air et de gaz quand elle m'avait frappé et que j'étais tombé par terre. Mais tout allait bien. Nous étions ensemble à nouveau. Nous formions une famille.

– Et je te pardonne, même si tu témoignes d'un autre vice de forme majeur auquel je ne pourrai jamais m'habituer.

– Que veux-tu dire ? demandai-je, anxieux, en m'écartant d'elle.

Elle m'a regardé dans les yeux.

– Michael, si tu crois vraiment les conneries que je t'ai racontées quand je t'ai dit que j'avais couché avec Klaus et que ce bébé était de lui, eh bien, tu es encore plus poire que j'aurais pu l'imaginer.

Et on entendit, venu du salon télé, une énorme explosion de rire préenregistré.

12

Un mec parfait

« Et maintenant je vous déclare mari et femme », dit le jeune vicaire, et l'assemblée éclata en applaudissements spontanés.

De vieilles femmes aux chapeaux étranges échangeaient des sourires approbateurs, et même le vicaire se joignit aux félicitations pour montrer que l'Église n'était pas forcément si collet monté et guindée. J'ai applaudi aussi fort que possible, étant donné que j'avais dans les bras un bébé de neuf mois. Le bruit l'excitait, et il donnait au hasard des coups de pied enthousiastes, agitant les bras et faisant des risettes approbatrices. Catherine soulevait Alfie pour regarder la mariée et le marié se donner un baiser légèrement plus fougueux que ne l'exigeaient les convenances. Le vicaire avait ajouté : « Et maintenant, vous pouvez embrasser la mariée », et pas : « Et maintenant, vous pouvez plonger votre langue profond dans la gorge de la mariée, et lui écraser le nichon droit. »

Ce mariage avait été un choc. Un message sur mon portable, de la part de quelqu'un que je n'avais pas vu depuis des mois. Jim épousait Kate. L'homme avec qui j'avais vécu épousait la fille avec laquelle j'avais été si près de coucher. J'aurais peut-être dû expliquer ça aux huissiers à l'entrée de l'église, quand ils m'avaient demandé : « Du côté de la mariée ou du côté du marié ? » et les laisser décider. Une fois que je me fus habitué à l'idée de ce mariage, ça m'a fait très plaisir pour tous les deux. Ils formaient un couple parfait : elle gagnait une fortune et travaillait très dur, et lui dépensait une fortune et ne travaillait pas du tout. Il y a quelque chose de si désespérément romantique dans un mariage en blanc qu'on ne peut pas s'empêcher d'imaginer que le couple sera heureux à jamais. Même lorsque Henry VIII s'est marié pour la sixième fois, toute l'assemblée a dû penser : « Aaah, enfin le véritable amour. Et cette fois il a vraiment promis de ne pas lui couper la tête. » Mais comme je regardais Jim et Kate redescendre l'allée, je ne pouvais m'empêcher de songer au fait qu'ils n'avaient pas la moindre idée des problèmes qui les attendaient.

Durant les neuf mois précédents, mon propre mariage avait lentement retrouvé la santé. Nous avions un petit garçon appelé Henry – pour une raison inexpliquée, tous nos enfants avaient des noms qui évoquaient des orphelins tout droit sortis d'un drame victorien en costumes. Il avait des yeux bleus et des cheveux blonds. Ni Catherine ni moi n'étions le moins du monde blonds, mais j'ai décidé qu'il ne serait sans doute pas convenable de la cuisiner plus avant sur l'identité du père du bébé. Les événements qui s'étaient produits le jour de sa naissance semblaient maintenant un brouillard presque irréel. La joie d'apprendre que, après tout, il était bien mon fils a été rapidement mêlée d'une colère rentrée à l'idée que Catherine avait été capable de me soumettre à un tel bouleversement émotionnel. Un bref instant, une mince part secrète de moi a même été déçue – de voir que sa duplicité avait été moindre que la mienne, que ce n'était pas un match nul, et qu'on me redistribuait le rôle du méchant. Pendant des années je l'avais vue jouer des tours aux gens et échapper à des situations apparemment désespérées grâce à des mensonges outrageusement téméraires, mais rien ne m'avait préparé au test auquel elle m'avait soumis le jour de la naissance de Henry. Je lui ai demandé ce qu'elle aurait fait si je n'étais pas revenu, si je ne lui avais pas pardonné et ne m'étais pas engagé à être le père de celui que je croyais le bébé de Klaus. Elle me répondit qu'elle aurait repris contact avec le véritable père de Millie et d'Alfie, et se serait remise avec lui. J'ai ri longtemps, à gorge déployée, et sans la moindre conviction.

Maintenant Henry était un petit bébé heureux qui riait sans raison apparente et nous réveillait la nuit avec les larmes du chagrin le plus terrible, qui se transformaient bien vite en gloussements dès que la mère et le père qu'il aimait tellement l'avaient pris dans leurs bras. Les bébés ressentent leurs émotions avec une intensité extrême qu'ils ne retrouveront pas avant d'être adultes et d'avoir eux-mêmes des bébés. Il s'est parfaitement tenu pendant toute la cérémonie du mariage, et même certains des bruits qu'il émit pendant qu'on chantait « Être un pèlerin » étaient plus dans la note que les efforts de certaines relations du marié debout devant nous. Pendant la réception, il s'est endormi dans le porte-bébé en Nylon bleu mal assorti à mon costume de location. Il bavait sur ma poitrine, et aux yeux de toutes les femmes qui assistaient au mariage je suis devenu aussitôt attirant et sexy, tandis que tous les autres hommes se sentaient mal fagotés parce qu'ils n'avaient pas un bébé qui leur bavait sur le gilet.

On s'était mis assez vite d'accord sur le prénom de Henry. C'était mon idée, et quand j'en avais expliqué les raisons à Catherine, le choix lui avait plu. J'ai appelé mon père. Il a décroché le téléphone, et j'ai dit : « Henry Adams à l'appareil. » Je lui ai dit que je téléphonais de l'hôpital parce que Catherine et moi étions de nouveau ensemble, et qu'elle venait d'avoir un petit garçon à qui je voulais donner son nom. Il n'a rien dit pendant un instant.

– Aah, c'est une bonne idée, parce que je dois avoir par là quelques étiquettes « Henry Adams » et je pourrai te les donner pour lui.

J'avais envie de hurler : « Papa, je viens de te dire que j'ai donné ton nom à mon fils. Ne t'occupe pas de ces foutues étiquettes avec le nom, pour l'instant ! »

– Ça serait super, dis-je. Merci beaucoup.

En fait, Catherine et moi avons habité quelques semaines chez mon père, le temps de trouver quelque chose à louer. Elle lui a rangé son garde-manger, et elle affirme que lorsqu'elle a crié : « La guerre est finie ! », plusieurs sachets d'œufs en poudre ont émergé de la cachette, derrière les prunes en boîte, qui était la leur depuis 1945. Nous étions reconnaissants à mon père, mais à la fin il nous tardait de trouver un endroit à nous tout seuls, où le chauffage ne soit pas toujours trop chaud, où la télé ne soit pas toujours trop forte, où les enfants ne soient pas poussés à sortir jouer sur l'A347. Je ne reprendrais jamais d'hypothèque, et dorénavant bien des choses, dans nos vies, seraient différentes. Nous avions tous deux pas mal de réglages à effectuer. On a fini par louer une maison de quatre pièces à Archway, et je me suis installé un studio dans une pièce exiguë tout en haut. La première nuit que nous avons passée là, nous avons regardé tous les enfants endormis dans leurs lits tout neufs, et j'ai dit : « Trois enfants, c'est assez pour moi, maintenant, Catherine. Je sais que tu en as toujours voulu quatre, mais je pense qu'on devrait s'arrêter à trois. »

Il y a eu un silence, et elle a dit : « D'accord. »

Alors on est descendus, j'ai préparé le biberon de la nuit, et je me suis rendu compte que je mesurais la poudre du lait pour bébé sans l'égaliser avec un couteau. Catherine était assise à la table de la cuisine, feuilletant un magazine. Maintenant, au moins, elle sentait qu'elle pouvait me laisser me débrouiller. Nous nous étions disputés une fois, parce qu'elle était irritée que je m'y prenne mal pour faire quelque chose, et je lui avais dit, audacieux : « Tu ne peux pas tout avoir, Catherine. Tu ne peux pas avoir un mari qui fasse sa part à la maison, et qu'en même temps les choses soient faites exactement comme tu veux qu'elles soient faites. »

La messe de mariage s'est terminée, on a emmené nos trois enfants au soleil, hors de l'église, et j'ai vaguement dit que Millie ne devrait peut-être pas escalader les pierres tombales comme s'il s'agissait d'un terrain de jeux. Devant moi se trouvaient mes anciens compagnons d'appartement, qui, tout le temps que nous avions vécu ensemble, n'avaient jamais su que j'étais père. Ils me regardaient, surpris, et je me sentais extraordinairement fier tandis que nous nous approchions d'eux. Alors j'ai présenté mes trois enfants aux trois enfants avec lesquels j'avais vécu. Millie et Alfie ont tous les deux dit un mignon et poli « Salut », et je suis parvenu à maîtriser ma surprise et à faire comme si c'était parfaitement habituel. En ce jour de mariage, tout semblait parfait. Le soleil brillait, le champagne coulait à flots et aucune autre femme n'avait une robe semblable à celle de Catherine. Ça l'avait sérieusement inquiétée, et cette inquiétude me demeure à ce point incompréhensible que ça prouve sûrement combien les deux sexes sont fondamentalement différents. Tous les hommes étaient en costume de cérémonie, mais je n'avais pas éclaté en sanglots lorsque je m'étais rendu compte que tous les autres avaient exactement la même tenue que moi.

J'ai présenté ma femme à Jim, Paul et Simon. Jim avait l'air plutôt impressionné que j'aie réussi à garder pour moi ce petit secret. Il a été charmant avec Catherine, lui a fait des compliments, l'a fait rire, et, nonobstant le fait qu'il était le marié, et donc déjà le centre de l'attention, j'ai été assez inquiet de voir à quel point il semblait plaire à Catherine. Paul était avec son petit ami, qui a été plutôt froid avec moi, comme si j'étais toujours une menace. Quant à Paul, je crois qu'il pensait que le fait que je sois marié et père de trois enfants prouvait juste que certains homosexuels étaient capables de nier leur propre sexualité un temps infini. Mais maintenant il semblait apaisé. Quand la mariée coupa le gâteau, il n'eut pas l'air de se demander qui allait laver le couteau. Simon était encore célibataire et puceau. Cependant, au cours de la réception, il fit la conversation à la mère divorcée de Kate. Elle avait bu pas mal de champagne, elle avait réservé une chambre à l'hôtel et, ma foi, une chose en amenant une autre...

Kate était magnifique et, en m'approchant pour lui présenter ma femme, je me suis aperçu que je souhaitais sincèrement que ça se passe bien entre elles. Mais il est arrivé une chose terrible : ça se passa *trop* bien. Elles ont bavardé pendant des heures, et bientôt Catherine proposait des jours où ils pourraient, s'ils étaient libres, venir dîner, pendant que j'essayais de croiser son regard en secouant la tête. Le problème, c'est que Kate me plairait toujours. Je ne voulais pas devenir un de ces gros hommes qui disent au revoir aux amies de leur femme en les embrassant avec un empressement légèrement excessif, après une soirée bien arrosée.

– Eh bien, c'est un merveilleux mariage, dit Catherine. Vous faites un couple superbe.

– Merci, dit Kate.

– Et il n'y a pas de problèmes, Michael m'a tout dit à propos de la nuit de la piscine.

J'avais décidé qu'il valait mieux être franc et ne rien cacher.

– Elle est vraiment très belle, dit Catherine plus tard. Je suis étonnée que tu ne la trouves pas particulièrement attirante.

Enfin, franc sur presque tout.

Alors que la réception durait, j'ai fini par accepter de jouer sur le magnifique Steinway qui était dans la salle de bal de l'hôtel. Je me suis déchaîné sans respect sur le clavier poli, et j'ai joué du boogie-woogie avec une liberté insouciante. La piste de danse s'est remplie, et Millie et Alfie, excités, ont dansé un jerk fou. Chaque morceau se fondait sans efforts dans le suivant. Les convives chantaient, applaudissaient, riaient. Et juste au moment où il leur a fallu reprendre leur respiration, Millie est venue s'asseoir sur mes genoux et m'a demandé si elle pouvait jouer l'air que je lui avais appris. L'assemblée a fait silence, et a attendu. Alors mon angélique fillette de quatre ans a joué les premières notes de *Lucy in the Sky With Diamonds* de façon si parfaite, avec une oreille si naturellement musicale pour le rythme et le feeling, que chacun en est resté bouche bée, épaté par son talent. J'ai regardé Catherine, et j'ai vu qu'elle se mordait les lèvres, essayant de retenir ses larmes. Elle m'a souri avec tant d'amour et de fierté que j'ai eu envie de crever le plafond, et de planer.

L'orchestre est revenu et j'ai fait valser Millie. Elle m'a passé les bras autour du cou et m'a serré aussi fort qu'elle a pu. J'aurais voulu la garder toujours à cet âge, danser avec elle pressée contre moi, si pleine, envers moi, d'amour et de confiance. On a passé la nuit dans l'hôtel prétentieux où j'avais réservé une même chambre pour tous les cinq et le matin ce sont des bruits d'enfants qui m'ont réveillé. Ils ont sauté dans le lit avec nous, on a allumé la télévision, et ils se sont calés sous la couette entre nous qui somnolions à moitié, essayant de ne pas tomber de chaque côté. Alors la pub Gillette est apparue sur l'écran, et j'ai entendu l'homme chanter : « La perfection au masculin. » J'ai ri sous cape et je me suis dit : « Maintenant, je sais ce que c'est. » J'ai raconté à Catherine l'histoire du slogan, et que j'en avais fait pendant un moment ma maxime personnelle. Elle me dit qu'elle n'avait jamais interprété cette phrase de la même façon que moi. Pour elle, « La perfection au masculin » ne signifiait pas « le meilleur qu'un homme puisse avoir, posséder, garder », mais « le meilleur qu'un homme puisse être, le meilleur qu'il puisse *devenir* ».

Catherine me regardait peut-être, mais elle gardait en même temps un œil sur la télévision au cas où la pub dans laquelle elle avait joué passe tout d'un coup. C'était une autre conséquence de la naissance de Henry. Le fait que j'aie été complètement convaincu par les bobards de Catherine à la maternité m'a rappelé quelle excellente actrice elle avait toujours été. Je l'ai encouragée à recontacter son ancien agent et à recommencer les castings. Elle a rapidement obtenu un petit rôle dans une sitcom consternante, qui poussa ses capacités d'actrice à leurs limites quand l'auteur lui demanda si elle trouvait le scénario amusant. On lui versa un cachet qui était une insulte ; elle était bien plus payée que moi.

Quand elle sortait travailler, c'était mon tour de surveiller les enfants. Elle partait tôt le matin et rentrait tard le soir, et parfois le tournage durait toute la nuit. Je me retrouvais alors seul plusieurs jours de suite avec les enfants, réveillé toute la nuit, et obligé, en plus, de les surveiller durant la journée. Il fallait que je les habille, que je leur donne leur petit déjeuner, que j'empêche Millie et Alfie de se bombarder de corn-flakes humides pendant que je changeais les couches de Henry, que je m'habille pendant que je leur brossais les dents, puis que je leur enfile leurs manteaux et leurs moufles, que je me dépêche d'emmener Millie à la garderie pour neuf heures, tout en poussant Alfie et Henry dans la double poussette, essayant pendant tout ce temps de maintenir à la maison une atmosphère harmonieuse et pleine d'amour. Eh bien, réussir neuf fois sur dix, ce n'est pas mal.

Tout le monde s'attendait à ce que je dise que passer la journée à m'occuper de mes enfants était la chose la plus merveilleusement gratifiante que j'eusse jamais faite. Mais c'était bien la chose la plus fatigante que j'eusse jamais faite, et rien ne m'a fait changer d'opinion : les enfants en bas âge sont ennuyeux. Mais je comprenais à présent qu'avoir une famille et élever des enfants était difficile, comme tout ce qui en valait la peine. C'est ce qui différencie l'un de mes jingles et la *Neuvième Symphonie* de Beethoven.

La pub de Catherine n'est pas passée. Elle s'est consolée en s'éclipsant dans le sauna de l'hôtel, pendant que je jouais avec les enfants dans le jardin. Puis elle m'a proposé de passer un peu de temps tranquille tout seul, à faire un des sports proposés par l'hôtel. Sur le coup, ça paraissait une bonne idée, mais je me suis vite rendu compte qu'il n'y a qu'au croquet qu'on peut jouer seul si longtemps. Maintenant, au moins, nous étions parvenus dans notre couple à un équilibre, à la certitude que nous étions dans le même bateau, pour le bien de chacun de nous aussi bien que pour le bien de nos enfants. Nous nous étions promis de toujours être francs l'un envers l'autre, de toujours faire équipe. Et au fond de moi, j'étais assez content que, après tout ce que nous avions traversé, il y ait encore autant d'honnêteté et de confiance entre nous.

J'ai payé l'hôtel, le directeur m'a remercié, et, comme si cette idée lui venait brutalement, il a crié derrière nous : « A très bientôt, madame Adams. » Tandis que nous descendions l'escalier, j'ai demandé à Catherine pourquoi il avait dit ça. Alors

Catherine a eu un petit rire et m'a tout avoué. Aucun de ses engagements d'actrice ne lui avait pris la nuit. Elle avait passé toutes ces nuits seule, dans des hôtels de luxe comme celui-là.

TABLE DES MATIÈRES

" Puggy chez les tueurs "

Gros problème

Dave Barry

Dans le quartier de Coconut Grove, à Miami, Puggy le vagabond trouve un emploi au bar Jolly Jackal. Un emploi qui consiste plutôt à transporter de lourdes valises qu'à remplir des verres, le bar en question faisant office de couverture à deux Russes adeptes du trafic d'armes. Puggy ignore que l'arbre où il vit se trouve sur la propriété d'Arthur Herk, un cadre corrompu qui détourne de l'argent et commande des armes aux Russes. Mais lorsque Penultimate SA, la société pour laquelle travaille Herk, se rend compte de ses manœuvres et engage deux tueurs à gages pour s'en débarrasser, Puggy est embarqué malgré lui dans une affaire qui le dépasse vertigineusement...

(Pocket n° 11524)

Achevé d'imprimer sur les presses de

BUSSIÈRE

GROUPE CPI

à Saint-Amand-Montrond (Cher)
en avril 2003

POCKET - 12, avenue d'Italie - 75627 Paris Cedex 13
Tél. : 01-44-16-05-00

— N° d'imp. : 31652. —
Dépôt légal : avril 2003.

Imprimé en France